보리

한승원 장편소설

문학동네

차례

1부
꽃시절 _007

2부
시시포스의 꿈 _135

작가의 말 _266

1부
꽃시절

나는 설레는 가슴을 주체하지 못한 채 악기상자를 들고 자취방으로 들어서자마자 혼자 연주하기 시작했다. 그것은 수탉이 혼자서 하늘을 향해 자기 목청껏 울어대는 것과 같은 것이었다.

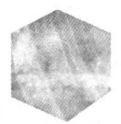

내 열여섯 열일곱 열여덟 꽃시절의
자취방은 잉크가 얼도록 추웠고 배가 고팠다.
그랬을지라도, 그 시절 앞집의 처녀가 밤에 몰래 그윽이 건네
준 김치 한 포기,
쌀 한 바가지로 황홀했는데
그때 나는 몰랐었다. 그 자리에 더 오래 머무르면서
향 맑은 꿀과 꽃가루를 더 많이 모았어야 했는데,
그 시공을 한시라도 빨리 졸업하고 떠나 새 세상에서 얼른
어른이 되어 살아가려고 덤비었다.
덤벙덤벙 흘러간 세월의 풍화로 말미암은
깊은 주름살과 희끗희끗한 머리털인 채로 만난
연초록의 새싹 세상, 나의 언덕에 바야흐로 샛노란

수선화 산난초꽃 천리향꽃 들이 흐드러졌는데,
그 향기 속에서 그 꽃시절을 되돌아보니,
아물아물 안개 속의 음화 한 폭이네.
아, 누가 다시 가져다줄 것인가.
한 굽이 한 굽이,
그 처녀가 남몰래 가져다준 김치 한 포기 쌀 한 바가지 같은
그 슬프면서도 설레던 시의 편린들을.

내 안의 도깨비

해와 달을 아직 구별하지 못하는, 다섯 살 되던 해 늦은 가을의 어느 초저녁에, 나는 바구니와 갈퀴를 들고 뒷동산 밤나무 숲으로 낙엽을 긁으러 갔다. 어머니의 칭찬을 듣기 위하여.

한창 낙엽을 긁어담고 있다가, 등뒤에서 무엇인가가 나를 보고 있음을 느꼈다. 돌아보니, 황금색의 쟁반 같은 달이었다.

숲속에는 거뭇거뭇한 밤나무와 그것의 검은 그림자들이 나를 에워싸고, 내 속에 무엇인가를 주입하고 있었다. 나의 몸에서 뻗어나간 검은 그림자도 그들 가운데 섞이고 있었고, 서로 알 수 없는 교통 교감을 하고 있었다.

아득하게 먼 곳에서, 누군가를 부르는 사람들의 목소리가 들렸다. 바구니에 가랑잎이 가득 찼으므로, 나는 갈퀴와 바구니를 들고 집을 향해 걸었다. 평평한 밤나무숲을 지나, 소나무 듬성듬

성한 경사진 언덕을 미끄럼타듯이 내려가자, 한 무리의 사람들이 흰 달빛을 온몸에 뒤집어쓴 채 우리 집 마당 가장자리에 서서 나를 쳐다보며 불러대고 있었다.

"승원아!"

"승원아!"

"응?" 하고 내가 대답을 하자, 두 여자가 하얀 달빛을 머리에 인 채 언덕 위의 나를 향해 달려왔다. 한 여자는 어머니이고, 다른 한 여자는 고모였다.

어머니가 나를 와락 끌어안았다. "아이고, 내 새끼! 갈퀴나무를 많이도 했네!" 하고 오달져하면서.

그 어머니의 가슴에서 날아온 배릿하고 달콤한 유향(乳香)이 내 가슴을 흠뻑 적시고 있었다.

집으로 돌아오자 식구들이 나에게 물었다.

"밤이면, 밤나무밭에 도깨비들이 득시글거리는데…… 도깨비한테 홀려가면 어쩌려고 거길 갔냐?"

그 말에 나는, 나를 에워싸고 내 속에 무엇인가를 주입하고 있던 검은 그림자들을 떠올렸다.

"안 무섭더냐?"

나는 도리질을 했다. 나도 거기에서 그들과 똑같은 한 개의 검은 그림자였던 것이다.

보리 닷 되 새

이른 봄의 서릿바람 부는 밤하늘을 '꺼포리 타훗데, 꺼포리 타훗데' 하고 우짖으며 나는 새가 있었다.

작은집의 아기업개인 팔월이가 이야기했다.

"가난하디가난한 홀아비 집에 열두 살 난 딸 하나가 있었는데, 그 홀아비가 흉년에 얼마나 배가 고팠던지, 딸을 한 부잣집 늙은 영감에게 겉보리 닷 되에 팔아버렸더란다. 그 영감은 밤이면 다시 젊어질라고, 그 딸 배꼽하고 자기 배꼽하고를 마주붙인 채 끌어안고 자곤 했는디, 어느 날 밤 그 딸은 배가 아프다며 측간에 가서 목을 매달고 죽어버렸더란다. 그랬는데 그 딸 혼령이 새가 되어서, '겉보리 닷 되, 겉보리 닷 되' 하고 울면서 저렇게 날아다닌단다. 그 새가 슬피 울어댄 이튿날 아침이면, 산기슭의 낙엽 속에 숨어 있던 복수초꽃들이 샛노란 민들레꽃 같은 얼굴들을 내민단다."

태몽

뻣뻣한 보리밥을 노상 먹고 살았던 중학생 시절의 내 꿈은 국민학교 선생님 노릇을 하며 사는 것이었다. 한 시골의 국민학교 선생 노릇을 하면서, 어머니를 모셔다가, 끼마다 하얀 쌀밥을 지어 밥그릇에 소복하게 담아 고등어구이 반찬하고 곁들여 먹으면서 살고 싶었다.

그 무렵의 어머니는 삼동갓은 사십대 초반의 늘씬한 여인이었다. 거듭 동생들을 낳아 키우시는 다산성의 어머니에게서는 배릿하고 고소한 유향이 풍겼다.

어머니는 한창 잔밥(많은 어린아이들을 거두어야 하는 처지)에 싸인 채 나를 중학교에 보냈으므로, 봄 여름 가을이면 머슴처럼 들일을 했고, 겨울이면 얼음물 속에서 김을 건져올렸다. 그런 어머니를 그 고달픈 일로부터 구제해 편히 살게 해드리고 싶었다.

그리하여 중학교 졸업을 한 다음 광주사범학교 입학시험을 치렀는데 불합격되었다. 참담한 실패를 보듬고, 면목 없어하면서 깜깜한 밤에 고향집으로 돌아왔다.

아침에 잠이 깼지만, 동창에서 날아드는 환한 햇빛이 부끄러워 이불 속에 얼굴을 묻은 채 눈을 감고 있었다. 이제 어찌해야 할까. 잔밥에 싸인 어머니 아버지를 도와 농사짓고 바다에서 김양식이나 하면서 살아야 할까.

그때 어머니가 들어와 내 옆에 앉았다. 손을 끌어다가 쓰다듬기도 하고 다독거리기도 하면서 말했다.

"내가 너를 뱄을 때 꿈을 꾸었는데, 그것이 보통 꿈이 아니었어야. 뒤란에 물을 길러 가니까 유자가 하나 떨어져 있는데, 그 유자가 얼마나 크냐 하면 갓난아기의 머리통보다 더 크더란 말이다. 껍질은 뽀송뽀송 탐스럽고 샛노랗고, 꼭지 부분은 하얗고, 위쪽의 배꼽 부분은 엄지손가락 끄트머리같이 톡 불거지고…… 그 천도복숭아 같은 유자처럼, 너는 이 세상 그 어느 누구보다 더 특별한 사람이 될 것이다. 사범학교 시험에서 떨어졌다고 실망하지 마라. 이 세상에 실패하지 않고 사는 사람이 어디 있다냐? 네가 그 시험에 떨어진 것은 국민학교 선생 아닌 다른 더 특별한 어떤 사람이 되려고 그런 것이다."

공범자

장흥고등학교 일학년 되던 해, 여름방학을 며칠 앞둔 어느 해질 무렵, 자취방에서 책을 읽고 있는데, 누군가가 나를 불렀다.

문을 열고 내다보니, 이주성이 내 자췻집 남쪽 토담 위로 얼굴을 내민 채, 빨리 오라는 손짓을 했다.

그는 나로서는 예측할 수 없는 세계와 능력을 소유하고 있는 세 살 손위의 동창친구였다.

중학생 시절에 그의 방에서 함께 시험공부를 한 적이 있었는데, 그는 초저녁에 잠을 자버렸다. 나는 석유 등잔불 앞에 앉아 책과 공책을 훑어보다가 불을 끄고 그의 옆에서 잤다. 오줌이 마려워 깨어보니, 환한 등잔불 앞에 앉아 공부를 하고 있던 이주성이 바야흐로 책과 공책을 덮고 있었다. 동쪽 창문이 희부옇게 밝아오고 있었다.

그때의 시험에서 나는 겨우 평균 80점이었는데, 이주성은 98점이었다.

나로서는 예측할 수 없는 세계와 능력을 소유한 사람을 생각할 때 나는 늘 도깨비를 떠올린다. 도깨비는 석유 등잔불 앞에 앉은 사람의 벽에 비친 검은 그림자같이 거대하면서도 손에 잡히지 않는 어떤 것이다.

　토담 아래로 달려가니, 이주성의 모습은 토담 뒤쪽으로 사라지고 없었다. 나는 사방을 두리번거리며 잠시 기다렸다.

　곧 토담 위로 사람의 아랫도리 같은 검은 곡식자루 하나가 넘어올라왔고, 나는 그것을 받아 마당에 내려놓았다. 검정색 작업복의 두 바짓가랑이 끝을 노끈으로 단단히 동여묶고, 그 속에 곡식을 채운 다음 허리 부분을 또 동여묶은 그것은 사람의 하체를 닮아 있었다.

　이주성은 자기네 식구들 몰래 보리를 훔쳐내고 있었다. 나는 엉겁결에 그 곡식자루를 들어다가 내 자취방의 부엌에 숨겼다.

　누가 보았으면 어찌할까 불안해하고 있는데, 가슴이 떡 벌어지고 얼굴이 가무잡잡한 이주성이 유유히 골목길을 돌아서 내 자취방으로 왔다.

　"네 형은?"

　"응, 저기……"

　나는 형의 존재가 부끄러웠다. 형은 학교에서 돌아오자마자 책가방을 아무렇게나 내던져놓고, 마을의 한 무지렁이 친구네 집으로 갔다. 화투놀음을 하며 밤을 지새울 터였다.

　이주성은 가슴을 펴고 심호흡을 했다. 내 형이 없는 것을 다행스러워하고 있었다.

내 자취방의 남쪽 토담 너머에 있는 오간겹집을 마을 사람들은 '군수네'라고 불렀다.

그 집에는, 반백의 머리칼에 허리가 약간 구부정하고 얼굴 표정이 근엄한 할머니가 있는데, 그녀는 오래전에 승주에서 군수를 지낸 남자의 부인이었다.

그 할머니에게는 아들이 없고, 오래전에 과부가 된 사십대의 딸만 하나 있는데, 이주성은 그 딸의 아들인 것이었다.

이주성은 국비로만 공부하는 서울의 한 기술고등학교에 들어갔다. 그는 중학 시절 내내, 학년 전체에서 일등을 하곤 하던 대단한 천재였다.

"우리 학교는 그저께 방학했다" 하며 내 방으로 들어온 그는 내 책꽂이에 꽂혀 있는 책들을 살폈다.

교과서들 옆에, 김소월의 『진달래꽃』, 한용운의 『님의 침묵』이 꽂혀 있었다. 그 시집들은, 그가 원도리를 떠나 서울로 간 다음의 내 달라진 모습이었다.

"너 문학 하는 모양이구나!"

그는 『님의 침묵』을 빼서 펼치고, 낭랑한 목청으로 적절하게 감정을 이입하여 읽었다. 전에도 늘 그랬듯, 나는 그의 천재성에 주눅이 들었다.

붉은 노을이 꺼지고 땅거미가 내렸다. 내가 석유 등잔불을 밝히는데, 그가 "가자" 하고 말하며 몸을 일으켰다. 빵을 사먹으러 가자는 것이었다. 다행이었다. 내 방 안쪽 구석의 곡식자루에는 쌀이 한 톨도 없고, 껍질을 하얗게 깎은 보리만 있었다.

힘이 센 그는 사람 하체 모양의 곡식자루를 한쪽 어깨에 메고 경중경중 걸어갔다. 중학교에 다닐 때에도 그렇게 가끔씩 나를 이용하여 보리나 쌀을 외할머니 몰래 훔쳐내곤 했었다.

학교 뒤편 삼거리의 빵집 아주머니는 새까만 빵틀에다 빵을 구워 학생들에게 팔았다. 동이에 밀가루와 물과 사카린과 이스트를 넣고, 걸쭉하게 풀처럼 만들어 하룻밤을 묵혔다가, 양은주전자에 담아 빵틀에 부어 장기짝만하게 구워내는 그것을 우리는 '풀빵'이라고 불렀다.

이주성은 그 집의 단골이었다. 외상으로 실컷 먹고 보릿자루를 가져다주곤 했다. 그때마다 나는 그와 공범이 되었다.

얼굴이 달걀 모양이고 몸매가 오동통한 빵집 아주머니가 말했다.

"보리 가격이 많이 떨어졌어."

구레나룻 무성한 주인 남자가 와사등을 빵틀 앞에 걸었다. 그을음 때문에 유리가 거무죽죽했고, 불이 검붉었다.

이주성은 아주머니의 말에는 아랑곳하지 않고, 등받이 없는 의자를 빵틀 앞으로 끌어당겨놓고, 바야흐로 꺼내놓은 따끈한 빵을 집어먹기 시작하면서 말했다.

"먹어라."

나는 배가 고파 있었다. 거죽이 약간 거뭇거뭇하게 탄 빵은 고소했고 달콤했다.
　내가 다섯 개째 먹었을 때, 그가 말했다.
　"야! 너 문학 할 거니?"
　나는 고개를 떨어뜨리고 어색하게 웃기만 했다.
　"시인이나 소설가를 꿈꾸고 있단 말이네?"
　나는 대꾸하지 않았다. 딱히 대꾸할 말이 떠오르지 않을 때 나는 일단, 말을 꿀꺽 삼키는 버릇이 있었다. 더구나 나는 그의 번뜩거리는 예리함에 주눅이 들어 있었다.
　그가 말을 이었다.
　"그럼 '굶은 과'를 가야겠네?"
　굶은 과라니? 그의 얼굴을 멍히 바라보기만 하는데, 그가 설명했다.
　"대학의 국문과를 '굶은 과'라고 하는 거야. 기껏 나와봐야 취직이 안 되므로 밥을 굶게 된다는 뜻이야."
　나는 고개를 숙이고 빵만 먹었다. 그가 한입 가득 씹은 것을 꿀꺽 삼키고 말을 이었다.
　"나도 한때는 시인 소설가가 되려고 꿈을 꾸었었지. 그런데 아무리 해도 안 돼. 그래서 그만두었어…… 나는 과거의 쓰라린 경험이 무지무지 많은 사람이지 않니?"

　중학교 삼학년 초여름의 어느 일요일 해질 무렵에, 이주성은 원도리 뒤편 냇가에 앉아 신흥사를 건너다보며 말했었다.

"내가 저 절에서 이 년을 살았다. 여러 가지 이유에서…… 내가 동자승 노릇 않고 학교를 제대로 다녔으면 네 삼 년 선배가 될 것이다."

그는 열두 살 때부터 동자승 노릇 하던 이야기를 했다.

새벽잠을 쫓으면서 부처님에게 백팔 배를 한 일, 목탁을 두들기면서 염불을 한 일, 하늘에 구멍이 뚫린 듯 장맛비가 계속 쏟아지고, 홍수로 시뻘건 물이 소용돌이치며 흐르는 방림소 절벽 자드락길을 타고, 서국민학교에까지 주지스님의 열 살짜리 아들을 데리러 다닌 일, 그 주지의 아들이 공을 차다가 다리를 삐었을 때 학교까지 부축해 데려다주고 또 부축해 데려오던 일, 누더기 같은 얇은 일복을 입고 얼부풀어 터진 손으로 땔나무를 해다가 주지스님의 방과 스님 아들의 방에 불을 지핀 일, 해가 뉘엿뉘엿 질 때마다 어머니에게로 도망쳐가버리고 싶은 것을 울면서 참고 견딘 일……

이주성은 물 한 모금을 마시고 나서 말했다.

"나 같은 사람도 문학에 실패를 했는데…… 너 일찌감치 다른 길로 나가거라. 문학은 감수성이 아주 예민한 사람이 하는 것인데, 내가 보기로 너는 감수성이 별로 예민하지 못해. 내가 무슨 말을 하면 너는 얼른 알아듣지 못하고, 고개를 떨어뜨려버리거나 멀뚱하게 허공을 쳐다보곤 하지 않니?"

나는 가슴이 답답해졌다. 눈앞에 숯검정 가루 같은 절망이 쏟아졌다. 그가 나의 감수성이 예민하지 못하다고 제시한 증거, 그가 어떤 말을 던질 때 내가 고개를 떨어뜨려버리거나 멀뚱하게 허공을 쳐다보곤 하는 것은 사실이었다.

그의 생각과 말은 알 수 없는 바람결처럼, 내가 따라잡지 못하도록 현기증나게 앞장서 달리곤 하는 것이므로, 나는 일순 멍해지곤 했다. 거기다가 나는 그가 말을 하는 사이사이에 순간적으로 딴생각을 하곤 하므로, 그가 한 말의 줄거리나 실체를 놓쳐버리는 것이었다.

순간적으로 딴생각 속으로 빠져들어가는 나를 나는 어떻게 제어할 수가 없었다. 내 속에 알 수 없는 시꺼먼 어떤 한 놈이 들어 있었다. 그놈이 나로 하여금 늘 딴생각 속으로 나를 끌고 들어가곤 하는 것이었다.

그가 말을 이었다.

"또 네가 어찌어찌하여 시인이나 소설가가 되었다 할지라도 말이야, 너 평생 배고프게 살 수밖에 없다. 처음부터 다른 길로 나가거라."

그후 나는 우울 속에 깊이 빠져들었고, 학교 다니는 것, 공부하는 것, 친구들과 사귀는 것이 재미없어졌다. 나는 왜 감수성이 예민하게 태어나지 못했을까.

초영

담 너머 군수네 집에서는 가끔씩 앳된 처녀의 울음소리가 들려오곤 했다. 그냥 우는 것이 아니고 대들면서 우는 것이었다. 그 쫑알쫑알 대들면서 우는, 가느다랗고 쨍쨍 울리는 싱싱한 처녀의 목소리 사이사이에 늙은 노파의 굵고 나지막하고 음산한 말소리가 끼어들곤 했다.

그 집 외할머니가 외손녀를 꾸짖는 것이고, 외손녀는 반항하는 것이었다. 그 처녀는 중학교 이학년인 초영이었고, 이주성의 여동생이었다. 그녀는 머리가 영특하고 부지런하여, 자기 학년 가운데서 늘 수석을 차지하곤 한다고 했다.

골목길에서 그녀를 가끔 만났다. 어머니의 것인 듯싶은 하늘색 스웨터와 자락 끝이 정강이에서 찰랑거리는 미색 통치마 차림의 그녀.

학교에 오가다가 교복을 입은 그녀를 만나기도 했다. 검은 제복의 흰 칼라 위에 얹힌 동글납작한 얼굴은 커다랗고 흰 연꽃송이 같았다.

나하고 동갑이라는데, 아랫도리가 살망하고 윗몸이 튼실해 보이고 새까만 눈이 반짝거렸으며, 고집스럽게 다문 입이 약간 작아 보였다. 그녀는 내 자췻집의 사립을 지나 언덕 위의 친구 집엘 가끔 가곤 했다.

나와 마주치면 그녀는 땅을 내려다보며, 어깨를 양옆으로 한 차례 움씰하고, 약간 수줍은 태도를 보이면서 비껴갔다. 그녀에게서 배릿한 듯 새곰하고 고소하고 향긋한 체취가 날아왔고, 나는 가슴이 울렁거렸다.

무엇인가를 이용하여, 그녀의 마음을 나에게로 쏠리게 하고 싶었다. 시나 소설밖에는 별 뾰족한 수가 없었다. 한데, 감수성이 둔하기 때문에 문학을 하게 되면 실패하고 말 거라는, 그녀의 오빠 이주성의 말이 나를 절망하게 했다.

교련시간

고등학교에 들어간 뒤 나를 가장 고통스럽게 하는 것은 교련시간이었다.

교련시간, 그것을 열여섯 살, 고교 일학년인 나로서는 도저히 이해할 수 없었다. 그것은, 우리들의 세상보다 한 차원 위쪽에 살면서, 우리들을 지배하는 보이지 않는 시꺼먼 무언가가 만들어놓은 혜량할 수 없는 거연한 법칙인 듯싶었다.

순경들의 검은 제복만 보아도 가슴이 떨리곤 하는 나는, 교련시간의 엄하게 경직되어 있고, 반드시 절도 있게 행동해야 하는 분위기에 애초부터 주눅이 들어 있었다.

키 큰 순서에 따라 3열 횡대로 설 때엔, 키가 중간쯤인 나는 늘 육군 중위의 풀색 제복을 입은 교련선생 앞에 서야 했고, 그런 채로 우로나란히를 하여 줄을 맞출 때면, 앞으로 반의반 발쯤 나오거나 뒤로 물러나 있곤 하다가 지적을 받곤 했다.

금테 안경에 지휘봉을 든 호리호리한 교련선생과 첫번째 만난 시간에는, 차렷 자세와 열중쉬어 자세와 우향우, 좌향좌, 뒤로돌아를 배웠다.

동작을 하나하나 취할 때마다 나는 교련선생에게서 꾸중을 듣고 열중의 바보가 되었다.

선생은 오른손에 든 지휘봉으로 왼손바닥을 가볍게 때리면서 "차렷!" 하고, 구령을 붙였다. 학생들이 부동자세를 취하고 있으면, 그 딱딱하고 엄정한 자세를 풀어주지 않은 채, 부동자세의 요령을 말했다.

"턱을 당기고, 이를 가벼이 물고, 아랫배에 힘을 주고, 주먹은 달걀 하나를 쥔 모양을 하고, 정면을 보아라. 적이 눈앞에 있다. 그 적을 내 눈총으로 쏘아 쓰러지게 해야 한다. 벌이 날아와 쏴도 꼼짝을 하지 않아야 하고, 먼지가 눈으로 들어가도 깜박거리면 절대 안 되고, 정면을 찌를 듯이 보아야 한다."

차렷 자세는 고통 그 자체였다. 그 자세를 취한 채 나는 자꾸 눈을 깜박거렸다. 눈꺼풀과 눈동자에 힘을 주면서 정면을 보면, 세상의 모든 빛과 바람이 내 눈으로 몰려들어왔고, 눈동자가 시렸고 눈물이 흘렀다. 눈물을 훔치고 나면 눈앞이 흐렸다. 흐릿한 안개 자락이 소용돌이쳤다. 입안에 고여 있는 침을 삼키지 않을 수 없었고, 동시에 오줌이 마려웠다.

교련시간이 시작되기 직전에 오줌을 말끔하게 누고 왔음에도 불구하고, 부동자세만 취하면 방광이 부풀어오르고 전립선과 항

문의 괄약근이 시고 아리고 저렸다.

입을 굳게 다물고, 차렷 자세를 취하고, 허공의 정면 어느 한 점을 향해 눈동자를 고정시킨 채, 교련선생이 앞을 지나가기를 기다리는 동안에는 다리가 후들후들 떨렸다.

부동자세의 정확한 실천 여부를 살피며 순회하던 교련선생은, 내 옆쪽 학생 앞에 서서 지휘봉 끝으로 얼굴을 찌를 듯이 가리키며 "너!" 하고 말했다. 지적당한 학생은 소스라치게 놀라 "네!" 하고 나서 큰 소리로 씩씩하게 말했다.

"전라남도 장흥고등학교 일학년 일반, 윤, 선, 욱!"

교련선생이 나에게 다가와서, "너!" 하고 지적했을 때 나는 "네!" 해놓고는 학교명 학년 반 이름을 말하지 못했다.

선생이 나를 향해 "관등성명을 잊었나!" 했지만, 나는 그것을 대지 못했다. 머릿속이 텅 비고, 의식이 온통 하얘졌다.

제식훈련을 하는 동안에도 나는 내내 선생과 아이들의 웃음거리였다. "좌향좌!"라는 구령에 우향우를 하고, "우향우!"라는 구령에 좌향좌를 했다.

"앞으로 가!" 하는 구령이 떨어졌을 때, 왼발부터 나가지 못하고 오른발부터 나가곤 했다. "뒤로돌아 가!"라는 구령에 한 발 더 가서 돌거나, 한 발 덜 가서 돎으로써 앞사람이나 뒷사람과 부딪치는 실수를 저질렀다.

분열식 연습을 하면서는 두 팔을, 앞으로 내디디는 발과 함께 내밀곤 했고, 다른 사람들이 왼발을 앞으로 내디딜 때, 나는 오른발을 내디디곤 했다.

교련선생은 지휘봉을 든 채 소리쳐 말했다.

"천 명이 움직이지만, 한 사람이 움직이는 것같이 절도 있고 씩씩하게, 척척, 척척 하는 일사불란한 소리, 이 얼마나 기분 상쾌한 소리냐!"

나는 교련선생의 그 말을 이해할 수 없었다. 많은 학생들이 발맞추는 소리를 들으면 나는 온몸에 소름이 끼치곤 했던 것이다.

사십오 분 동안의 교련시간이 마흔다섯 시간처럼 길게 느껴졌다. 그 고통스러운 교련시간을 피하기 위하여, 나는 악대원이 되어야 하겠다고 마음먹었다. 악대원이 되면 교련시간에 빠져도 되기 때문이었다.

오금

고교 시절의 나를 괴롭힌 또 한 가지는 왼다리 오금의 피부에 기생하는 습진이었다.

그것은 내 속에 숨어 사는 알 수 없는 시꺼먼 놈의 장난인 듯싶었다.

겨울이 지나고, 마른나무에 물이 오르고, 땅속에서 새싹들이 솟아오르면, 그 오금의 오목한 부분이 가렵기 시작했다. 가을 동안 내내 기승을 부리다가 겨울 들면서 어디론가 사라졌던 습진이 봄이 되면 도지는 것이었다.

잠을 자다가 나도 모르는 사이에 가려운 오금을 긁어대곤 했다. 가려운 곳 긁어대는 맛은 환장하게 좋았다. 긁히는 부분이 시원해지면서, 온몸에 저릿저릿한 쾌감과 진저리쳐지는 전율이 동시에 일어났다.

잠결에 그 시원하고 저릿저릿한 쾌감을 즐기며 그곳을 긁어놓고 나서는 후회했다. 쾌감의 역반응인 환부의 화끈거림과 아림과 쓰라림 때문에.

아침에 일어나서, 간밤 잠결에 긁어놓은 환부를 보면, 좁쌀 같은 것들이 돋아나 있었다. 심한 운동을 할 때, 옷자락에 스치거나 긁히면 진저리가 쳐졌고, 빨갛게 성이 났다.

한나절이나 하루쯤 조심해주면, 성이 가라앉고 헐었던 표피가 아무는데, 그때부터는 다시 가려워졌다. 옷을 입고 있을 때 가려우면, 바짓가랑이 위를 힘껏 짓누르면서 긁적거렸다. 그 순간은 시원하지만, 곧 아리고 쓰라리면서 화끈거렸다.

중학생 시절부터 생긴 고질이었다.

병원이나 약방에 가서 보이고, 주사를 맞고 처방해주는 물약이나 연고를 발라보았지만 듣지 않았다. 옴약을 바르고, 참지네 볶은 가루를 참기름에 이겨 발라도 낫지 않았.

형이 어디서 듣고 왔는지 마늘을 찧어서 즙을 바르면 낫는다더라고 했다. 형의 말대로 했더니, 마늘의 독 때문에 벌겋게 성이 났다. 소록도 나병환자들이 바른다는 약을 구해다가 발라보고 싶었는데, 그것을 구할 길이 없었다.

수업시간에도 나는 가려움증이 일어나면, 얼굴을 찡그린 채 옷 위를 힘껏 눌러 긁적거리면서 일순간의 쾌감을 즐기곤 했는데, 그러면 그 부위는 화끈거리면서 진물을 쏟아냈다. 그 진물은 가랑이의 옷에 묻었고, 체온으로 인해 말라서 나무토막의 표면처럼 뻣뻣해져 환부를 자극했고, 자극받은 환부는 성이 났다. 성난 환부가 아프다고 남 보기 싫게 절뚝거리며 다닐 수 없어, 애써 똑바르게 천천히 걷곤 했다.

그것은 나를 늘 슬프게 하고 우울 속에 빠져들게 했다. 그게 나병인지도 모른다는 생각이 들기도 했다.

그 병균은 피돌기를 따라 여기저기 떠돌아다니다가 내 눈썹의 뿌리와 손과 발의 마디들을 갉아먹지 않을까. 눈썹이 없어지고 손가락마디 발가락마디 들이 썩어 문드러지고, 그리하여 나병환자 수용소인 소록도로 끌려가게 되지 않을까.

나는 두 사람의 나병환자에 대하여 알고 있었다. 한 사람은 죽청마을에 사는 내 이종사촌형이었는데, 소록도로 끌려가지 않으려고 집 뒤란에 판 굴 속에 숨어살면서 수은을 죽여 바르다가 그것에 중독되어 온몸이 퉁퉁 부어 죽어갔다.

이웃마을의 한 사람은 자기네 집 골방에서 숨어 나병을 앓고 있었는데, 마을 사람들이 몰려들어 그 집 사립문 앞에 가시울타리를 쳐버리자, 식구들이 어찌할 수 없이 그를 한밤에 소록도로 실어다주었다.

나는 이종사촌형과 나의 유전형질이 비슷할지도 모른다는 생각을 골똘하게 하곤 했고, 소록도로 실려가는 내 모습을 머리에 그리며 잠을 설치곤 했다. 나병이 유전된다는 말을 누구에게서인가 들었으므로.
　어느 날 밤, 잠결에 오금을 긁어대면서 시원한 쾌감을 즐기다가 화끈거리는 아픔 때문에 일어났다. 밖으로 나가니 새벽달이 서쪽 산마루에 걸려 있었다. 아리고 쓰라린 오금을 어찌하지 못한 채 스페인 싸움소의 뿔 같은 달을 쳐다보면서 울었다. 소록도로 끌려가서, 밤에 일어나 혼자 달을 쳐다보며 울고 있는 내 모습이 머리에 그려져 한없이 슬펐다.

　나병환자들은 맨 먼저 온몸의 살갗 여기저기에 감각이 없어지고, 눈썹이 빠지기 시작하고, 다음은 콧잔등이 썩어 문드러진다는 말을 친구들에게서 들었다.
　아침에 일어나면 세수를 하고 나서 손거울을 들여다보곤 했다. 먼저 눈썹이 빠지고 있지 않은지, 콧잔등이 무너지고 있지 않은지 살폈다. 이어, 볼과 엉덩이와 종아리와 팔을 꼬집어보았다.
　겁이 더럭 났다. 내 눈썹은 드문드문했고, 다른 동무들의 그것에 비해 까맣지 않고, 눈썹의 올들이 눌눌하면서 가늘었다. 내 코의 운두는 우뚝하지 않고, 잔등은 납작하게 무너져가고 있는 듯싶었다. 살갗 여기저기를 힘껏 꼬집어보니 그렇게 많이 아프지 않은 듯싶었다.

아, 내 몸에 나병이 진행되고 있는 것 아닐까.

나는 도리질을 하며 나를 달랬다.

'그럴 리가 없어! 어머니가 나를 잉태했을 때, 여느 유자보다 더 탐스럽고 큰 천도복숭아 같은 유자의 꿈을 꾸었다지 않더냐!'

클라리넷

점심시간이 되자마자 도망치듯이 밖으로 나왔다. 도시락을 가져오지 않았으므로, 배고픈 나에게는 교실 안에 퍼지는 밥냄새와 김치 냄새 따위가 고역이었다.

운동장 한가운데에는 아이들이 편을 갈라 축구를 하고 있었으므로 가장자리를 맴돌았다. 빨간 벽돌 교사 이층 악대실에서 트럼펫 트롬본 따위의 금관악기들 소리가 들렸다. 유현한 목관악기 소리도 들렸다.

그 소리를 학생들은 '보리 닷 되'라고 말했다.

삼 년 전 중학교 이학년 초여름에, 나는 고향집에서 내 몫의 보리 닷 되와 형 몫의 보리 닷 되를 한데 모아 짊어지고 팔십 리 길을 걸어왔고, 그것을 학교에 바쳤다. 중학교와 고등학교 전교생들이 모두 보리 닷 되씩을 바쳤다.

학교는 그것들을 돈으로 바꾸어 악기를 사들였고, 취주악대반을 조직하여 운영하고 있었다.

'보리 닷 되'라는 말을 듣거나 입에 담을 때마다 내 머리에는

'겉보리 닷 되'에 팔려가서 죽은 동녀의 원혼이 되었다는 새가 떠오르곤 했다.

악대실을 향해 갔다. 오래전부터 나팔을 불어야겠다는 생각을 해왔다. 트럼펫을 부는 문영철에게서 클라리넷 요원이 부족하다는 말을 들었다. 클라리넷을 불면 교련시간을 피할 수 있었다.

나는 어린 시절부터 일곱 개의 구멍이 뚫려 있는 피리를 잘 불었다. 집안일을 도와주곤 하는 문중 당숙이 피리 부는 법을 가르쳐주었다. 피리로 〈아리랑〉〈도라지타령〉〈고향의 봄〉〈목포의 눈물〉 따위를 연주했다.

클라리넷의 원리는 피리와 비슷하다고 들었다.

마침 음악선생이 악대실에서 걸어나오고 있었으므로 나는 앞을 막아서며 말했다.

"선생님, 나팔을 한번 불어보고 싶습니다."

음악선생은 내 위아래를 훑어보고 물었다.

"그전에 피리 같은 것 불어봤니?"

"불어봤어요."

음악선생은 나를 악대실로 데리고 들어갔다. 악기보관함에서 클라리넷을 꺼내 쥐여주면서 불어보라고 했다.

나는 대번에 소리를 냈다.

음악선생은 내 등을 툭 쳤다. 책 한 권을 꺼내, 클라리넷 교습

편을 펼쳐주면서 말했다.

"이것 보면서 한번 불어봐. 리드가 이빨 끝에 부딪혀 깨지지 않게 조심하면서."

나는 책에 그려진 그림과 클라리넷을 대조하면서 그것의 구조와 음계를 공부했다. 모든 것이 피리와 비슷한데, 옥타브를 올리고 내리는 기술이 다를 뿐이었다.

그날 수업이 끝난 다음 악대실로 간 나는 클라리넷을 꺼내들고, 악보를 보지 않은 채 피리 연주하듯이 〈고향의 봄〉을 연주했다.

음악선생이 놀라는 눈으로 나를 보면서 말했다.

"그래, 너 퍼스트 불면 좋겠다."

점심시간

이후 날마다 점심시간이면 악대실로 달려가곤 했다.

며칠 뒤, 나는 악기창고에서 클라리넷을 꺼냈다. 윤기나는 까만 그것의 흰 포지션 장식들이 창문에서 날아온 빛살을 받아 하얗게 반짝거렸다.

뱃속이 허전했다. 음수대에서 물 한 컵을 들이켜고, 명곡집을 옆구리에 끼고 밖으로 나갔다. 뒷동산을 향해 가는데 지나가는 한 남학생이 "보리 닷 되!" 하고 말했다. 그 말 속에는 희롱이 담겨 있었다.

악대원들 모두가 공부를 멀리하는 아이들이라고 소문나 있었다. 선생님들도 악대원들을 내놓은 놈들로 취급했다. 수업시간에 숙제를 해오지 않았거나, 칠판 앞으로 나와 문제를 풀어보라고 하여 풀지 못하면, 선생이 "가서 보리 닷 되나 보듬고 있어라" 하고 빈정거렸다.

아이들도 악대원들을, 장차 광대 노릇이나 하고 살아갈 사람들이라고 생각했다.

그렇지만 나는 악대원 된 것이 좋았다. 첫째 좋은 것은 말했듯 교련시간에서 빠질 수 있어서였고, 다음 좋은 것은, 그 악기로 서양의 유명 가곡들을 하나씩 더듬어 연주해가며 즐기는 재미 때문이었다. 교련시간이면 클라리넷을 가지고 뒷동산으로 가서 연습을 했다. 클라리넷 부는 재미로 학교에 다니고 있었다.

무덤 둘이 나란히 있고 그 앞에 상석이 있었다. 상석 앞에 악보를 펼쳐 돌멩이로 눌러놓고, 상석에 엉덩이를 붙이고 앉아서 클라리넷을 불었다.

머나먼 저곳 스와니 강물 그리워라.

악대원으로서 불어서는 안 되는 곡이었다. 악대원은 애국가나 행진곡 연습만 해야 하는 것이었다. 그렇지만 나는 클라리넷을 집어들기만 하면, 음악선생과 악대장의 귀를 멀리 피해 〈스와니 강〉을 불었다. 스와니 강이 어디 있는 어떤 강인지 모르지만 나는 늘 그 강의 세계가 그리웠다.

유향 풍기는 어머니의 품처럼. 고향마을의 산과 바다처럼.

열흘 전에 용돈이 떨어졌다. 자취방 안쪽 구석에 두 개의 곡식자루가 있었다. 하나는 쌀자루이고 다른 하나는 보릿자루였다. 돈이 될 수 있는 것은 쌀자루였다. 쌀자루를 들고 가게로 가서 팔았다. 그 돈으로 깎은 보리 닷 되를 사들여오고, 남은 돈을 형과 내가 나누었다. 나는 그것으로 명곡집과 시집과 흰 운동화 한 켤레를 샀다. 흰 운동화는 악대원의 흰 바지에 맞춰 신어야 하는 필수품이었다.

쌀 한 톨 넣지 않고 보리만 넣어 지은 밥은 검누르렀고, 왕모래알처럼 거칠었다. 반찬이 떨어졌으므로 된장 한 점씩을 찍어 넣고 거친 꽁보리밥을 먹었다.

담임선생은 결식을 하면 안 된다고 점심을 반드시 싸오라고 성화이지만, 나는 점심시간이 되기가 무섭게 교실을 빠져나오곤 했다.

위박사

위박사가 자기의 클라리넷을 들고, 나를 찾아 뒷동산으로 왔다. 해남고등학교에서 전학을 오자마자 악대원이 된 이학년 학생이었다.

위박사는 그의 별호였다. 연애사건으로 퇴학을 맞고 전학오게 되었다는 소문이 났으므로, 악대장 강성진이 '위박사'라고 이름 붙인 것이었다. 연애박사라는 뜻이었다.

음악선생은 위박사의 클라리넷 지도를 나에게 맡겼다.

위박사는 어떤 두려운 분위기 앞에서 긴장하면 손을 떠는 버릇이 있는 겁쟁이였다. 후배인 내 앞에서도 손을 떨면서 포지션을 헛짚곤 했다. 이제 겨우 소리를 내고, 옥타브 올려 불기와 내려 불기를 터득했고, 음계의 포지션을 습득했다.

위박사는 나에게, 일요일마다 학교에 나와서 연습을 도와달라고 사정했다. 나는 일요일에 기쁜 마음으로 등교했고, 뒷동산 묘역에서 그를 도와주었다. 위박사는 점심때 자장면으로 보답을 했다.

위박사는 악보 보는 실력이 부족했고, 악보가 지시하는 대로 포지션을 짚어내지 못했다. 그는 내가 그의 악보를 보고 연주해주는 선율을 귀로 외워담은 다음에 연주하려고 들었다.

때문에 그의 발전은 더디었다. 귀로 외워담아서 하는 그의 연주는 문제가 많았다. 모든 악대원들이 모여 합주를 할 때 탈을 내버리곤 했다.

내가 퍼스트(멜로디)를 불고 위박사는 세컨드(알토)를 불었는데, 합주를 하다보면, 그는 한 옥타브를 내린 채 내가 부는 멜로디를 따라 불고 있곤 했다.

연주해야 할 선율을 귀로 외워담은 그는 자기의 악기 소리가 분명하게 들릴 때는 제대로 연주를 하는데, 옆에서 다른 악기들이 뽕빵뽕빵 소리를 내면, 엉뚱한 소리를 내버리곤 하는 것이었다.

  악대원들이 다 모여 행진곡이나 애국가 따위를 연주할 때마다, 위박사는 음악선생과 악대장의 꾸중을 듣곤 했다.

  번번이 실수하고, 악대장과 음악선생으로부터 무참을 당하면서도 끝까지 악대원 노릇을 하려 드는 위박사를 나는 이해할 수 있었다. 위박사는 교련시간에 교련선생과 학생들에게서 반편 대접을 받곤 한 것이었다.

  토요일 오후에, 몇 차례 행진곡과 애국가를 맞추어본 다음 쉬는 시간에 악대장이 위박사에게 빈정거렸다.
  "야, 위박사, 가시내 따먹은 이야기나 털어놔라."
  위박사는 얼굴이 붉히면서 고개를 떨어뜨렸다.

  위박사는 애국가 악보와 행진곡 악보를 펼치며 투덜거렸다.
"퍼스트고 세컨드고 구별하지 말고, 그냥 모두가 멜로디만을 불었으면 좋겠어."
  그가 불어야 하는 세컨드 악보는 내가 불기로도 생뚱스러웠다.
  나는 먼저 그의 악보대로 연주를 해 보이고, 나를 따라 연주하라고 말했다. 그는 손을 떨어가면서 어설프게 연주를 했다.
  나도 답답했다. 서투른 그에게 그 세컨드의 연주 훈련을 시키

느니 차라리 내가 그것을 불어버리고, 그에게 퍼스트를 맡겨버리는 것이 좋을 듯싶었다.

그날 오후 음악선생에게 나의 뜻을 말했다.

음악선생은 절대로 안 된다고 고개를 저었다. 합주를 할 때 세컨드 클라리넷의 소리가 나오지 않는 것은 용인할 수 있지만, 퍼스트 클라리넷 소리가 나오지 않게 되면 큰일이라는 것이었다.

음악선생은 마침내 위박사가 클라리넷과 더욱 친숙해질 수 있도록 조치했다. 방과 후에 악기를 집으로 가지고 가서 연습을 하라는 명령을 내렸다.

그 덕분에 나도 내 클라리넷을 자취방으로 가지고 갈 수 있었다. 나는 설레는 가슴을 주체하지 못한 채 악기상자를 들고 자취방으로 들어서자마자 혼자 연주하기 시작했다. 그것은 수탉이 혼자서 하늘을 향해 자기 목청껏 울어대는 것과 같은 것이었다. 나는 나의 독주를 들려주고 싶은 사람이 있었다. 초영이었다.

거래

방 안에서 〈바위고개〉를 연주하다가 밥을 지으려고 부엌으로 나가는데, 초영의 남동생이 내 자취방을 기웃거렸다. 얼굴이 가무잡잡하고, 눈동자가 검은 보석처럼 반짝거리고, 몸매가 호리호리한 중학교 일학년짜리. 이름이 '주인'이었다.

늦은 가을. 내 오금에 습진이 기승을 부리던 슬픈 계절.

그 슬픔을 빛깔로 이야기한다면 암울한 보라색일 터이었다. 내 자취방에는 그 보라색이 맴돌았다.

서쪽 하늘에서 타는 황혼이 부엌 안을 물들였다. 주인이의 반짝거리는 눈빛이 내가 들고 있는 바가지의 깎은 보리알들 위로 날아왔다. 나는 얼굴이 뜨거워졌다. 나의 가난한 식생활의 실체가 들통난 것이었다. 나의 가난은 곧 초영에게 전해질 것이다.

주인이는 나를 향해 빙긋 웃으면서 고개를 까딱했다. 나도 고개를 까딱해주었다. 처음 만남이었지만, 주인이는 쑥스러워하지 않고 손에 들고 있던 것을 내 앞에 내밀었다. 책이었다.

주인이가 말했다.

"누님이 빌려온 것인데, 읽고 내일 아침 학교에 갈 때 달라고 했어."

일방적인 주문이었으므로 나는 당혹했고, 가슴이 우둔거렸고, 얼굴이 후끈 달아올랐다. 혹시, 연애편지를 책갈피 속에 넣어 보낸 것 아닐까.

표지를 보니 『삼총사』였다. 말 위에 올라탄 갑옷 입은 기사가 왼손에 방패를 든 채 칼을 휘두르고 있는 그림이 그려져 있었다. 책장들을 얼른 넘겨보고 싶었지만 참았다.

멍해져 있는 나를 흘긋 보면서 주인이가 말했다.

"읽기 싫으면 안 읽어도 된다고 했어."

"읽을 거야!"

솥을 씻고 밥을 안친 다음 불을 지폈다.

주인이는 내 방의 책상 위에 놓여 있는 클라리넷을 보며 말했다.

"형, 나 저것 한번 불어봐도 돼?"

그는 클라리넷에 홀려 있었다.

나는 그가 클라리넷에 홀려 있는 사이에 얼른 책갈피들을 후르르 넘겨보았다. 연애편지는 없었다. 흔히 여성들이 좋아하는 남성들에게 첫 선물로 하곤 한다는 손수건 한 장도 들어 있지 않았다. 그렇지만 책을 손에 든 내 가슴은 설레었다. 그 책에 그녀의 고운 손길이 오래 닿았다는 것, 그녀가 나에게 그것을 읽히려 하는 마음이 서려 있다는 것이 나를 황홀하게 했다.

"형, 나 저것 한번 불어봐도 돼?"

주인이가 나를 쳐다보며 다시 물었다.

나는 도리질을 했다.

"안 돼!"

악대원들이 지켜야 할 엄한 규칙 때문이었다. 악기는 생명처럼 보호해야 된다는 것이었다. 다른 사람에게 자기 악기를 불게 하는 것은 자기 몸 깊은 곳을 함부로 만지게 하는 것과 똑같다고 했다. 같은 악대원끼리도 남의 악기에 손대면 안 되는 것이었다. 자기 악기를 남이 불게 되면, 남이 숨겨 가지고 있는 호흡기병과 입병이 옮을 수도 있으므로.

또한 마우스피스에 끼운 갈대로 된 '리드'가 문제였다. 그것은 클라리넷의 몸통에 피를 돌게 하고 영혼을 깃들게 하는 것이었다. 연주할 때는 리드를 입속에 넣고 부는데, 그것의 떨림이 소리를 만들어내는 것이다.

처음 연주하는 사람이 그것을 입에 넣을 때 이빨 끝으로 잘못 건드리면 쉽게 깨졌다. 깨지면 헛바람이 새면서 가르릉거리는 소리가 나게 되므로 새것으로 바꾸어야 한다. 그게 깨지면 음악선생에게 꾸중을 들었다. 소모품이지만 매우 값이 비싸다고 했다.

"그럼…… 불지는 않고 만져보기만 할게."

만져보기만 하겠다는 것마저 거절할 순 없지만 혼자서 만지도록 방치할 수 없었다. 잘못 만지다가 리드를 손상시키면 큰일이었다.

"잠시 기다려. 나 이것 해놓고 보여줄게."

아궁이의 불을 다 지펴놓고, 주인이를 데리고 방으로 들어갔다.

악기를 보여주면서 설명해주었다. 일직선인데다 길이가 칠십 센티쯤인 새까만 클라리넷 표면에 달린 포지션 장식들은 하얀 스테인리스로 되어 있었다. 그 장식 하나하나가 신기한 장신구나 놀이기구 같았다. 그냥 손가락으로 막고 트는 구멍이 일곱 개 뚫려 있고, 흰 장식의 끝을 눌러서 트고 막는 구멍들도 십여 개나 있었다.

"이것은 옥타브를 올리고 내릴 때 트기도 하고 막기도 하는 것이야."

나는 주인이에게 악기를 만지게 하고 구멍들을 손가락으로 짚어보게 하기는 했지만, 입을 대고 불지는 못하게 했다.

주인이의 눈동자는 보물섬에 온 도둑의 눈처럼 빛났다. 그는 여섯 개의 구멍들을 손가락으로 막은 다음 리드 달린 마우스피스를 입에 넣고 한번 소리를 내보고 싶어했다.

"한 번만 불어보면 안 돼?"

주인이는 애처롭게 하소연하듯 말했다. 그 애처로운 눈빛이 내 가슴을 흔들었다. 그 눈동자의 뒤에는 초영이라는 사랑의 권력자가 있었다. 그의 감정을 상하게 하면 그의 누님 초영이 서운해할 터이었다.

나는 악대원으로서 지켜야 할 법규를 한 차례만 위반하기로 용단을 냈다.

"그래, 꼭 한 번만 불어봐야 한다. 입에 넣을 때, 이 리드가 이빨에 부딪히지 않게 조심하면서 한 번만 불어봐라. 힘껏!"

주인이가 입에 넣고 불었지만 헛바람만 샐 뿐 소리는 나지 않았다.

"아랫입술로 리드를 살짝 누르면서 불어야 소리가 나는 거야."

주인이는 대여섯 번 시도를 했지만 끝내 소리를 내지 못했다.

그에게서 악기를 빼앗았다. 리드와 마우스피스에 묻은 그의 침을 손수건으로 닦아내고 내가 불어 보였다.

머나먼 저곳 스와니 강물 그리워라.

주인이는 신기하고 부러운 눈빛으로 나와 클라리넷을 바라보았다.
부엌에서 밥냄새가 날아왔을 때, 주인이는 나에게 무리한 청을 했다.
"형, 아주 고소하고 맛있는 냄새가 나는데…… 나 밥 좀 얻어먹고 가면 안 돼?"
난처했다. 쌀 한 톨도 들어 있지 않은 왕모래알 같은 밥을 어떻게 귀한 집 아이한테 먹일 수 있단 말인가.
한동안 망설이던 나는 솥 안에 들어 있는 왕모래 같은 밥을 세 그릇에 나누어 담았다. 두 사람 먹을 밥을 세 그릇에 나누어 담았으므로 양이 적었다. 한 그릇은 형의 몫으로 남겨놓고, 한 그릇을 주인이에게 주고, 다른 한 그릇을 내 앞에 놓았다. 반찬은 깍두기 한 가지였다.
"쌀이 없어서 보리만 해 먹는 거야?"
주인이가 내 얼굴을 쳐다보았다. 나는 주인이의 눈길을 피하면서 꽁보리밥을 씹어먹기만 했다.
주인이는 더 묻지 않고 먹기만 했다. 방 안에는 한동안, 두 사람의 깍두기 씹는 소리와 꽁보리밥 먹는 소리만 들렸다.
주인이가 한창 달게 먹으면서 말했다.
"먹어보니까 꽁보리밥이라도 아주 맛있네. 오도독오도독…… 오래 씹으니까 고소하고 달콤하고……"
대꾸하지 않고 먹는데 석비레 돌 하나가 씹혔다. 나는 밥알들 사이에서 와삭 부서져버린 그것을 뱉지 않고 잠시 우물거리다가 삼켜버렸다.

한동안 오도독오도독 밥을 먹던 주인이가 말했다.

"그런데 이 밥 계속해서 먹으면 방귀가 무지하게 잘 나오겠다!"

주인이가 돌아간 다음 나는 밤을 새워 『삼총사』를 읽었다. 그 책 속의 세계는 내가 살아온 세계와 전혀 다른 아름답고 깨끗하고 신기한 세계였다. 나는 나를 잃어버리고 그 책 속의 세계로 빠져들어갔다.

마지막 책장을 덮었을 때는 날이 하얗게 밝아 있었다. 나는 잠잘 것을 포기하고, 아침밥을 지어 먹었다.

형은 어디에서 무얼 했는지 들어오자마자 이불을 덮고 드러누웠다.

"학교 안 갈 거야?"

형은 귀찮다는 듯 무뚝뚝하게 말했다.

"너 혼자 가."

형이 헛걸음질치고 있는 것이 안타까웠다. 앞날이 보잘것없는 조무래기 같은 무리들과 형이 뒤섞이고 있다고 생각됐다. 이때 내 내부에서, 나의 의사와 상관없이 일어나고 있는 음모 하나가 드러나 보였고, 나는 진저리를 쳤다. 내 속의 시꺼먼 알 수 없는 놈이 형의 헛걸음질을 고소해하고 있었다.

내가 형을 물끄러미 내려다보고 있을 때, 주인이가 헐레벌떡 달려와서 『삼총사』를 가지고 갔다.

나는 형을 그냥 두고 학교에 갔다.

해 질 무렵에 학교에서 돌아오자 형은 보이지 않았다. 형의 책가방은 윗목 구석에 놓여 있었다. 형의 헛걸음질을 아버지 어머니에게 편지로 알려야 하지 않을까. 그냥 내버려둘까. 나의 고민은 깊어졌다. 내 속의 시꺼먼 놈이 말했다. 그냥 내버려둬.

주인이가 『암굴왕』이라는 책 한 권을 들고 총알처럼 달려왔다.
"내일 아침까지 다 읽어야 돼!"

그것은 강압이었다. 주인이와 나는 꽁보리밥을 나누어 먹었고, 이런저런 이야기를 나누었다. 그는 고향에 있는 세 살 터울의 동생과 동갑내기였다.

밤에 등잔불을 밝히고 책을 읽는데, 문밖에서 고양이 발소리가 들리는 듯싶었다. 아랑곳하지 않고, 주인공의 신산한 삶 속으로 빠져들어갔다.

한밤중쯤에 변소에 가기 위하여 문을 열고 나오는데, 문 뒤에 희끗한 것들이 놓여 있었다. 고개를 숙이고 보니, 아름드리 바가지와 함지박이었다. 그것들을 방으로 들고 들어와 불빛에 비춰 보았다.

바가지에는 쌀이 가득 들어 있고, 함지박에는 먹기에 알맞도록 썬 발그스레한 김치가 소복하게 담겨 있었다.

쌀을 빈 자루에 부어놓고, 김치를 부엌의 빈 항아리 안에 간

수하는 내 가슴은 걷잡을 수 없도록 두근거렸다. 그것을 가져다 놓은 그 어떤 사람과, 그것을 숨기고 있는 나는 공범이 되어 있었다.

겨울방학

겨울방학에 들어가는 날 음악선생에게 말했다.
"악기를 집으로 가지고 가서 연습하고 싶습니다."
음악선생은 안 된다고 도리질을 했다.
"안 돼. 먼 길을 오고가면서 파손될 수도 있고, 분실될 우려도 있고…… 이 클라리넷이 얼마짜린지 아냐? 니 몸뚱이 팔아도 못 산다."
"분실 안 되게 하고, 상하지 않도록 잘 가지고 갔다가 오겠습니다."
음악선생은 잠시 생각하다가, 편곡된 악보 한 장을 내밀면서 말했다.
"이거 〈금혼식〉인데…… 다음해 봄 중학교 예술제 때 찬조출연하게 될 거니까 연습해오너라."
그날 밤 흥분으로 인하여 잠을 사로잤다. 다음날 아침 일찍, 등에 빈 곡식부대 속에 텅 빈 반찬항아리를 넣어 짊어지고, 한 손에 책가방을 들고, 다른 한 손에 클라리넷 케이스를 들고 팔십 리 길을 걸어서 고향으로 갔다.

클라리넷을 멋들어지게 불어 어머니를 즐겁게 해주고 싶었다.
점심을 거르면서 타박타박 걸어서 가는 멀고먼 고향길이었지만, 나는 힘든 줄을 몰랐다. 재 꼭대기에 앉아 쉬면서는 클라리넷을 꺼내 불었다.

즐거운 곳에서는 날 오라 하여도
내 쉴 곳은 작은 집 내 집뿐이리

깜깜해서야 집에 도착했다. 총총한 별들을 머리에 인 채 어머니는 형과 나를 맞아들였고, 밤이 깊었음에도 불구하고, 마을의 어장 하는 집에서 갯장어 두 마리를 사다가 국을 끓여주었다.
밥을 먹고 나자, 어머니가 까만 케이스 속에 무엇이 들어 있느냐고 궁금해했다. 나는 자랑스럽게 그것을 꺼내 연주를 해 보였다. 〈아리랑〉과 〈도라지타령〉들을 줄줄이. 그것들은 까물거리는 석유 등잔 불빛을 무지갯빛보다 더 황홀하게 만들고 있었다. 동생들은 "우와!" 하고 찬탄했고, 다투어 클라리넷을 만지작거렸다.
어머니는 내 엉덩이를 토닥거리면서 말했다.
"아이고, 우리 승원이는 못하는 것이 없네이!"
한데 아랫목에서 지켜보고 있던 아버지가 왼고개를 틀면서 말했다.
"아무짝에도 쓰잘데없는 짓거리 하느라고 공부는 제쳐놓

고…… 엉덩이에 구더기가 슨다 할 정도로 공부를 해야만 장학금도 받고, 고시에 합격하기도 하고 그러는 법인디, 쯧쯧…… 방학 끝나고 올라가서는 당장에 그것 집어치워라. 백날 천날 해보아야 딴따라밖에는 해먹을 것이 없어. 내 친구 조창욱이도 그것을 불었는디, 나중에는 아편이나 하고 그러다가 신세 망쳐버리더라."

아버지가 집에 있는 한, 나는 다시 클라리넷을 입에 대지 못했고, 방학 동안 내내 언 손을 불어가면서 아버지의 김 수확만 도와야 했다.
북풍 몰아치는 바다의 김발에서 뜯어온 물김 속에서 파래를 추려내고, 얼음물에 손을 담근 채 김을 한 장 한 장씩 제작하는 것을 돕고, 건장에서 건조시킨 것을 한 장 한 장 떼어내는, 동어반복 같은 지루한 일이었다. 그것도 꼭두새벽부터 일어나 잠시 앉아 쉴 사이도 없이 바쁘게 움직여야 했다.
아버지에게서 타가지고 갈 납부금과 용돈이 그 김 수확작업에서 나오는 것이었다.
책가방을 가지고 고향집으로 내려왔지만, 가방 속에 들어 있는 책 한번 펼쳐볼 수 있는 시간이 나지 않았다. 피곤으로 말미암아 책들과 담을 쌓고 있었다.
그렇지만 틈은 있었다.
부산스럽게 김 수확을 돕던 나는 아버지가 김발을 손보기 위해 바다로 나가거나 장엘 가고 없으면 클라리넷을 꺼내 연주했다. 〈목포의 눈물〉〈노들강변〉〈타향살이〉〈고향의 봄〉〈즐거운 나의 집〉……

내 연주를 들은 어머니는 말했다.

"그래, 무엇을 하든지 한사코 열심히, 남들보다 더 잘하기만 해라."

경찰서 호출

김 건장에서 물김을 넣고 있는데, 회진파출소의 순경이 나를 찾아왔다. 몸매 오동통하고, 얼굴이 거무튀튀하고, 뱁새눈인데다 번쩍거리는 흰테 안경을 쓴 순경이었다.

아버지 어머니가 눈이 휘둥그레졌다.

"우리 아이가 무슨 일을 저질렀는가요?"

가슴에서 덜크덩 내려앉는 소리가 들렸고, 극심하게 두근거렸다. 일본 식민지 시절에 칼 차고 다니며 나락 공출을 독려하던 순사와, 해방공간 속에서 좌익활동을 한 남자들을 잡아다가 문초하면서, 장작쪽으로 패는 순경들을 보고 자란 나였다.

두려움이 가슴을 옥죄었다. 겁이 났고 얼굴이 화끈거렸다. 혹시 봄과 가을에 도지곤 하는 오금의 환부 때문 아닐까. 그것을 치료한 의사가 나를 나병환자라고 말해서, 나를 소록도로 끌고 가려고 순경이 나를 찾아왔을까.

식구들 모두가 불안해하는 것을 보고, 순경이 웃으면서 말했다.

"아드님이 나팔을 잘 불기 때문에…… 본서에서 호출 명령이 내려왔습니다. 우리 경찰 창립기념식에 참석시키라고."

"아아!"

아버지는 내가 나쁜 죄를 짓지 않았다는 사실에 안도하면서도, 한심스런 어투로 중얼거렸다.

"……이때까지 내 피땀난 돈 가져다가 딴따라 노릇만 하고 자빠져 있었구나."

교복을 차려입고, 흰 운동화를 신고, 모자 위에 흰 커버를 씌워 쓰고, 클라리넷 케이스를 손에 들고 순경을 따라나섰다. 한재를 넘어 회진에 이르자, 파출소 앞에 쑥색의 지프 한 대가 나를 기다리고 있었다.

자장면

경찰 비상망을 통해 호출되어 간 악대원들은 모두 학교 악대실에 모였고, 애국가부터 호흡을 맞추었다. 오랜만에 불어보는 악기이므로 모두가 실수들을 연발했다. 가장 심한 것은 위박사였다. 그는 옥타브를 올려 불지 못하고 자꾸 삑삑 소리를 냈다.

악대장 강성진이 위박사에게 소리쳤다.

"야, 위박사! 너는 소리를 제대로 못 낼 것 같으면 그냥 가만히 있어버려라! 억지로 불려고 하다가 산통 깨지 말고!"
 우리는 애국가를 다섯 차례나 거듭 연습했다. 나는 연주하는 동안 내 옆에서 부는 위박사의 소리를 엿들을 수 있었다. 그는 나를 따라 멜로디를 연주하고 있었다. 옥타브를 내린 채.
 '대한 사람 대한으로 길이 보전하세'가 끝난 다음 음악선생은 위박사를 한심한 눈으로 바라보다가 도리질을 하며 쓴 입맛을 다셨다.
 알토를 불라고 강요하면 손을 떨면서 삑삑 소리를 내고 있고, 모른 체하고 놔두면 옥타브를 내린 채 나의 멜로디를 따라 불어버리는 위박사. 방학 동안에 클라리넷을 집으로 가지고 가서 연습을 했으면서, 애국가 연주 하나를 제대로 못 하다니 말이 되기나 하는 것인가.
 음악선생은 한심해하는 마음을 접고, 〈민주경찰의 노래〉의 악보를 나누어주면서 연습하라고 명했다. 물론 멜로디와 알토가 구분되어 있었다. 우리는 파트별로 흩어져서 연습을 했다.
 나와 위박사는 아래층 일학년 교실로 들어가 연습을 했다. 나는 내 악보를 익혀놓고, 위박사에게 그가 불어야 할 알토를 가르쳤다. 위박사는 내가 가르쳐주는 것을 귀로 외워담고 있었다.
 한 시간 뒤에 전 대원이 악대실에 모여 〈민주경찰의 노래〉를 합주했다. 다섯 번을 거듭해서야 겨우 호흡이 맞았다. 위박사는 여기서도 역시 자기가 불어야 할 알토를 연주하지 않고, 옥타브를 내린 채 귀로 외워담은 나의 멜로디를 따라 연주하고 있었다.

음악선생은 위박사를 더 꾸짖으려 하지 않고, 이번에는 가볍고 흥겹게 편곡한 〈아리랑〉〈도라지타령〉〈노들강변〉〈목포의 눈물〉 따위 악보를 나누어주며 말했다.

"기념식을 마친 다음, 몇 개의 면사무소 소재지를 돌면서 농한기의 면민들을 상대로 위문공연을 하게 된다. 경무과장이 직접 인솔하면서 잘 먹여줄 테니까 착실하게 연습해라."

한겨울 추위 속에서 차가운 악기를 부는 일이 힘들었지만 악대원들은 흥이 났다. 딱딱한 행진곡만 연주하던 대원들은 흥겨운 민요와 경음악을 연주하자 신이 났다.

가장 좋아하는 것은 위박사였다. 그는 벙긋, 입을 옆으로 찢으면서 통마늘 같은 코를 실룩거렸다.

저녁때 우리는 출출한 배를 안고 중국집으로 향했다. 악대원들을 이동시켜준 것은 경찰 스리쿼터였다. 서쪽 하늘에서 빨간 노을이 타올랐다. 스리쿼터는 노을을 가슴에 안은 채 시가지로 들어섰다.

중국집 큰 방에 악대원 스물다섯 명이 줄지어 앉자, 올백머리를 한 여드름투성이의 소년이 재빠른 손놀림으로 자장면을 날라주었다.

트럼펫의 문영철은 자장면 한 그릇을 상 밑에 넣어놓고, 자기 몫이 없다고 한 그릇 더 가져오라고 소리쳤다. 수자폰을 부는 신철이도 그랬고, 악대장 강성진이도 그랬다. 나중에는 거의 모든 대원이 너도나도 그랬다. 자장면은 모두 마흔 그릇이 들어왔다. 음악선생은 짐짓 모른 체하며 심부름 소년에게 말했다.

"나팔 불면 배가 고프니까 많이 먹어야 한다. 달라는 대로 더 가져다가 주어라. 경무과장님이 다 계산할 것이다."

악대원들은 자기 몫을 먹고 나서 재빨리 상 밑에 숨겨놓았던 것을 올려놓고 먹었다. 문영철은 내 그릇에 한 젓가락을 퍼주었다.

여관방

그날 밤, 난생처음으로 여관방에 들어갔다. 장흥 장터 건어물전 옆에 있는 고려여관이었다. 방이 여덟 개인 단층 여관이었다. 읍내 사는 대원들은 모두 자기 집으로 가고, 먼 데서 온 대원들만 여관방에 들었다.

평일이라 다른 손님들이 없었으므로 여관은 조용했다.

악대장은 자기 집으로 가지 않고, 우리가 잡아 든 여관방으로 들어와 막걸리 한 되를 사다가 마신 다음 위박사에게 명령했다.

"야, 위박사, 후배들한테 니 연애 이야기 다 털어놔라."

위박사는 고개를 저으면서 구석으로 뭉그적뭉그적 물러났다.

악대장이 얼굴을 험상궂게 일그러뜨리면서 말했다.

"이 자식, 너 내 말 안 들으면 곤란하다. 뭔 말인지 알아?"

문영철이 말했다.

"위박사가 이야기하고 나면, 우리 악대장님이 이야기할 거여.

우리 악대장님 가시내들 따먹는 선수 아닌가."

사이드 드럼 치는 김옥규가 말했다.

"후배들한테 경험담 들려주는 것이 선배된 도리여."

위박사는 결국 우리들의 요구를 거절하지 못하고 입을 열었다.

"얼굴 살갗이 유다르게 희고 목소리가 계집애처럼 가느다랗고 젖가슴이 약간 도도록한 친구가 있었어. 제기도 잘 차고 달리기도 잘하고 축구도 잘하는 친구였는데……"

위박사는 바람벽에 등을 기대고 앉아, 맞은편 바람벽 위쪽을 건너다보며 말했다.

"그 친구가 토요일 수업이 끝난 다음에 자기 집으로 함께 가자고 그러더라고. 겨울방학을 열흘쯤 앞둔 때였는데, 외할아버지 소상이라 집이 비었다고…… 나는 자취를 하니까 밥 지어 먹기도 싫고 그래서 따라갔지."

친구의 누님

친구네 집은 남쪽 바닷가 땅끝마을에 있었다. 그 마을은 해수욕장 가까이에 있었다.

집 앞에는 성긴 소나무숲이 있고, 그 숲 사이로 바다가 내다보였다. 바다는 살아 있는 거대한 뱀처럼 눈을 번득이며 몸을 뒤척였다.

친구는 위박사를 자기 어머니 아버지가 거처하는 안방으로 안

내했다.
  배가 고팠으므로 둘이는 부엌에서 밥을 가져다가 먹었다. 친구는 화롯불을 뒤적거려, 빨간 알불 위에다가 까만 김을 구워냈다. 찬밥을 김에다가 싸서 김치하고 맛나게 먹었다. 밥을 다 먹고 나서도 위박사는 파르스름하게 구운 김을 맨입으로 먹고 또 먹었다. 김은 고소하고 달콤했다.
  밥을 먹은 다음 친구는 모퉁이방으로 위박사를 데리고 갔다. 그 방에 들어서는 순간 분이나 크림 향기가 나는 듯싶었다.
  윗목 구석에 앉은뱅이책상이 있고, 책꽂이에는 책들이 꽂혀 있었다. 고등학교 국어교과서들,『학원』잡지 몇 권과 김소월 시집, 윤동주 시집, 서정주 시집…… 박계주의『순애보』, 김래성의『애인』, 국어사전 따위의 책들이 보였다.
  친구가 말했다.
  "우리 누님은 나보다 한 학년 위인데, 고등학교 일학년 초에 그만뒀어. 문학병이 들어서 다른 공부는 다 접어버리고, 만날 시집이나 달달 외고 소설책 읽고…… 그래서 우리 아버지 어머니가 조금 있다가 그냥 시집이나 가라고 주저앉혀버렸어……"
  위박사는 고개를 끄덕거리며 사방을 둘러 살폈다. 앉은뱅이책상 맞은편 구석에 검정 치마와 빨간 색깔의 스웨터와 흰 목도리가 걸려 있었다.
  아랫목에 검은 홑청을 씌운 솜이불이 펼쳐져 있었으므로, 둘이는 이불 속에 두 다리를 묻었다.

이불에서 친구 누님의 체취가 느껴졌다. 배고픈 김에 밥을 많이 먹었더니 졸음이 왔다. 이불 속으로 들어가 한숨 깊이 자버리고 싶었다. 친구 누님의 이불을 덮고 자기가 불편해서 물었다.
"왜 네 방은 없어?"
친구가 말했다.
"누님하고 나, 이 방 같이 써. 내가 집에 오면 누님이 어머니 방으로 가서 자거든. 한숨 자고 싶으면 걱정 말고 자거라. 나 얼른 외가에 가서 제사음식 좀 얻어올게. 놀다가 밤참으로 먹게. 우리 외가 이웃마을에 있는데, 여기서 멀지 않으니까 금방 다녀올게. 한 사십 분이면 넉넉하게 갔다가 올 거야. 그동안 걱정 말고 자고 있어."
밖으로 나간 친구의 발소리가 멀어졌다. 위박사는 이불을 덮고 친구 누님의 체취를 맡으며 잠 속으로 빠져들어갔다.

찬바람이 얼굴을 스쳐서 눈을 떴다. 어둑어둑했다. 번한 창을 등진 사람이 머리맡에 앉아, 그의 얼굴을 내려다보고 있었다. 밤이 깊어 있었다.
소스라쳐 몸을 일으키자 머리맡에 앉은 사람이 속삭이듯이 "놀라지 마" 하고 말하며, 책상 위의 등잔불을 밝혔다. 친구가 아니고 여자였다. 이마에 옥색 책보자기를 동이고, 그 보자기의 한 자락을 뒤통수 쪽으로 넘기고 있었다.
"곤히 자는데 내가 깨웠는가보네."

위박사는 눈을 비비며 그 여자의 얼굴을 살폈다. 그 여자는 그의 친구가 여장을 한 것으로 착각할 정도로 닮았다. 눈매가 곱고 얼굴빛이 새하얗고, 입술이 얇았고, 목이 가늘고 길었다. 목소리도 친구의 그것과 닮았다.

여자가 말했다.

"우리 성철이 지금 못 와. 갑자기 어머니한테 탈이 생겨서 모시고 읍내 병원엘 갔어…… 가면서 나보고 친구가 혼자 있으니까 얼른 가보라고……"

윗목의 책상 위에는 쟁반 하나가 놓여 있었다. 그 위에는 떡과 깎은 과일 들이 담겨 있었다.

여자는 쟁반을 들어다가 위박사 앞에 놓아주며 말했다.

"정신 차려가지고…… 천천히 먹어."

여자에게서 분결 냄새가 날아왔다.

"나 너보다 두 살 위니까 나보고 누님이라고 해. 말은 올리지 말고 편하게 해. 우리 성철이하고 나하고도, 그냥 너냐 나냐 한께."

여자는 문을 열고, 거기 놓여 있는 한 되들이 병을 들여놓았다. 흰 막걸리가 들어 있었다.

"너, 술 잘 마신다면서? 나도 기분 울적해지면 한잔씩 하는데…… 술, 이것 아주 좋아. 눈앞이 아찔아찔해지면 시도 한 수씩 써보고…… 우리 성철이가, 너 심심할 텐데 나보고 말벗이 좀 되어주라고 당부를 하더라. 네가 문학을 좋아하니까, 이야기를 해보면 마음에 아주 딱 들 거라고…… 우리 성철이 오늘 밤에 못 돌아올지도 모른다. 너하고 나하고 둘이서 집 지키게 생겼다. 술도 한잔하고 떡도 먹고 과일도 먹고 그래라."

여자는 사발에다 술을 따라주었다.

위박사는 얼떨결에 한잔을 마셨다. 쌉쌀하면서 새콤했다. 목구멍을 톡 쏘면서 위 속으로 내려갔다. 위가 화끈거렸다. 잠시 후 눈앞이 어질어질했다.

"너 소월 김정식하고 안서 김억이 어떤 관계인지 아냐?"

위박사는 대꾸하지 않았다.

그녀가 말했다.

"사제지간이야."

그는 부끄러워 고개를 떨어뜨렸다. 그들 두 사람에 대하여 아는 것이 아무것도 없었다.

그녀가 말을 이었다.

"소월이 죽고 나서 안서가 소월이 사는 동네엘 갔는데, 그때 쓴 시가 나는 아주 좋아."

그녀는 위박사가 쟁반에 놓아둔 빈 잔에다가 술을 따라 한잔 마시고 나서, 눈을 거슴츠레하게 뜨고 시를 읊었다.

"오다가다 길에서 만난 이라고 그냥 잊고 그대로 가고 말 건가, 자다 깨다 꿈에서 만난 이라고 그만 잊고 그대로 가고 말 건가. 산에는 청청 풀잎사귀 푸르고 바다에는 중중 흰 거품 밀려든다. 십 리 포구 산 너머 그대 사는 곳, 송이송이 살구꽃 바람에 논다. 수로 천 리 먼 길을 왜 온 줄 아나? 옛날 놀던 그대를 못 잊어 왔네."

여자 목소리에는 울음이 섞여 있었다. 눈에 물기가 돌았다.

위박사의 가슴에 아픈 실금이 그어졌다. 남매가 어쩌면 이렇게 닮았을까. 친구도 소풍 가서 학생들 앞에 나와, 그 시를 외웠었다.

그는 말없이 떡이나 과일을 먹기도 하고 여자가 따라주는 술을 마시기도 했다.

여자는 자기가 짝사랑한 어느 시인에 대하여 이야기했다.

"……키도 헌칠하게 크고 얼굴도 영화배우 뺨치도록 수려하고. 그 시인이 우리 고등학교 국어선생이었어. 우리는 바닷가로 나갔어. 내가 사랑을 고백했지. 그랬는데, 그 선생이 갑자기 바쁜 일이 있다고 하면서 가버렸어. 실성한 여자를 피해 도망가는 사람같이. 흐흐흐…… 야, 내가 미친년 같니?"

위박사는 혼란에 빠져들었다. 친구는 목포의 한 고등학교에서 전학을 왔었다.

밤이 깊어가고 있었다.

술이 바닥났다.

그녀가 물었다.

"너 김영랑 시 좋아하니?"

위박사는 대꾸할 수 없었다. 그 시를 모르기 때문이었다. 여자가 말했다.

"「내 마음을 아실 이」가 나는 환장하게 좋아."

술 한잔을 벌컥벌컥 들이켜고 시를 줄줄 외고 난 여자가 문득 위박사의 어깨에 얼굴을 기대더니 슬프게 하소연하듯이 말했다.

"야, 나 사랑하고 싶은데 어쩌냐? 나 좀 안아주라."

뻥

모두들 위박사의 이야기에 한창 취해 있는데, 악대장이 갑자기 소리쳐 말했다.

"넥!"

우리는 악대장 강성진의 얼굴을 보았다.

강성진은 천장을 쳐다보며 혼자서만 알 수 있는 웃음을 흐흐…… 하고 웃었다.

위박사의 이야기 속에 터무니없는 거짓말이 담겨 있다는 것일까. 아니면 가슴이 저려 더 들을 수 없다는 것일까.

악대장 강성진은 우리 고등학교 안에서 최고 연애박사라고 소문나 있었다. 그의 손에 한번 붙잡힌 여자는 그에게 몸을 허락하지 않을 수 없게 된다고 했다.

강성진이 싱긋 웃으면서 말했다.

"야, 오늘은 제1막만 하고 2막은 나중에 듣기로 하자."

둘러앉은 악대원들은 아쉬워 떫은 입맛을 다셨다. 강성진이 호주머니에서 지폐 한 장을 꺼내놓으면서 말했다.

"야, 클라리넷, 트럼펫, 나가서 오징어하고 막걸리하고 좀 사오너라."

문영철이 돈을 집어 호주머니에 넣고 몸을 일으켰고, 내가 따라 일어났다.

문영철이 강성진에게 "형, 우리 없을 때 위박사 이야기 들으려는 것 아니지?" 하고 다짐을 받았다.

"이 자식이!"

강성진은 눈을 부라렸다.

문영철이 시장통으로 나가면서 말했다.

"야, 위박사 말이야, 그날 밤에 그 친구 누님하고 어쨌을까…… 어떻게 차마 친구 누님을 보듬고 잤겠어? 위박사 아마 우리들한테 뻥치고 있는 거야. 강성진이 뻥을 눈치채고 이야기를 중단시킨 것일 거야."

푸른 별, 누른 별, 붉은 별 들이 알 수 없는 눈빛으로 수런거렸다. 그 가슴 저리는 이야기가 거짓말이라니, 나는 믿을 수 없었다.

취한 도깨비들

가게에서 막걸리 두 병과 오징어 세 마리를 사가지고 여관방으로 갔다.

강성진은 막걸리 사발을 대원들에게 돌렸다. 모두들 사양하지 않고 마셨다.

"야 자식들, 아주 멋진 술꾼들이네!"

강성진은 막걸리 한잔을 들이켜고 나서 몸을 일으켰다.

"이놈만 마시고 푹 자거라. 잠 설치고 나서 내일 삑삑 소리만 내지들 말고……"

강성진이 돌아가고 나자 문영철이 사발을 돌렸다. 사이드 드럼과 트롬본은 얼굴이 붉어졌고 눈이 흐려졌는데, 트럼펫과 두 클라리넷의 눈은 더욱 초롱초롱해졌다.

"우리 바람이나 쐬고 들어오세."

문영철이 앞장섰고, 위박사가 따라 일어섰고, 내가 뒤를 따랐다. 사이드 드럼과 트롬본은 그냥 자고 싶다면서 옆방으로 갔다.

문영철은 비틀거리면서 시장을 한 바퀴 돌고 나서, 탐진강변의 서울여관 앞에서 발을 멈추더니 "영자야아!" 하고 소리를 질렀다.

영자가 누구냐고 내가 묻자, 위박사가 말했다.

"장흥서여고 일학년! 키 땅딸막하고 얼굴이 동글동글하고, 눈이 고리눈이고, 입술이 두껍고, 엉덩이가 호박 두 덩이를 대붙여 놓은 것 같은 가스나……"

전학 온 지 오래지 않은 위박사가 어떻게 여학생들에 대하여 그렇게 잘 알고 있을까.

나는 희미한 불빛에 비친 서울여관 간판과 문영철을 번갈아 보았다.

문영철은 다시 한번 서울여관을 향해 "영자야아!" 하고 소리쳐 불렀다. 잠시 뜸을 들였다가 또다시 소리쳤다.

"영자야아!"

서울여관 대문이 벌컥 열리고 거무스레한 그림자 하나가 나오는 듯싶더니, 우리를 향해 성큼성큼 걸어왔다. 영자의 오빠나 아버지인 듯싶은 그 남자는 나지막한, 그러나 악에 받친 소리로 "어느 놈의 새끼냐!" 하면서 쫓아왔다. 붙잡아 두들겨패 죽일 심산임에 틀림없었다.

문영철은 쇠전머리 쪽의 어둠 속으로 달아났다. 나와 위박사는 지은 죄가 없음에도 불구하고 문영철을 뒤따라 달렸다.

그 남자는 우리들을 맹렬하게 추격했다. 우리는 우시장을 한 바퀴 돌아서 서국민학교 교문을 지나 석대들 쪽으로 달아났다.

"지구 끝까지라도 쫓아가서 느그들 아주 물고를 내놓을 것이다!"

어헉어헉, 숨을 헐떡거리며 남정리에 이르러 돌아보니, 그 남자는 더 쫓아오지 않았다. 문영철은 어디에 숨었는지 보이지 않았다.

위박사는 농수로 둑에 주저앉아 숨을 가쁘게 쉬면서 "트럼펫 그 자식은 어디로 튄 거야?" 하고 말했다.

문영철은 우시장 쪽에서 우리를 향해 천천히 걸어오면서 느긋하게 말했다.

"아니 뭐가 그렇게 무서워서 그렇게 불알 떨어지게 도망을 가는 거야?"

우리는 우시장을 향해 걸었다. 우시장 서남쪽에 도살장이 있었다.

"짜식! 남 안 가진 호박 같은 딸 하나 가지고 있다고 그렇게 위세를 부리냐!? 도살장 칼잡이 주제에."

문영철은 치민 울분과 심술을 주체하지 못하고, 도살장의 간판을 떼어 어깨에 걸쳤다. 발소리를 죽이면서 서울여관을 향해 갔다.

서울여관 간판을 떼어내고 도살장 간판을 그 자리에 걸었다. 서울여관 간판을 들고 와서 도살장 문 앞에 걸었다.

저러다가 들키면 어쩌려고 저럴까.

나는 겁을 내는데, 내 가슴 한구석에 들어 있는 시꺼먼 놈이 얼굴을 내밀고 흐흐흐 하고 미묘하게 웃었다. 나는 그놈과 함께 웃었다. 내가 가지고 있는 두 겹의 얼굴에 익숙해져 있었다. 하나는 흰 얼굴, 다른 하나는 시꺼먼 얼굴.

문영철은 어둠 속에서 너울너울 춤을 추었다. 서국민학교 간판을 떼어 어깨에 걸치고 걸었다. 나도 경중경중 그의 뒤를 따랐다. 내 속의 시꺼먼 놈이 그 짓을 즐기고 있었다. 읍사무소 앞을 지나 예양파출소 앞에 이르렀다. 안에 불이 켜져 있지만, 보초는 보이지 않았다.

문영철이 왜 그 파출소까지 왔는지, 그 까닭을 나는 어렴풋이

짐작했다.

예양파출소의 늙은 공소장은 허허허허 웃곤 하는 무골호인이었다. 모자 차양을 하늘 쪽으로 세워 쓰고 훤한 이마를 드러낸 채, 거무스레한 고물 자전거를 타고 천천히 관내를 순찰하곤 했다. 아이들이 코를 흘리고 울면 자전거를 세워놓고, 호주머니에서 신문지 조각을 꺼내 코를 닦아주었다.

그에게는 딸 하나가 있는데, 이름이 공성숙이었다. 호리호리한 키에 목이 길고 얼굴 살갗이 하얗고, 쌍꺼풀진 초롱초롱한 눈에, 입술이 얄따란 공성숙은 남학생들에게 인기가 대단했다. 늘 반에서 일, 이등을 다투었다.

많은 남학생들이 그녀에게 반해 있었고, 너도나도 연애편지를 보내곤 하지만 그녀가 거들떠보지를 않는다고 했다.

문영철이 연애편지질 하는 학생들 가운데 한 놈일까. 그는 콧대 높은 그녀에게 공분을 느끼고 있었다. 그녀 때문에 죄 없는 그녀 아버지의 파출소에 복수를 하려 하고 있었다.

문영철은 파출소를 향해 살금살금 걸어가더니, 문 옆의 바람벽에 걸려 있는 간판을 떼고, 그 자리에 서국민학교의 간판을 걸었다. 파출소의 간판을 어깨에 걸치고 유유히 걸었다.

맞은편에서 술에 취한 남자 둘이 비틀거리며 걸어왔다. 문영철은 휘파람을 휘휘 불면서 그 남자들의 옆을 지나갔다. 위박사와 나는 거칠게 활개를 치며 그의 뒤를 따랐다. 우리들은 도깨비들이 되어 있었다.

우시장에 이르렀다. 문영철은 우시장에 걸린 간판을 떼어내고, 파출소 간판을 걸었다. 우시장 간판을 어깨에 메고 우리 숙소인 고려여관 앞에 이르렀다. 고려여관의 간판을 떼어내고, 그 자리에 우시장 간판을 걸었다. 고려여관 간판을 어깨에 메고, 당당한 걸음으로 농촌지도소로 갔다. 농촌지도소 간판을 떼어내고, 가지고 간 고려여관 간판을 걸었다. 농촌지도소 간판을 들고 서국민학교 교문 앞으로 갔고, 그것을 교문에 걸었다.

그때 내가 문영철에게 귀엣말을 했다.

"야, 파출소 간판을 도살장에다가 걸자."

문영철이 제격 그렇게 하자며 킥킥거렸다.

우리는 우시장에 걸린 파출소 간판을 떼어가지고 도살장으로 갔다.

나는 쏴아 밀려드는 차가운 기운으로 인해 진저리를 쳤다. 소름끼치는 열두 살 되던 해 봄의 기억 하나가 밀려들고 있었다.

육이오 전쟁 직후, 마을 어른들 틈에 섞여 대덕파출소 주위에 토치카 쌓는 울력을 하고 있는데, 파출소 안에서 장작 패는 듯한 퍽퍽 소리가 들려왔고, 동시에 "아이고! 나는 모르요" 하는 비명이 들려왔다. 파출소 담 안을 넘겨다보고 난 한 담대한 어른이, 전투복 입은 순경이 한 젊은이의 엉덩이와 허벅다리를 장작개비로 두들겨패서 반쯤 죽이고 있다고 말했었다.

문영철은 도살장 문에 걸려 있는 서울여관 간판을 떼어내고, 그 자리에 파출소 간판을 걸었다. 서울여관 간판을 어깨에 매고 너울너울 춤을 추며 우시장으로 가서, 그 입구의 문설주에 걸었다.

"킥…… 야아, 내일 아침부터 순경들 모두 이리로 출근을 해야 하고, 서국민학교 학생들은 파출소로 등교를 해야 한다."

우리들은 밤하늘의 별들을 머리에 인 채 킬킬거리면서 어두움 수런거리는 시장 바닥을 누비고 다녔다.

경찰 스리쿼터

이튿날 아침 날이 훤해졌을 때, 우리는 잠에서 깨어났다. 밖에 나갔다가 온 위박사가 속삭였다.

"야야, 어찌 된 거야? 우리 여관에 '고려여관'이란 간판이 걸려 있단 말이야."

위박사가 헛소리를 하는지 모른다고 생각한 나는 바람 쐬러 가는 체하고 나가보았다. 과연 고려여관 간판이 버젓하게 걸려 있었다.

누가 바꾸어 달았을까. 어떤 도깨비가 그랬을까. 문영철과 나는 서국민학교 교문으로 달려가보았다. 거기에도 서국민학교 간판이 제대로 걸려 있었다. 우시장과 도살장으로 가보았다. 거기에도 우시장 간판 도살장 간판 들이, 간밤 아무런 일도 없었다는 듯이 제대로 걸려 있었다. 우리는 도저히 이해할 수 없는 사건으로 인해, 고개를 갸우뚱거리며 여관으로 돌아왔다.

궁금증을 이기지 못한 채 아침밥을 먹고 나자, 경찰서 스리쿼터가 여관 앞에 와서 섰다.
우리를 인솔하러 온 경사가 여관 주인 남자에게 말했다.
"김사장, 오늘 새벽에 아무 낌새도 못 챘어? 우리 비상이 걸렸어. 간밤에 어느 놈들이 그 못된 짓을 했는지…… 서장님이 새벽 운동을 나오셨다가 예양파출소 문 앞에 엉뚱한 간판이 걸려 있는 것을 봐버렸어. 보초도 서지 않고 잠만 잤느냐고, 정신이 썩었다고…… 공소장이 된통 혼났어. 아마 문책을 당할 것 같아."

우리는 경찰 스리쿼터에 올라타고 장흥극장으로 갔다. 경찰 창립기념식장이 거기에 차려져 있었다.
악대부는 식장의 앞 바른쪽에 늘어앉았다. 경찰서 직원들은 극장 좌석에 반듯반듯하게 열 지어 앉아 있었다.
애국가를 부를 때, 문영철의 트럼펫과 나의 클라리넷과 이성주의 색소폰은 괜찮았는데, 위박사의 클라리넷은 음정과 박자를 제대로 맞추지 못하고, 소리내지 않아야 할 곳에서 문득 빽빽거리곤 했다.
음악선생의 얼굴은 붉으락푸르락했고, 식이 다 끝나고 밖으로 나왔을 때, 위박사를 향해 소리쳤다.
"야, 위박사! 사람 골탕 좀 작작 먹여라!"

기념식이 끝난 다음 우리는 경찰 스리쿼터를 타고 대민 위문

공연을 나갔다.

대덕으로 가는 도중에 나는 인솔하는 경사가 우리 음악선생에게 한 말을 들었다. 그 경사는, 악대원들 가운데 고려여관에서 잔 몇 학생이 그 짓궂은 장난을 했으리라는 심증을 가지고 있었다.

"우리 서장 일벌백계주의자요. 장난이 너무 심했어요. 공소장 옷을 벗을지도 모르겠구만요."

나는 숨이 가빠졌고, 내 속의 시꺼먼 놈은 몸을 웅크렸다.

죄와 벌

겨울의 산과 들에는 묽은 안개가 끼어 있었다. 우리는 흔들리는 스리쿼터의 포장 안에서, 자기의 생명보다 소중한 악기를 품에 안은 채 몸을 웅크리고 있었다. 차 뒤편으로는 먼지가 부옇게 날리면서 소용돌이쳤다.

얼마쯤 뒤, 내리막길을 줄달음질치던 스리쿼터가 오른쪽으로 꼬부라진 커브를 도는 듯싶더니, 심하게 요동치면서 길 가장자리의 가로수를 들이받고 멈추어 섰다. 앞 타이어 하나가 터진 것이었다. 타고 있던 우리들은 자기 악기를 보듬은 채 한쪽 구석으로 와당탕퉁탕 거꾸러졌다.

다들 무사한데 하필 나와 문영철만 다쳤다. 나는 오른쪽 볼을 차체에 찍었고, 문영철은 보듬고 있던 트럼펫에 입술을 다쳤다.

내 볼은 안쪽에서 터졌고, 문영철은 아랫입술 바깥쪽이 찢어졌다. 나는 입속에서 피가 흘러나왔고, 문영철은 턱으로 피가 흘렀다. 나는 얼떨결에 찝찔한 피를 거듭 삼켰다.

스리쿼터 운전석 옆에 타고 있던 음악선생이 황급히 나와서, 차 위에 구기박질러지거나 나뒹굴고 있는 우리들을 향해 말했다.

"악기들 상하지 않았는지 점검해봐라. 트롬본, 수자폰, 색소폰, 클라리넷, 트럼펫…… 다 괜찮으냐?"

우리들은 비명 몇 마디씩을 뱉으면서 넘어진 몸을 일으켰다.

색소폰을 보듬고 있는 이성주가 늙은이처럼 천천히 말했다.

"우리 대원들 가운데 믿는 사람들이 열이나 됩니다. 큰 사고 안 난 것은 당연한 일입니다."

이성주는 독실한 기독교인이었다. 색소폰을 입에 댔다 하면 "내 주를 가까이하려 함은 십자가 짐 같은 고생이나……"를 연주하곤 했다.

나는 볼을 한 손으로 누르면서 차 밖으로 피를 뱉었다. 시간이 지날수록 광대뼈가 욱신거리고 볼이 거북스럽게 부어올랐다.

악대장이 말했다.

"다 괜찮은데 클라리넷 볼하고 트럼펫 입술이 고장났어요."

"그것들 둘이가 다쳤으면 오늘 연주 못 하는데 큰일이다. 많이 찢어졌냐?"

음악선생은 차 위로 올라와 두 손으로 트럼펫의 얼굴을 붙잡고 입술을 살폈다. 휴지를 꺼내서 입술의 피를 닦아주었다.

멜로디를 제대로 연주하는 트럼펫 주자는 문영철뿐인데 큰일이었다.

"클라리넷은 어쩌냐? 어디 보자."

나는 입을 벌려 보였다.

"혀 다쳤냐?"

나는 고개를 저으며 말했다.

"볼때기 안쪽이요."

"다행이다."

바퀴를 손보고 난 운전경찰이 차를 몰고 대덕병원으로 갔다.

병원에 이르렀을 때, 피는 멈추었는데 계속 욱신거리면서 쓰라렸다. 의사는 문영철의 입술 한쪽에 약을 바르고 반창고를 붙였다. 문영철의 입술에 붙인 반창고를 보면서 악대장이 말했다.

"이 자식아, 죄 없는 공성숙이 아버지 옷 벗게 한 벌을 받는 거야."

피의 연주

클라리넷 주자인 나의 부어올라 있는 볼과 트럼펫 주자인 문영철의 터진 입술로 인해 공연은 불안스럽게 진행되었다. 클라리넷의 제2주자가 있고, 트럼펫의 제2주자 제3주자가 있었지만 그들은 멜로디를 제대로 불지 못했다.

공연장인 대덕지서의 회관 안에는 장작난로가 열기를 뿜고 있었다. 관중들은 관내 면장, 우체국장, 학교장, 농협 조합장 등의 기관장 들과 마을의 유지들과 이장단이었다.

악대원들은 악기를 지참한 채 공연장 앞에서 관중들을 향해 앉아 있었다. 음악선생이 쓴 입맛을 다셨다. 문영철이 반창고를 떼고 트럼펫을 불겠다고 나섰고, 나도 볼이 부었지만 상관하지 않고 불겠다고 했다.

"안 돼!"

악대장이 말렸지만 나와 문영철은 듣지 않고 소리를 내보았다. 내 클라리넷은 잘 되는데, 문영철의 트럼펫은 잘 되지 않았다.

그래도 문영철은 악착같이 불어 보였다. 점차 제대로 된 멜로디가 흘러나왔지만, 입술 한쪽의 반창고 밑에서 피가 조금씩 흘러나왔다.

음악선생의 수신호에 따라 악대장이 지휘봉으로 〈아리랑〉 연주 시작을 명했다.

아리랑 아리랑 아라리오.

피가 잠시 멎었던 볼 안쪽에서 다시 피가 흐르고 있었지만, 나는 그것을 삼켜가면서 불었다. 문영철의 입술에서 흘러나온 피가 트럼펫의 마우스피스를 적시고 그의 앞섶으로 떨어졌다. 앞좌석에 앉은 관중들이 트럼펫 마우스피스와 턱을 타고 흐르는 핏방울을 보고 동요하기 시작했다.

악대장은 아랑곳하지 않고 지휘를 했고, 문영철은 신명을 다해 연주를 했다. 음악선생이 손수건을 가져다가 문영철의 트럼펫에 묻은 피를 닦아주었다.
 연주가 끝나자 우레 같은 박수소리가 터졌다.
 내 볼 안쪽에서 흐른 피는 내 클라리넷의 흰 리드를 빨갛게 물들여놓았다. 옆에 앉은 위박사가 그것을 보고 나에게 속삭였다.
 "너는 불지 마. 내가 잘 불 텐께."
 나는 그의 말대로 할 수 없었다. 위박사는 옥타브를 올리고 불어야 할 곳에서 자꾸 옥타브를 내리고 연주하곤 했다.
 다음은 〈진도 아리랑〉을 연주했다.

 아리아리랑 스리스리랑 아라리가 났네에.
 아리랑 응응응 아라리가 났네.

 볼 안쪽으로 계속 흐르는 피를 삼켜가며 연주를 했다. 문영철의 입술에서도 쉴새없이 피가 흘렀고, 그것은 음악선생이 손에 쥐여준 손수건을 적셨다. 음악선생은 서둘러 공연을 중지시키고 문영철을 밖으로 끌어내려 했다.
 문영철은 음악선생의 손을 뿌리치고 기어이 모든 연주를 끝내겠다고 고집을 부렸다. 보다 못한 지서장이 문영철을 달래어 밖으로 데리고 나갔다.
 음악선생은 관중들에게 목관악기인 클라리넷과 색소폰만으로 〈도라지타령〉과 〈노들강변〉을 연주하도록 하겠다고 말했다. 음악선생의 눈에는 내 입속에서 피가 흐르는 것이 보이지 않았다.

밖에 나갔던 문영철이 들어와 도리질을 하면서 기어이 같이 연주를 하겠다고 고집을 부렸다. 음악선생은 그의 고집을 꺾지 못했고, 전 악대원이 〈도라지타령〉과 〈노들강변〉을 연주했다.

이제 〈목포의 눈물〉과 〈타향살이〉를 연주할 차례인데, 음악선생은 관중들을 향해 서둘러 모든 공연을 끝내겠다고 말했다.

그때 위박사가 음악선생을 향해 "제가 독주를 한번 할랍니다" 하고 나서 클라리넷을 들고 일어섰다.

음악선생과 악대장과 우리 악대원들은 깜짝 놀랐다.

애국가를 연주하거나 행진곡을 연주할 때면, 사이사이에 삑삑 소리를 내는 실수를 하곤 하는 위박사가 무슨 독주를 어떻게 하겠다는 것인가. 무슨 창피를 사려는 것인가. 가슴이 조마조마했다.

내막을 모르는 대덕지서장과 면장과 학교장 들과 우체국장과 농협조합장과 좌중은 박수를 쳐댔다.

순경 한 사람이 의자 하나를 앞으로 끌어내주었고, 위박사는 그 의자에 앉았다. 클라리넷 마우스피스를 입에 물었다. 악보도 보지 않은 채 연주를 하기 시작했다.

음악선생의 얼굴이 창백해져 있었다. 악대장의 얼굴도 굳어져 있었다. 악대원 모두가 숨을 죽였다. 나는 아예 눈을 감아버렸다.

위박사는 먼저 옥타브를 내린 오동통한 소리로 〈굳세어라 금순아〉를 불었다. 미세한 떨림이 있는 손으로 포지션을 짚어가는 그의 연주는 아슬아슬하게 진행되었다. 나는 볼 아픈 것도 잊어버린 채 손에 땀을 쥐고 있었다. 위박사의 연주가 잘 나가는 듯하다가 느닷없이 삑삑 소리를 내지 않을까.

한데 용케도 그는 그 곡을 끝까지 성공적으로 불어냈다.

좌중은 박수를 쳤다.

다음은 〈타향살이〉를 연주했다. 애국가와 행진곡을 연습하겠다며 집으로 가지고 간 악기로 위박사는 유행가만 부지런히 즐긴 것이었다. 그는 거침없이 〈홍도야 우지 마라〉를 연주하고 〈진주라 천리길〉도 연주했다. 좌중은 그의 클라리넷 연주를 따라 노래를 흥겹게 불렀고, 그것이 끝나자 지서장은 음악선생에게 말했다.

"아이고 선생님, 정말로 지도를 아주 잘하셨습니다."

우체국장도, 학교장도 조합장도 칭찬 한마디씩을 했고, 위박사의 머리를 쓰다듬어주었다.

관내 기관장들은 공연이 끝난 다음 우리 악대원들을 중국음식점으로 데리고 가서, 우동과 자장면을 배가 터지도록 먹여주었다.

문영철은 입술에 반창고를 붙인 채, 나도 볼의 아픔을 상관하지 않고 자장면 두 그릇씩을 먹었다.

권력

빨간 해가 바야흐로 바다 저쪽의 섬 위로 얼굴을 내밀고 있었다.

방학이 끝났다. 간밤부터 우리 형제는 읍내 자췻집으로 갈 준비를 했다. 곡식자루, 반찬단지, 책가방 들을 모두 싸두었다.

형과 나는 안방으로 들어가서 아버지 앞에 무릎을 꿇고 앉아, 학교에 낼 등록금과 용돈을 탔다.

"아껴서 써라."

용돈을 받아 호주머니에 넣고 난 형의 얼굴은 부어터지려 했다. 나는 절을 하는데, 형은 절을 하려 하지 않고, 몸을 팩 돌리더니 밖으로 나가버렸다. 댓돌로 내려서면서 투덜거렸다.

"쓰팔, 돈 이것 가지고 어떻게 한 학기를 살어!"

호주머니에 찔러넣었던 돈을 모두 꺼내서 마당에 내던져버리고 사랑채 쪽으로 갔다.

툇마루에 선 아버지는 얼굴을 붉히면서, 냉담하게 형의 뒤통수를 향해 말했다.

"부족하다니, 무엇이 부족하다는 것이냐, 어디어디 쓸 것이 있다고 청구서를 작성해가지고 내놔라. 이치에 맞다 싶으면 더 주마."

형은 사랑방 툇마루에 걸터앉아 눈물을 훔치면서 말했다.

"쓰팔, 거지같이 학교 다니기 싫어! 나 학교 그만 다니고 어디로 떠돌아다니다가 군대에나 가버릴 거야!"

아버지는 형과 나의 아픈 구석을 찔렀다.

"이 자식들아, 남들은 밤잠 안 자고, 물고 뜯고 공부해서 장학금 타서 부모들한테까지 준단다. 그런데 느희들 한 놈은 기껏 평균 80점대고 또 한 놈은 평균 60점대고…… 간신히 낙제나 면하는 정도 아니냐! 그런 실력으로는 면서기 하나도 못 해먹는다. 그은께, 느희들 졸업한 다음 장가보내서 분가시키려면 절약하고 또 절약해서 논밭 한 뙈기라도 더 장만해야 할 것 아니냐?"

형은 자기의 책가방만 든 채 아버지 어머니에게 인사도 하지 않고 사립 쪽으로 걸어갔다.

어머니가 달려가서 형을 달랬지만, 형은 어머니를 뿌리치고 걸어가버렸다. 자기가 지고 가야 할, 한 달 치의 곡식자루를 버려둔 채.

어머니가 형을 뒤따라가서 "양식 짊어지고 가야 먹고살지" 하고 말했지만, 형은 "빈 몸으로 가서, 그냥 굶어 죽을 거야" 하고 소리쳤다.

어머니는 형 달래는 것을 포기하고, 마당에 흩어져 있는 돈들을 주워 내 가방 속에 넣어주었다.

"돈 빠지지 않게 잘 간수해라."

아버지는 나에게 퉁명스럽게 말했다.

"돈 쓰고 나면, 어디어디 썼다는 가계부 잘 써가지고, 다음에 양식하고 반찬하고 가지러 올 때 아부지한테 보여주고, 앞으로 어디어디에 얼마얼마를 써야 한다는 청구서를 내서 돈을 타가도록 해라."

청구서를 내라는 것은 말이 되지 않는다고 나는 생각했다. 자취생활을 하면서 학교에 다니는 한 달 동안, 어디어디에 돈이 필요할 거라는 것을 어떻게 미리 예측하여 써낸단 말인가. 예비비를 좀 듬뿍 주고 나서 용처를 나중에 따지면 될 것인데, 그렇게 하려 하지 않는 아버지가 답답하게 여겨졌다.

나는 불만스러움을 꿀꺽 삼키고, 아버지에게 맥없는 모습으로 머리를 굽혀주고, 툇마루 위에 놓여 있는 두 개의 곡식자루 중 하나에다가 내 책가방과 클라리넷 케이스를 얹고, 흘러내리지 않게 묶어 짊어졌다. 그 곡식자루 속에는 보리 닷 되와 쌀 닷 되가 따로따로 들어 있었다.

형이 지고 가야 하는 짐에도 쌀 닷 되와 보리 닷 되가 딴 자루에 담겨 있었다. 어머니 아버지는 형과 내가 각기 자기 먹을 곡식자루를 지고 가도록 배려를 한 것이었다. 한데 형은 자기 몫으로 지고 가야 할 곡식자루를 놔두고 가버렸다.

그렇다면 일단 나라도 내 몫의 것을 짊어지고 가서 보름 동안 함께 먹고살아야 하는 것이었다. 나는 양손에 반찬단지 한 개씩을 들고 형의 뒤를 따라 갔다. 반찬단지 한 개는 형이 들어야 할 것이었다.

등에 짊어진 곡식자루와 책가방과 클라리넷 케이스의 무게, 양손에 든 반찬단지 둘의 무게는 만만치 않았다.

그것을 지고 팔십 리 길을 걸어가야 하는 것이었다.

어머니가 말했다.

"네가 짊어지고 간 것으로 우선 먹고살다가, 다음, 그다음 토요일에 네가 와서 또 지고 가거라. 네가 못 오게 생기면 미리 편지해라. 그럼 내가 가져다주마."
 어머니가 그것을 머리에 이고 장흥 자췻집에까지 오겠다는 것이었다.
 아버지가 말했다.
 "그것 혼자만 지고 가지 말고, 형하고 번갈아 지고 가거라!"
 어머니가 말했다.
 "반찬단지도 둘이 한 개씩 나눠 들고 가고!"
 아버지가 골목길에 나가 있는 형에게 들리도록 큰 소리로 당부를 했다.
 "밥도, 동생 혼자만 하지 말고, 하루는 형이 하고 하루는 동생이 하고…… 한사코 우애 있게 오순도순 살아라."
 아버지 어머니가 그렇게 신신당부하는 까닭을 나는 알고 있었다.
 전통적인 가부장제와 그 가부장의 권력을 장려하고 있을 뿐만 아니라, 그것이 큰아들에게 오롯하게 세습되도록 할 작정을 하고 살아온 아버지는, 큰아들인 형을 이미 대단한 권력자로 만들어놓았다.
 작은아버지와 당숙들은 모두, 아직 미성년인 형에게 '장질(長姪)'이라고 불렀다. 그들은 형이 장차 우리 가문의 중심인물로 자리매김하게 되리라는 것을 굳게 믿고 있었다. 그 믿음을 한몸에 받고 있는 형은, 왕세자처럼 자기가 어떻게 처신하든지 자기에게 내려진 권력이 다른 곳으로 옮겨가지 않으리라는 것을 확신하고 있었다. 용돈을 적게 준다고 불평하면서, 곡식자루를 팽개치고 고집스럽게 가버리는 것도 그 까닭이었다.
　나는 형이 가지고 있는 대단한 권력의 희생양이었다. 어머니가 내 가방에 넣어준 돈도 내가 읍내에 도착하면 모두 형에게 바쳐야 할 터이고, 형은 당연하다는 듯 그것을 자기 마음대로 운용할 것이었다.

　아버지는 애초에 형만 중학교, 고등학교, 대학교를 보내고, 둘째인 나는 중학교마저도 보내주지 않으려 했다. 국민학교만 마치게 한 다음 당신의 농사와 김 양식을 돕게 하다가, 성년이 되면 결혼시켜 분가해주려 작정했었다.
　그 작정을 내가 깼다. 나 혼자 힘으로 중학교 입시에 합격한 다음 등록시켜달라고 울고불고 떼를 쓰자, 마지못해 중학교엘 보내주었던 것이다. 그러한 내가 형보다 공부를 잘해버리자 어찌할 수 없이 고등학교에까지 보내주고 있는 것이었다.
　형도 사실상 동생인 나로 말미암아 많은 불이익을 당하고 있었다.
　형이 혼자 학교에 다닐 적에는 하숙생활을 했었다. 한데 내가 중학교에 들어온 다음부터는 자취생활을 하게 된 것이었다. 그 원인을 제공한 것이 나이므로, 형은 당연하다는 듯 나를 종처럼 부리고 있었다.
　나는 두 주일 만에 한 번씩 고향집으로 곡식을 가지러 갔다.

토요일 청소를 마치고, 빈 곡식자루와 빈 항아리를 들고 팔십 리 떨어진 고향집으로 갔다가, 일요일 아침 일찍이 곡식과 반찬을 담아 짊어지고 걸어서 자취방으로 돌아와야 했다.

그것을 가지러 가지 않는 일요일에는, 야산에 가서 땔나무를 해 짊어지고 와야 하고, 날마다 아침저녁으로 밥을 지어 바쳐야 했다. 따지고 보면 형은 하숙생활을 하고 있는 셈이었다.

형

살결을 에는 듯한 고추알바람이 북편에서 달려왔다. 형과 나는 그 바람을 뚫고 바쁘게 종종걸음을 쳤다. 우리가 밟아가는 길은 덕도의 북편 모퉁이로 뻗어 있었다. 우리는 회흑색 갯벌밭을 오른쪽에 끼고 걸었다. 갯벌밭은 간밤의 썰물로 인해 드러나 있었다. 갯벌밭 표면에는 희끗희끗 성에가 끼어 있었다.

덕도와 천관산 사이에 아득하게 펼쳐진 갯벌 한가운데를, ㄹ자를 느슨하게 그리며 기어가는 거대한 까만 능구렁이가 있었다. 덕도와 천관산 밑뿌리를 이어놓은 노둣돌길이었다.

아침 밀물이 밀려들어오기 전에 서둘러 노둣돌길을 건너야 하므로 우리는 발걸음을 재촉했다. 밀물이 밀려들면 갯벌밭은 시퍼런 바다로 변하는 것이고, 노둣돌길은 그 물속에 잠기는 것이었다.

곡식자루와 책가방과 클라리넷 케이스와 반찬단지는 무거웠다. 무명베를 접어 만든 끈이 어깨를 조여 누르고 있었다. 그 무게로 인해 가슴이 우그러들었다. 날씨가 추웠지만 등줄기에 땀이 서렸다.

형은 나보다 세 살 위이지만 나보다 키가 오 센티쯤 작았다. 덕도의 모퉁이까지 십 리 길을 걸어오는 동안, 형은 내가 지고 가는 곡식자루를 한 번도 짊어져주지 않았다. 자기가 팽개치고 온 곡식자루는 어머니가 나중에 가져다준다고 말한 바 있으므로, 형은 당연하다는 듯이 반찬단지 한 개와 자기 책가방만을 들고 가고 있었다. 그것도 힘이 든 듯 자꾸 땅에 내려놓고 쉬곤 했다.

형은 참을성이 없었다. 스무남은 걸음 가다가 땅에 놓고 쉬고, 다시 스무남은 걸음 가다가 놓고 쉬곤 했다.

거기 비하여 나는 참을성이 더 많았다. 어깨와 가슴을 억누르는 짐을 땅에 내려놓고 쉬고 싶지만, 열 걸음만 더 가다가 쉬어야지, 아니 서른 걸음만 더 가서 쉬어야지, 아니 저 언덕까지 간 다음에 쉬어야지 하면서 나아갔으므로, 나는 형보다 백여 걸음 앞장서 있었다.

"씨팔, 돈으로 주면 읍에 가서 사먹을 텐데……"

형은 책가방과 반찬단지를 땅에 놓고 쉬면서, 고향마을을 향해 투덜거렸다.

형의 삶에는 늘 투덜거림이 들어 있었다. 혼자 학교에 다닐 적에 하던 하숙생활이 그리운 것이었다. 하숙집에 쌀 두 말과 돈 천환을 주면 편히 아침밥 저녁밥을 먹을 수 있고, 싸주는 도시락을 가지고 다닐 수 있었던 것이다.

"어떻게 이것을 들고, 읍내까지 팔십 리 길을 걸어간단 말이여. 파싹 뚜드려 깨버리고 갈까 어쩔까, 씨팔!"

나는 형의 말을 못 들은 체했다. 형이 밉살스러웠다.

한 이백여 미터 앞장서 가다가 언덕에 짐을 내려놓고 쉬었다. 형은 얼굴을 일그러뜨린 채 걸어오고 있었다.

나를 바라보는 형의 눈에는 아니꼬움이 들어 있었다. 나는 아버지와 어머니가 무어라고 하든지 반항하지 않고 고분고분했고, 그것이 아버지 어머니에게 굄을 받으려고 그러는 것으로 비친 것이다.

형과 나 사이에는 보이지 않는 갈등과 대립이 있었다.

첫째는 동생인 내가 형보다 더 체구가 크고 얼굴이 넓적하고 하얗다는 것이었다. 형과 내가 함께 어디엘 갈 경우, 대개의 사람들은 나를 향해 "네가 형인 게로구나, 얼굴은 훤하고 구멍새들이 큼직큼직하고……"라고 말하곤 했다.

둘째는 나의 학업성적이 늘 상위권인데 반해, 형은 늘 자기 반에서 하위권의 끝을 맴돈다는 사실이었다.

셋째는 어머니가 작은아들인 나를 마땅해하는 것이었다. 나와 단둘이 있을 때, 어머니는 내 머리를 쓰다듬으면서 "부지런히 해라. 나는 나중에 너랑 살 것이다" 하고 말하곤 했다.

그러저러한 불만이 가슴에 깔려 있는 형은 나를 상대로 형 노릇을 짭짤하게 하려고 들었다. 자취생활을 몇 년째 해오지만 한 번도 밥을 지으려 하지 않았다. 나는 형을 위한 부엌데기였다.

형은 늘 나를 앞세워 아버지에게 돈을 타내곤 했다. 기껏 돈을 타다가 주면, 돈을 많이 부풀려 타오지 않았다고 티를 뜯었다.

"그럼 앞으로는 형이 가서 타와."

내가 반발하면 "이 새끼가, 대들고 있어! 너 까불면 콱 죽여버린다잉!" 하면서 나에게 단단히 쥔 주먹을 내보였다.

나는 토라지면 며칠 동안이든지 입을 다물어버리곤 했는데, 그러는 것이 형의 성질을 돋우곤 했다. 성질이 난 형은 "이 새끼가 형 알기를……" 하면서 주먹으로 내 귀뺨을 갈겼다. 귀를 정통으로 얻어맞고 한 달 동안이나 귀가 먹먹해 있는 경우도 있었다.

나는 형에게 대들면 절대로 안 된다는 것을, 엄격한 가부장제주의자인 아버지에게서 철저하게 교육받았으므로 덤빌 줄을 몰랐다.

아버지는 장차 형이 '아버지의 대신'이 될 사람이라고 말하곤 했다. 나보다 겨우 세 살 위일 뿐이지만, 형이 머지않아 결혼을 하게 되면 형에게 존칭어를 써야 하고, 두 손을 짚고 엎드려 큰절을 해야 한다고 가르쳤다.

형은 게을렀고 옹졸했다. 주위 사람들의 눈이 부끄럽고 껄끄러워, 부엌에 나가 밥을 지으려 하지 않았다. 물론, 마을 앞의 큰 샘으로 물을 길으러 가지도 않았다.

내가 고향집으로 쌀과 반찬을 가지러 가고 없으면, 형은 밥을 지어 먹지 않는다고 했다. 빵을 사먹거나 생쌀을 씹어먹음으로써 끼니를 때우거나, 굶은 채 계속 잠을 자버리거나, 친구 집에 가서 화투만 치고 노는 것이었다.
 그렇지만 나는 형의 비뚤어진 삶을 아버지 어머니에게 절대로 일러바치지 않았다. 작은아들인 내 삶은 내 삶이고, 아버지의 권력을 물려받게 될 큰아들인 형의 삶은 형의 삶이라는 생각 때문이었다.

고니

 동남쪽 아랫목에서 밀물이 샛노란 햇살을 되쏘며 올라오고 있었다. 우리는 거대한 능구렁이 같은 노둣돌길로 올라섰다. 돌담처럼 쌓은 노둣돌길은 조심해서 밟아가야 했다. 윗돌과 밑돌 사이가 떠 있는 것들이 있었다. 그 떠 있는 윗돌의 모서리를 밟으면 몸이 기우뚱 넘어질 수도 있는 것이었다.
 그 노둣돌길 중간쯤에 흰옷 입은 사람 하나가 가고 있었다. 얼마쯤 가다가 보니, 그 사람은 가고 있는 것이 아니고 한곳에 머물러 있었다.
 저 사람이 왜 저기 머물러 있을까. 첫새벽에 건너가다가 얼어 죽은 것 아닐까. 머리끝이 쭈뼛 섰다. 예로부터 한겨울이면 가끔 노둣돌길을 건너다가 사람이 얼어죽는 사건이 일어나곤 했다. 저것이 죽어 있는 사람이면 어찌해야 할까. 우리가 시체를 떠메고 갈 수는 없다. 일단 버려두고 건너가서 사람들에게 알려야 한다.

번쩍거리며 밀려오는 동남쪽 아랫목의 밀물을 흘긋거리면서 걸음을 재촉했다. 형은 오십여 미터쯤 뒤처진 채 오고 있었다. 머물러 있는 하얀 것 옆으로 가까이 가보니, 사람이 아니었다. 덩치가 큰 새였다. 대여섯 살쯤 된 어린아이의 몸만했다. 그 새가 추위에 얼어서 반쯤은 죽어 있는 듯싶었다. 나는 걸음을 멈추고 형이 다가오기를 기다렸다. 형이 바싹 따라붙었을 때, 함께 새에게로 접근했다.

"무슨 새냐?"

"황새는 아니고…… 혹시 고니 아닐까."

"그래, 고니 맞다."

저것을 잡아 집으로 가져가야 한다, 하고 나는 생각했다. 어머니가 좋아할 것이다.

형도 같은 생각을 한 듯 "저것 잡자! 쫓아가서 잡아라!" 하고 말했다. 그것은 명령이었다.

나는 반찬단지를 노둣돌 위에 놓고, 등에 짊어진 짐을 벗어놓았다. 노둣돌 위에 앉아 있는 고니를 향해 한 걸음 한 걸음 다가갔다. 고니는 머리를 털 속에 묻은 채 눈을 말똥말똥 뜨고 불안스럽게 나를 쳐다보았다. 더욱 가까이 다가갔을 때 그놈이 몸을 움찔했다.

나는 그놈을 향해 재빨리 윗몸을 내던지면서, 날개와 목을 움켜쥐려고 두 손을 뻗었다. 고니가 두 날개를 펴 푸드덕거리더니 갯벌로 굴러떨어졌다. 한쪽 다리를 절뚝거렸다. 다리가 상한 까닭에 날아오르기 위한 도움닫기를 못했다.

형이 다급한 목소리로 재촉했다.

"신 벗고 쫓아가서 잡아라!"

나는 운동화와 양말을 벗었다. 바짓가랑이를 걷어올리고 성에 깔린 갯벌로 내려섰다.

갯벌은 얄따랗게 얼어 있었다. 깨진 성에 조각들이 발의 살갗을 찔렀다. 살갗이 칼로 에이는 듯 아리고 시렸다. 그 아리고 시림이 전신으로 퍼졌다.

이를 뽀드득 악물고 참으면서 고니를 향해 나아갔다. 고니는 노둣돌길에서 오 미터쯤 떨어진 곳에 주저앉아 쫓아오는 나를 돌아보고 있었다.

표면에 성에가 덮이기는 했지만 갯벌 속은 물렀다. 발이 깊이 빠졌다. 정강이가 잠겼다. 날카로운 조개껍데기가 발바닥을 찔렀고, 찔린 자리가 도려내는 것처럼 아팠다. 발바닥이 아프다고 해서 고니 쫓아가는 일을 포기할 수 없었다. 조심스럽게 나아가 고니를 덮어누르자마자 그놈의 모가지를 비틀기로 작정했다.

고니 옆으로 바싹 다가간 순간, 나는 몸을 날려 고니를 덮쳤다. 고니는 다시 푸드덕거리면서 오 미터쯤 달아났다. 고니를 헛짚은 내 두 손은 갯벌 속에 묻혔다. 이제는 손까지 아리고 시렸다. 오기가 끓어났다. 이를 악물고 고니를 향해 나아갔다. 고니는 내가 다가올 때까지 나를 바라보기만 했다. 나는 또다시 다가가서 고니를 덮쳤다.

고니는 푸드덕거리면서 십 미터쯤을 도망갔다.

노둣돌 위에서 형이 소리쳤다.

"더 빨리 쫓아가!"

찔린 발바닥의 살갗과 손은 남의 살처럼 얼얼했고 감각이 없어졌다. 추위와 발과 손의 아리고 시림으로 인해, 사지가 떨리고 눈앞이 어질어질했다. 나는 이성을 잃어버렸다. 고니를 향해 죽을힘을 다해 달려갔고, 전보다 더 재빠르게 고니를 덮쳤다. 고니는 불편한 다리로 도움닫기를 하면서 푸르르 날려다가 실패하고, 다시 십 미터쯤 가다가 멈추었다. 절망의 검은 너울이 눈앞을 가렸으므로 나도 잠시 발을 멈추었다.

"얼른 더 빨리 쫓아가서 잡어!"

형이 명령했다.

내 의지력으로 감당할 수 없을 만큼 발바닥이 아프고, 발과 손이 아리고 시렸고, 속에서 알 수 없는 뜨거운 울음이 올라왔다. 소매로 눈물을 훔치면서 고니를 쫓아갔다. 다시 고니를 덮치려 하는 순간, 고니는 불편한 다리로 도움닫기를 거듭하며 날개를 쳐서 오 미터쯤을 날아가다가 멈추었다. 나는 사력을 다해 쫓아가서 덮쳤다. 고니는 이때껏 나를 희롱하면서 놀이를 즐기기라도 했던 듯, 몇 차례 도움닫기를 하면서 두 날개를 치다가 허공으로 푸르릉 날아올랐다. 밀물 올라오고 있는 동남쪽의 아랫목 바다로 멀리 날아갔다. 고니의 모습이 참새처럼 작아지다가 파리처럼 작아졌다가 가뭇없이 사라졌다.

나는 참담한 패배자가 된 채 이를 뽀도독 악물면서 노둣돌 위로 어기적어기적 올라왔다. 그때 내 귀에 '바보 멍청이! 바보 멍청이!' 하는 소리가 들려왔다. 내 속의 시꺼먼 놈이었다.

상처

밀물이 밀려오고 있으므로 나는 노둣돌 위에서 꾸물거리고 있을 수 없었다. 벗어놓았던 짐을 등에 지고, 한 손에 벗은 신을 들고, 다른 한 손에 반찬단지를 든 채 맨발로 노둣돌을 밟으며 달렸다. 갯벌투성이가 된 오른쪽 발바닥에서 피가 나오고 있었으므로, 노둣돌 위에 핏자국을 찍으며 달렸다.

형이 뒤따르면서 말했다.

"에끼! 조금만 더 빨리 덮쳤으면 잡았을 텐데……"

나의 민첩하지 못함과 무능으로 인해 그 고니를 놓쳐 짠하다는 것이었다.

얼어 깨어지고 바스러지는 듯 아프던 내 발바닥은 언제부터인가 내 살이 아닌 것처럼 감각이 없어졌다. 죽을상이 된 채 이를 갈면서 달려가고 있는데, 뒤따르는 형은 거듭 고니 놓친 것을 안타까워하고 있었다.

"그놈 잡았으면 닭 다섯 마리 잡은 셈은 될 텐데……"

눈물이 앞을 가렸다. 형을 버려둔 채 비틀거리며 달렸다.

천관산 밑뿌리의 샘물 앞에 이르렀다. 미세하게 김이 피어오르는 샘물가에 주저앉아 발에 묻은 뻘을 씻었다. 뻘이 씻겨 나가자, 새빨개져 있는 두 발이 드러났다. 조개껍데기에 찔린 오른쪽 발바닥 한가운데는 찢어놓은 고깃살처럼 빨갰다. 손수건을 꺼내서 상처와 발의 물기를 닦아냈다. 피가 쉽사리 멈추지 않았다. 손수건으로 발바닥을 두 번 돌려 감은 다음 발등에서 묶었다. 그 위에 양말을 꿰었다. 아리고 쓰리는 발을 주물렀다.

속에서 울음이 솟구쳐올라왔다. 나 스스로 고니 잡을 욕심으로 신과 양말을 벗고 갯벌로 뛰어들었으므로 누구를 탓할 수 없었다. 그럼에도 불구하고 성에 긴 갯벌에 뛰어든 것이 후회스럽고 억울하고 슬펐다. 우산도 머리에 올라온 해가 나를 비웃고 있었다. 내 속의 시꺼먼 놈도 나를 향해 '바보, 멍청이' 하고 빈정거렸다.

나는 울면서 곡식자루를 짊어지고, 반찬단지를 손에 들고 걷기 시작했다. 땅에 닿는 한쪽 발바닥이 아팠으므로 절뚝거리며 걸었다.

형은 오십여 미터쯤 뒤처진 채 나를 따라오고 있었다. 내가 절뚝거리며 가고 있음에도 불구하고, 형은 나를 따라잡으려고 걸음을 빨리하지 않았고, 얼마나 아프냐고 물으려 하지도 않았다.

읍내에 들어선 것은 해 저물녘이었다. 동교약국에서 발바닥

상처에 약을 바르고 붕대로 감고, 자취방에 들어가 밥을 지어 먹었다. 이후 한 달 동안이나 절뚝거리며 학교에 다녔다.

형은 내가 절뚝거리는데도 불구하고 나를 부엌데기로 부려먹었다. 부엌데기 노릇을 하면서 나는 늘 매정한 형에 대한 거역을 꿈꾸었다. 그것을 내 속의 시꺼먼 놈이 충동질했다. 그때마다, 어린 시절의 어느 날 밤 잠결에 할아버지와 아버지가 주고받은 말을 떠올리곤 했다.

"작은놈은 대가 무르고, 가시내처럼 순하고, 고무처럼 성질이 늘어지고…… 장차 무엇이 되려고 저러는지 모르겠습니다."

작은아들에 대한 불만을 말하는 아버지에게 할아버지가 말했다.

"아니다. 두고 봐라. 저 작은놈 사주에 파(破)가 들어 있다. 혼자서 글씨를 쓸 때, 저놈이 입 다무는 것을 보면 아랫입술이 윗입술을 살짝 덮는다. '파'는 거역일 수도 있고, 일을 대차게 잘 해나가는 기운일 수도 있다."

습진

이른 봄부터 왼다리 오금의 습진이 도졌다. 잠결에 긁어버린 까닭으로 성이 났다. 나는 오금의 아픔과 그로 인한 나 혼자만의 슬픔을 잊기 위하여, 클라리넷 연주하기와 초영이 빌려다준 책 읽기에 몰두했다.

오금의 습진, 그것은 아무래도 나병의 시초인 듯싶었다. 나병 환자가 되어 이곳저곳을 떠돌며 구걸하거나, 소록도로 가서 살 경우, 어머니에게 클라리넷을 하나 사달라고 할 작정이었다. 어머니가 그리우면 그걸 불면서 슬픔을 달래며 살자고 생각했다. 슬픈 신세를 시로 쓰자고 생각했다.

명곡의 악보를 한 소절 한 소절 뜯어 읽으면서 연주했다. 〈스와니 강〉과 〈그 집 앞〉을 연주하고, 〈금발의 제니〉〈아 목동아〉〈돌아오라 소렌토로〉〈내 고향 남쪽 바다〉〈성불사 깊은 밤〉〈바윗고개〉〈켄터키 옛집〉〈즐거운 나의 집〉들을 연주하는 동안에는 가려움증을 잊을 수 있었다.

나의 고통을 잘 알고 있는 형이 말했다.

"너 거기다가 양잿물을 발라봐라."

형의 말을 들을까 어쩔까 망설였다. 양잿물을 발랐다가, 그곳이 타들어가고 힘줄이 상하게 되면 어찌할까. 다리 불구자가 되는 것 아닌가.

나는 초영의 동생 주인이에게 절대로 나의 습진에 대하여 발설하지 않았다. 주인이가 알면 초영에게 말할 터이므로. 그들이 알게 되면, 나를 나병환자로 여기고 멀리할 것이다.

초영은 전과 다름없이 책을 빌려다가 주곤 했다. 김내성의 『애인』과 『마인』을 거듭 빌려다주었고, 박계주의 『순애보』, 이광수의 『흙』『원효대사』『이차돈의 사』를 차례로 빌려다주었다. 나는 밤새워 그것들을 읽은 다음, 아침에 주인이를 통해 돌려주곤 했다.

책 읽기로 인해 잠이 부족한 나는 학교 수업시간에 꾸벅꾸벅 졸다가 검은 테 안경의 국사선생에게 걸렸다. 국사선생이 나를 향해 빈정거렸다.

"너 보리 닷 되지?"

아이들이 와 하고 웃었고, 나는 얼굴이 새빨개졌다.

봄철 내내 나를 괴롭히던 오금의 환부는 여름철 들면서 아무런 약도 바르지 않는데도 불구하고 거짓말처럼 나았다. 이때 수상스러운 점을 발견했다. 습진 사라진 부분이 거무튀튀했고, 다른 살갗과 달리 감각이 없었다. 꼬집어도 아픔을 느낄 수 없었다. 그것은 나병을 앓고 있다는 증거라고 생각됐다. 나는 슬픔과 절망의 덩어리를 가슴에 안은 채 악대실을 들랑거리며 클라리넷을 불었고, 초영이 빌려다준 책을 읽으며 슬픔을 달랬다.

자동차 사고

"방학하면 곧바로 와서 농사일해라."

아버지의 편지가 날아왔다.

여름방학을 하자마자 형과 나는 책가방과 빈 자루와 작은 항아리와 클라리넷 케이스를 들고 고향집으로 갔다.

집에서는 논농사 열 마지기, 밭농사 스무 마지기를 지었다. 우리는 어머니 아버지를 도와, 논밭에 김을 매고 멸구를 잡고, 틈틈이 김발 막는 데에 쓸 새끼를 꼬았다.

 개학을 며칠 앞둔 대덕 장날, 아버지는 우리 형제가 들고 갈 등록금을 마련하기 위해 아침 일찍 대덕장으로 쌀 두 가마니를 가지고 나갔다. 쌀 두 가마니를 다섯 등분하여, 식구들이 모두 나서서 지게에 짊어지고 회진정류소까지 갔다. 버스가 만원이었으므로 장꾼 운송하는 트럭에 실었다.

 점심을 먹은 다음 김을 매러 나가려는데 급한 전갈이 왔다. 아버지가 탄 트럭이 가파른 비탈길에서 밭 언덕 아래로 추락했고, 아버지는 어딘가를 많이 다쳐 대덕병원에 입원해 있다는 것이었다.

 어머니와 형과 내가 병원으로 달려갔다. 비좁은 병원은 아비규환이었다. 이 입원실 저 입원실에서 앓는 소리와 살려달라는 비명이 들려왔다.

 아버지는 빠져버린 허벅다리뼈를 맞추어 깁스를 했다. 찌는 듯 무더운데다 발과 다리가 저리고 아리는 까닭으로, 아버지는 앓으면서 오 분 간격으로 몸을 뒤척이고 싶어했다. 어머니와 형과 나는 번갈아가면서, 아버지가 몸을 뒤척이도록 도와주고 다리를 주물러주어야 했다. 한 사람은 계속해서 진땀 흘리는 아버지의 얼굴과 몸 여기저기를 부채로 부쳐주었다.

 나는 한번 뒤척이는 것을 도와주고 나서 곧, 아버지가 어떻게 해주면 아프다고 말하고, 어떻게 하면 편해하는가를 알게 되었다. 한데 형은 그 요령을 파악하지 못한 채 아버지의 몸에 손을 댔으므로, 형의 손이 닿으면 아버지가 짜증을 냈다. 그리하여 형은 뒤로 물러나고, 내가 앞으로 나서서 뒤척이도록 도와주곤 했다.

날이 어둑어둑해졌을 때, 어머니가 말했다.

"식구들이 모두 여기 있어봐야 금방 쾌유되시는 것도 아니니까, 누구 혼자만 남고, 하나는 나 따라 집에 가서 자고 내일 일찍부터 멸구도 잡고 김도 매고 그러자."

나는 어머니의 속뜻을 알아챘다. 형을 병원에 남겨두고 나를 데려가고 싶은 것이었다.

형은 날마다 늦잠을 잘 뿐만 아니라 움직임이 굼뜨고 게으르고, 농사일을 부지런히 하려 하지 않고, 일을 시키면 짜증을 부리곤 했다. 거기 비하여 나는 어머니 하자는 대로 고분고분 따르곤 했다.

나는 고개를 떨어뜨린 채 형이 입 열기를 기다렸다.

형은 얼른 입을 열지 않고, 아버지의 얼굴과 등과 가슴을 향해 부채질을 하고만 있었다.

그때 아버지가 얼굴을 찡그리며, 몸을 뒤척이고 싶다는 의사 표시를 하면서 "큰놈이 이리 와서 해봐라" 하고 말했다. 아버지는 다음 세대의 가부장이 될 큰아들이 남아 당신의 간병을 해주기를 바라고 있었다.

나는 형에게 자리를 내주고 물러났다. 형은 부채를 나에게 넘겨주고, 내키지 않는 얼굴로 아버지 옆으로 다가앉아 엉덩이를 들어올려 밀었다.

순간 아버지가 짜증 어린 소리로 말했다.

"거기만 그렇게 걷어밀지 말고, 허벅다리랑 같이, 살살……"

내가 다가가서 상한 쪽 다리와 발을 조심스럽게 부축해주었다.

형은 얼굴을 찌푸리고, 뒤로 뭉그적뭉그적 나앉으며 나에게 말했다.

"니가 남아라."

졸음

혼자 남은 나는 소변보러 갈 틈도 없이 앓는 아버지의 옆을 지켰다. 진땀 흘리는 아버지의 몸을 부채로 부쳐주다가, 몸을 뒤척이고 싶다고 하면, 바싹 다가가서 뒤척일 수 있도록 도와주었다.

밤이 깊어지면서 더위가 약간 누그러졌다. 근처 마을에 사는 고모가 지어온 밥을 먹고 나자 잠이 밀려들었다. 잠을 쫓으려고, 혀와 입술을 깨물기도 하고, 도리질을 힘껏 해보기도 했지만 소용없었다. 앉은 채 까무룩 졸다가 깜짝 놀라 깨곤 했다. 눈을 뜨고 고개를 회회 저어보지만, 온몸을 심연 아래로 급속히 가라앉히는 달콤하고 시원한 잠은 회오리바람처럼 내 육신과 영혼을 휘감고 돌았다.

정신을 차리고 보면, 아버지가 내 어깨를 흔들어 깨우고 있었다. 무릎에 고개를 처박은 채 자고 있던 나는 소스라쳐 눈을 떴다. 아버지가 다리를 주물러달라고 했다. 밀려드는 잠과 싸우면서, 아버지의 다리를 주물렀다.

아버지는 몸을 뒤치고 싶다고 했고, 나는 아버지의 엉덩이와 허벅다리를 한꺼번에 두 손으로 받쳐 조심스럽게 들어올리며 밀었다. 아버지는 모로 누웠다가 곧 다시 바르게 눕히라고 명했다. 아버지가 명하는 대로 바르게 눕혀주었다.

이마와 등에 식은땀이 서렸다. 그 땀을 식힐 새도 없이 부채를 들어 아버지의 얼굴과 가슴과 다리를 부쳤다.

"어린 너를 이렇게 잠도 못 자게 괴롭혀서 어쩔 거나!"

아버지는 나를 짠해했다.

모기장 밖에서는 모기들이 잉잉거렸고, 옆방에서는 환자들의 앓는 소리와 "아이고, 나 죽겠네!" 하는 비명소리가 들려왔다. 간호사와 의사 들의 바삐 걷는 발소리도 들리곤 했다.

졸음이 밀려들었다. 고개를 저어 졸음을 쫓았다. 그렇지만 눈꺼풀이 주체할 수 없도록 무거워졌다. 내리덮이는 눈꺼풀을 내 의지력으로 들어올릴 수 없었다.

한순간, 나는 눈꺼풀이 내리덮이는 것을 허용했다. 그것만으로도 피곤이 가셨다. 시신경과 안면근육이 차분해졌다. 나를 향해 눈만 감고 있기만 할 뿐 절대로 잠이 들면 안 된다고 타일렀다. 잠과 나 사이에는 타협이 이루어졌다. 잠이 든 듯도 하고,

잠들지 않은 듯도 한 순간, 순간들이 지나갔다. 그러다가 까무룩 적막의 절벽 아래로 빠져들어갔다.

"악아!" 하는 아버지의 신음 섞인 목소리가 들려왔고, 나는 잠결에 아버지의 엉덩이와 다리를 살짝 들어올리듯이 하면서 밀어, 아버지가 뒤척이도록 도와주었다.

아버지는 모로 오래 누워 있지 못하고, 다시 바로 누여달라고 요구했다. 나는 아버지를 바로 뉘어놓고, 집에 가버린 형을 생각했다. 형은 모기장으로 새어드는 시원한 바람을 쐬며 깊은 잠을 자고 있을 것이다. 심호흡을 하면서, 나는 다시 달콤한 졸음과 줄다리기를 했다.

"악아! 어쩔 거나. 다리 좀 주물러라."

나는 아버지의 다리를 주무르기 시작했다. 원장실 쪽에서 괘종시계가 두 점을 치고 있었다. 내 눈꺼풀이 처지고 있었다. 눈을 감은 채 아버지의 다리를 주무르면서, 눈을 감고 있기만 할 뿐 절대로 잠들지 않아야 한다고, 다시 한번 나를 타일렀다. 잠을 쫓는 좋은 수 하나를 생각했다.

한여름날, 고향집에서 형 몫의 보리 닷 되와 내 몫의 보리 닷 되를 한꺼번에 짊어지고 장흥 읍내의 학교까지 걸어가던 기억을 떠올렸다. 무더운 햇살 속에서 땀을 뻘뻘 흘리며 갔다. 땀에 젖은 옷이 거추장스러웠으므로, 옷들을 모두 벗어서 보릿자루 위에 얹고, 러닝셔츠와 팬티만 입은 채 걸었다. 소나무 그늘 아래 앉아 쉬면서, 산에서 흘러내리는 물을 벌컥벌컥 들이켰다.

"악아!"

아버지의 신음 어린 목소리에 눈을 번쩍 뜨니, 나는 아버지의 다리에 얼굴을 처박은 채 자고 있었다. 나의 단잠을 깨운 아버지는 목울음 섞인 소리로 말했다.

"……돌아누워야겠다! 거기 좀 받쳐올려라!"

정신을 가다듬고, 아버지의 엉덩이와 다리를 걷어올리듯이 밀어 몸을 뒤치도록 도와주었다. 이후 나는 절대로 졸지 않아야 한다고 혀를 깨물었다. 이제부터는 클라리넷으로 불곤 한 〈스와니 강〉을 떠올리기도 하고, 위박사가 자기 친구의 누님과 사랑 나누는 모습도 떠올렸다. 그러다가 아버지의 "악아!" 소리를 듣고 소스라쳐 깼다.

잠을 쫓기 위해 혀를 아프게 깨물면서 아버지의 다리를 주물렀다. 이번에는 성에 덮인 갯벌 위에서 고니 쫓던 일을 생각하기로 했다. 다가가서 덮치면 빠져 달아나고, 다시 다가가서 덮치면 빠져 달아나고, 그러다가 밀물 밀려오는 동편 바다로 푸르릉 날아가던 고니.

형의 출분

아버지는 사고를 당한 지 한 달 뒤에 퇴원했다. 상해보험제도가 없던 시절이었다. 아버지는 트럭 주인과 친분이 두터운 처지라며, 운전사의 처벌을 원치 않고, 트럭 주인으로부터의 경제적인 보상도 원치 않는다는 합의를 해주어버렸다.

불구가 된 아버지가 방 안에 들어앉게 되면서부터 집안의 경제사정은 극도로 나빠졌다. 어머니는 머슴도 들이지 않은 채 혼자서 농사일들을 해냈다.

나와 형은 9월 15일에, 목발을 짚고 겨우 변소 출입이나 하는 아버지와 일에 파묻혀 사는 어머니와 어린 동생들을 두고 읍내의 자취방으로 갔다.

늘 그래왔듯, 나는 쌀 닷 되, 보리 닷 되를 짊어지고 반찬단지 한 개를 들고, 형은 자기 책가방과 반찬단지 한 개만을 들고, 노둣돌길을 건넌 다음, 팔십 리 길을 걸어서 갔다.

그 전날 저녁밥을 먹은 다음에, 다리가 불구인 아버지는 형과 나를 앞에 앉혀놓고 말했다.

"느그들 내일, 등록금하고 용돈을 가지고 가야 하는데, 내 쾌상에는 시방 땡전 한 푼도 없다. 아랫마을 달균씨 집에 가서, 돈 오천환만 꾸어달라고 해서 갖고 올라가거라. 가을에 나락 가을해서 갚는다고. 둘이 나란히 같이 들어가서, 빌려달라고 해라."

달균씨는 정치망 멸치잡이로 돈을 긁는다고 소문난 어부였다.

형과 나는 별 총총한 밤하늘을 머리에 인 채, 아랫마을 달균씨의 집으로 갔다. 한데, 형은 그의 집 모퉁이에서 발을 멈추고, 나에게 말했다.

"너 혼자 들어갔다가 와."

나는 형의 명령에 따라 혼자 들어가서 돈을 빌려가지고 나왔다. 형은 나에게서 돈을 받아 호주머니에 넣고 가서 아버지 앞에 내놓았고, 아버지는 그 돈을 우리들에게 되돌려주었다. 넉넉지 못한 돈이므로, 우리는 또 쌀 닷 되를 가게에 내다팔고, 그 돈으로 보리 닷 되를 산 다음, 나머지 돈을 용처에 쓰는 요령을 부려야 할 터이었다.

10월 들어서면서 찬바람이 나자 내 오금에 습진이 다시 도졌고, 나는 혼자 슬퍼하면서, 클라리넷과 초영이 빌려다주곤 하는 책들과 더불어 살았다.

클라리넷을 방과 후에 자췻집으로 가지고 와서 명곡 연습을 했다. 〈솔베이지 노래〉〈노래의 날개 위에〉〈슈베르트 세레나데〉들도 연주했다.

그로부터 십오 일 뒤의 토요일에, 나는 팔십 리 떨어진 덕도 고향집에까지 걸어가서 아버지의 병문안을 하고, 다음날 일요일에 쌀 닷 되와 보리 닷 되를 타 짊어지고, 반찬단지를 들고 먼 길을 걸어서 읍내의 자췻집으로 와야 했다.

아버지와 어머니는 우리 형제에게 정해진 용돈 이상의 돈을 절대로 주지 않았다. 가장의 불구로 말미암아 집 살림살이가 어려워진 까닭도 있지만, 아들들에게 절약의 정신을 심어주려고 돈을 여유 있게 주지 않는 것이었다.

형은 그러한 아버지 어머니에게 반발을 했다. 거지들의 삶보다 더 슬프고 고달프고 허기진 자취생활을 하면서 공부하지 않겠다고 했다.

형의 책가방은 늘 방바닥에 뒹굴고 있었다. 형은 마을의 청년들하고 어울려 화투 치고 술을 마셨다. 마을 청년들은 국민학교만 나온 뒤에 농사일을 하거나 빈둥빈둥 노는 무지렁이들이었다.

나는 형이 헛걸음질 치는 것이 차라리 좋았다. 내 마음대로 클라리넷을 불 수 있었고, 초영이 빌려다준 책을 까물거리는 석유 등잔불 아래서 밤새워 읽을 수 있었다. 내 속의 시꺼먼 놈이 그것을 즐겼다.

형은 새벽녘에야 돌아왔다. 술에 취해 있었다. 내가 등잔불 아래서 읽고 있는 책을 보더니 퉁명스럽게 말했다.

"이 자식아, 이따위 책 읽지 마! 쓸데없는 그런 소설책 백날 천날 읽으면 무얼해!"

나는 멍해진 채 형의 얼굴을 쳐다보았다. 형은 윗목 구석에 놓여 있는 클라리넷을 발로 걷어차면서 "까불지 마, 새끼야! 너 기껏 잘난 체해봐야 딴따라밖에는 될 것이 없어. 알아?" 하고 말했다.

클라리넷이 망가지면 큰일이었다. 나는 나뒹구는 클라리넷을 집어들었다.

"뭣이 어쩌고 어째? 형보다 무엇이든지 더 잘한다고? 키도 더 크고, 공부도 잘하고, 얼굴도 훤한 미남이고…… 야, 까불지 마."

형은 주먹을 내 눈앞에 가져다댔다.

"퍼석하게 북데기만 큰 몸뚱이, 이 한주먹이면 너는 없어, 쌔끼야!"

이튿날 형은 아버지 앞으로 편지 한 장을 띄워놓고, 학교에 자퇴서를 내고 군 하사관학교에 들어가버렸다. 나는 빗나가고 있는 형이 가엾고 안타까웠다. 속이 쓰라렸다. 그렇지만 내 속의 시꺼먼 놈은 그것을 가장 즐거워하고 있었다.

꽁보리밥의 자유

형 없이 혼자서 생활하는 것이 호젓하고 쓸쓸했지만 내심 홀가분했다. 내가 먹고 싶은 대로 밥을 많이 지어 먹을 수도 있고, 싫으면 굶어버릴 수도 있는 자유가 내게 주어졌다.

집에서 가지고 온 쌀 다섯 되를 가게에 내다가 판 다음 보리 닷 되를 사고 남은 돈을 잡비로 쓰는 요령을, 아주 편한 마음으로 부렸다. 끼마다, 쌀이 한 톨도 들어가지 않은, 왕모래알 같은 꽁보리밥을 오독오독 씹어먹으면서도, 나는 즐거웠다.

점심시간에는 클라리넷을 뒷동산으로 가지고 가서 불었다.

머나먼 저곳 스와니 강물 그리워라.

닭발에 장갑

담임선생은 트럼펫 부는 문영철과 클라리넷 부는 나를 맨 앞쪽에 짝지어 앉혀주었다. '보리 닷 되' 패인 우리 두 문제아를 수업하는 선생의 시야 속에 묶어두려는 심산이었다.

그러나 나는 학과공부에 몰입하지 않았다. 점심시간과 방과후에는 클라리넷을 불고, 자취방으로 돌아가면 초영이 빌려다 준 책 읽기에 몰두했다.

문영철 속에는 붕붕거리는 말벌 한 마리가 들어 있었다. 자기 공부를 식은 죽 갓 둘러먹듯이 날래 해놓고, 경쾌한 리듬에 맞추어 춤추듯이 윗몸을 좌우로 흔들면서, 경중경중 교실 안을 배회했다.

중간고사를 앞둔 아이들은 쉬는 시간이나 점심시간에도 열심히 책과 공책을 팠다. 암기하기도 하고 수학문제를 풀기도 했다. 문영철은 그 아이들 옆으로 가서, 귀에 대고 목청 높여 심술부리듯이 노래했다.

닭발에 장갑,
모기 다리에 군화,
염생이(염소) 머리빡에 퍼머넌트!

놀림을 당한 아이들은 고개를 쳐들고 허허허 웃었다.
문영철은, 서로 대거리를 하려고 뒷동산으로 가는 두 아이 사이로 파고들어가, 두 팔을 날개처럼 퍼덕거리면서 경중거리고 '닭발에 장갑' 노래를 불렀다. 싸우려던 아이들은 허허 하고 웃음을 터뜨렸다.

그는 이학년 교실은 물론 일학년 교실과 삼학년 교실에까지 다니면서 '닭발에 장갑' 노래를 부르고, 손금을 보아주었다.

"형, 형, 내가 손금 점 봐주께" 하고 다가가면, 손을 내밀어주지 않는 선배들이 없었다. 심지어는 선생님들에게까지 접근하여 손금을 보아주었다. 선생님들은 어처구니없어하면서도, 껄껄거리며 손바닥을 내밀어주었다.

"제 손금 점은요, 계룡산에서 십 년 도를 닦고 나온 도사에게서 배운 것입니다요."

문영철은 반 아이들의 손금을 다 봐주면서도, 막상 짝인 내 손금을 봐주지 않았다. 나는 서운했지만 내색하지 않았다. 문영철의 손금 점은 엉터리라고 생각됐다. 그냥 장난스런 너스레이고 엉너리일 뿐이다. 그러면서도 나는 그가 내 손금을 봐주기를 은근히 기대하고 있었다. 내가 장차 시인이나 소설가 쪽으로 나아가게 될 것이라는 것, 그것이 어찌할 수 없는 나의 운명이라는 것을, 내 손금을 통해 증명해주기를 은근히 기대했다.

운명선

어느 날 쉬는 시간에 그가 의젓하게 점잔을 빼고 말했다.

"야, 피리좆대, 내가 손금 점 봐줄게. 이리 내놔봐. 두 손 다!"

못 이긴 척 두 손바닥을 내밀어주었다. 그는 내 오른손바닥과 왼손바닥을 비교해가며 들여다보았다.

"오른손바닥은 선천적으로 타고난 운명을 말해주고, 왼손바닥은 후천적으로 살아갈 운명을 예언해주는 거야."

그는 두 손바닥의 손금들을 하나씩 짚어가며 말했다.

"타고나기는 가난하게 타고났는데…… 야, 너, 이 손금! 막 쥐었네! 너 늙어 죽을 때까지 무지무지한 부자로 살겠다야…… 그런데, 아, 이 운명선! 아니 이것이 이렇게 뻗어가다가 이 검지 위로 타고 올라갔으면, 너 소설가가 돼가지고 노벨문학상을 받게 될 것인데…… 야아, 정말로 아쉽게 됐네! 이 운명선이 검지하고 중지 사이 계곡으로 흘러버려서…… 소설가나 시인이 되기는 벌써 다 틀렸다!"

내 가슴에서 텅, 하는 무너지는 소리가 났다. 소설가나 시인이 되기는 다 틀렸다는 말은 충격이었다.

문영철은 나를 향해 자라의 그것처럼 까만 콧구멍을 쳐들고 말했다.

"고등학교 졸업하고 나서, 아버지 어머니가 얼금뱅이 처녀 하나 짝지어주면, 동네 부자 말은 듣고 살겠다…… 잘하면 동네 이장이나 면서기쯤은 할 수 있겠고. 호호호호……"

나는 그가 붙잡고 있는 내 두 손을 낚아채듯이 회수하며 말했다.

"야, 이 엉터리 도사!"

곧 수업이 시작되었고, 국사선생이 열심히 계백장군의 황산벌 싸움 이야기를 하고 있었지만 그것은 내 귀에 들어오지 않았다. 문영철이 씨부렁거린 말만 귀에 맴돌고 있었다.

'이 운명선이 검지하고 중지 사이 계곡으로 흘러버려서…… 소설가나 시인이 되기는 벌써 다 틀렸다.'

달(月) 도둑질

앳되고 갸름한 백합 빛깔의 얼굴에 몸매 늘씬한 젊은 여인이 주인집의 안채 모퉁이방으로 이사왔다. 새로 부임한 중학교 무용선생이었다. 눈이 쌍꺼풀인데다 코의 운두가 높고, 입술이 도톰하고, 미소만 지어도 한쪽의 보조개가 깊이 패는 무용선생.

그녀는 내 자취방 동편 창문 곁 대문을 지나다니곤 했다. 그녀가 지나가는 것을 나는 코와 귀로 알아맞혔다. 코와 가슴을 환하게 하는 진한 분향과 음악적으로 또각거리는 발소리.

그녀에게는 흑갈색의 앙증스러운 축음기가 있었는데, 학교에서 돌아오면 그것을 툇마루에 내놓고 틀곤 했다. 노상 틀곤 하는 것은 바이올린이 혼자서 연주하는 곡들인데, 내 귀에 익은 것들이었다. 가슴 저리게 하고 눈앞을 어질어질하게 하는 그 바이올린의 선율은 내 자취방 안에까지 아련하게 들려왔다. 그게 들려오면 문득 허공을 쳐다보곤 했다.

장흥 남산공원에 벚꽃이 만개한 일요일, 그녀는 회갈색 홀라풍의 치마에 흰 블라우스 차림을 한 채 하얀 망사로 된 모자를 쓰고, 고혹적인 분향을 풍기며 대문간을 빠져나갔다.
집안 사람들은 모두 보리밭에 북을 주러 나가버렸다. 주인 아주머니는 나에게 집을 보라고 당부했다. 초영이 빌려다준 책을 읽다가, 간밤 잠결에 긁어댄 까닭으로 성이 난 오금의 습진 때문에 절뚝거리며 밖으로 나왔다. 찬란한 햇살이 마당에 쏟아졌다.
방석만한 내 그림자를 밟으면서 주인집 마당으로 갔다. 가슴이 우둔거렸다. 무용선생의 방문을 열었다. 윗목 구석에 축음기가 앉아 있었다. 아련한 분향 어린 그녀의 체취가 가슴으로 밀려들었다.
축음기를 들고 툇마루로 나왔다. 그녀가 앉혀놓고 틀던 그 자리에 놓고, 떨리는 손으로 뚜껑을 열었다. 하얀 원형의 꽃무늬 같은 자잘한 구멍들이 뚫려 있는 소리통이 반짝 하늘빛을 되쏘았다.
까만 레코드를 원판에 올리고, 태엽을 감았다. 회전하는 레코드 위에, 소리통 밑의 바늘을 올려놓았다. 축음기의 공명통이 바이올린 독주의 청아한 선율을 뱉어냈다. 〈슈베르트 세레나데〉였다.
하나의 황홀 찬란한 세계가 나의 세상을 뒤덮었다. 그 선율로 인해, 나의 세상은 어두운 보라색의 새들이 비상하는 오색의 찬란한 시공으로 변했다.

명랑한 저 달빛 아래 들리는 소리,
　　무슨 비밀 여기 있어 소곤거리나……

　바이올린은 깜깜한 밤을 밝히는 영롱한 달의 비밀스러운 소리를 가슴 아릿하게 형상화하고 있었다.
　그게 끝난 다음에는 내 귀에 익은 또하나의 바이올린 선율이 이어졌다. 애절한 그 곡을 나는 국민학교 오학년 학예회 때 배웠다. 담임선생이 심청의 이야기를 노래극으로 만들었는데, 모든 가사에 그 곡을 붙여 부르도록 지도했었다. 일종의 오페레타였다.
　그때 부른 가사와 더불어 그 곡을 따라 부르면서 레코드의 케이스를 들추어보았다.
　〈황성(荒城)의 달〉이었다. '아, 이 곡!' 그 담임선생이 창작한 것으로 알았었는데, 작곡자가 '다키 렌타로'였다. 판꽂이에 두 겹으로 접힌 흰 종이가 꽂혀 있었다. 펴보니 가사가 적혀 있었다.

　　봄날 높은 누각의 꽃잔치
　　돌아가는 술잔에 어린 달그림자
　　천년 묵은 소나무 가지 사이로 스며들던
　　그 옛날의 그 빛은 어디로 갔을까

　　가을 막사에 하얀 서리

울고 간 기러기 몇마리였을까
땅에 꽂은 긴 칼에 그 모습 비쳐
그 옛날의 그 빛은 어디로 갔을까

오늘의 황성, 한밤중의 달,
변함없는 저 달빛 누구를 위함일까
울타리에 남은 것은 덩굴뿐이고
소나무에 스치는 것은 오직 바람뿐인데

하늘의 그림자 변함없건만
땅 위의 영고(榮枯)는 돌고도네
속절없는 세상 비추어주려고
아, 황성의 한밤의 달이여.

 가사를 읽으며 들으니, 곡이 처량하면서도 섬뜩했다.
 레코드를 뒤집어놓고 다시 태엽을 감았다. 돌아가는 판 위에 소리통의 바늘을 올렸다. 〈집시의 달〉이 흘렀다. 음악선생이 말했었다. 떠돌이 집시들은 불안정한 일상 속에서 우울한 삶을 살지만, 사막에 뜬 달 아래서 열광적으로 춤을 춘다고.
 축음기 앞에 앉은 채 그 선율들이 그리는 각기 다른 세 개의 달 속에 빠져 있다가, 얼핏 무언가가 어른거리는 듯싶어 고개를 돌렸다.

회갈색 훌라풍의 치마와 흰 블라우스 차림에 흰 모자를 쓴 무용선생이 발소리를 죽이면서 그림자처럼 나를 향해 다가오고 있었다. 도둑질하기에 얼이 빠져 있는 도둑을 덮치려는 주인처럼.
　무용선생을 발견한 순간 나의 모든 피는 발끝으로 흘러내리고 있었다. 눈앞이 하얘졌다. 백치처럼 멍해진 상태에서 깨어나자마자 내 자취방을 향해 도망쳤다.
　무용선생이 내 뒤통수를 향해 해맑은 소리로 달래듯이 말했다.
　"아니야, 학생, 괜찮아. 계속 들어. 음악 도둑질은 도둑질이 아닌 거야."

　무용선생은 하얀 체육복을 입고 흰 머리띠를 한 채 운동장에서 여학생들의 훌라춤을 지도했다. 나는 그 무용선생의 해맑은 목소리와 갸름한 얼굴만 떠올리면 머리에 세 개의 달들이 두둥실 떠오르곤 했다. 사랑하는 사람에게 애끓는 노래를 바치고 있는 한 남자의 모습을 비추어주는 영롱한 달, 섬뜩하면서도 애수 어린 〈황성의 달〉, 집시들의 광기 어린 춤을 내려다보는 사막의 달.
　나는 그녀에게서 음악 도둑질을 한 것이 아니고, 그 여자의 달들을 도둑질한 것이었다.

군사교육 검열

여름에 잦아들었던 오금의 습진이 이른 가을부터 도졌다. 미칠 듯이 가렵곤 했으므로, 잠결에 저릿저릿한 쾌감을 맛보면서 자꾸 긁어버리곤 했다. 환부가 벌겋게 덧나고 진물이 흘러 바짓가랑이를 적셨고, 그것이 말라서 걸을 때마다 환부를 자극했다.

혼자 걸을 때는 절뚝거리지 않을 수 없었지만, 학교에 오가면서는 그것을 감추어야 했다. 그때, 학교는 학생들의 군사교육 검열 준비로 인해 부산스러워졌다. 향토예비사단 검열관이 도교육위원회의 장학진과 함께 나온다고 했다.

학생들은 얼룩무늬의 군복을 착용하고, 목이 긴 운동화와 바짓가랑이 사이에 각반을 치고, 목총 하나씩을 지참하고 살았다.

일학년은 기초훈련을 받고, 이학년은 집총훈련을 받고, 삼학년은 각개전투훈련을 받았다. 전교생이 합동으로 화학전과 생물학전의 훈련을 받았다. 여학생들은 간호병으로서의 응급처치훈련을 받았다. 체육시간과 반공 도덕시간을 교련시간에다 보태가지고 기초훈련을 하고, 오전과 오후에 사열식과 분열식을 했다.

검열이 일주일 앞으로 다가왔을 때는 수업을 작파하고, 오직 사열 분열과 제식훈련과 총검술 따위만 연습했다. 학교 운동장은 군대의 훈련소로 변했다. 군복을 입은 학생들의 동작 하나하나는 기계 같았다. 국방부는 문교부와 함께, 국민 모두를 군인으로 만드는 훈련을 실시했다. 고등학교 교과과정에 군사훈련이

들어와 굳게 자리매김했다. 국어와 영어와 수학 과목이 일주일에 다섯 시간씩이면 교련 과목도 다섯 시간씩이었다.

학생들은 가을볕에 거멓게 그을었다. 운동장에서는 보얗게 먼지가 일어나곤 했고, 학생들은 그 먼지를 뒤집어썼다. 피부에 싯누런 분을 바른 듯싶었다.

나는 가끔 운동장에서 먼지 뒤집어쓴 채 일사불란하게 움직이는 학생들과 선생들을 내리누르고 있는 하늘을 쳐다보곤 했다. 위쪽의 보이지 않는 세계 속에서, 하느님에 버금가는 힘을 지닌 시꺼먼 그림자 하나가 이 세상의 모든 사람들을 그렇듯 일사불란하게 움직이도록 시키고 있는 듯싶어서였다.

악대원들도 분주했다. 악대원들은 복장이 특이했다. 흰 운동화에 흰 바지를 입고, 모자 위에 하얀 커버를 덧씌워 쓰고, 검정 교복의 오른쪽 어깨에 두 개의 금줄을 걸었다.

나는 오금의 환부를 숨긴 채 악대실을 드나들면서 클라리넷을 불었다. 음악선생은 문영철과 나에게 "너희들 둘이가 특히 잘해야 한다, 알겠어?" 하고 말하곤 했다.

악대부가 검열을 앞두고 주로 소리를 맞추곤 하는 것은 분열식용의 씩씩한 행진곡과 사열식용의 잔잔하고 그윽한 주악이었다.

전교생의 사열식 분열식 연습이 끝나고 난 뒤에는, 악대부 전원이 운동장으로 나가 나팔을 불면서 행진연습을 했다. 이때 연주하는 곡에 우리들은 가사를 붙여 불렀다.

"빵빵빵, 뭣을 보고 빵이락 하냐, 배고플 때 먹는 것을 빵이락 한다, 빵빵, 으빠빠방빵 으빠빠방빵……"

악대원들은 일반 학생들의 걸음걸이와 달리, 약간의 갈지자 걸음을 걸으면서 세로줄과 가로줄을 맞추어야 했다. 행진곡 연주하랴, 앞줄과 옆줄 맞추며 걸으랴, 쉬운 일이 아니었다. 행진을 하다보면, 악기 소리가 제대로 나오지 않기도 하고, 줄이 굽어지거나 발이 틀리기도 했다.

아침과 저녁에 전교생이 사열식 분열식 연습을 할 때는 악대가 맨 먼저 출발하여 사열대 앞을 통과한 다음, 그 옆에 멈추어 서서 모든 학생들의 분열이 끝날 때까지 행진곡을 불어주었다. 이어 지휘관이 사열을 할 때는, 거기에 맞추어 잔잔한 주악을 불어주었다.

사열 분열이 진행되는 동안 내내 쉼 없이 힘들여 불다보니, 악대원들은 볼과 아구창과 가슴이 아리고, 배창자가 아팠다.

음악선생은 엿 한 덩이씩을 악대원들에게 나누어주곤 했다. 악기를 입으로 부는 까닭으로 엿이 당기었다.

위박사의 실수

군사검열을 받는 날, 국기 게양대에는 거대한 국기와 향토예비사단기와 교기가 나란히 걸려 있었다. 운동장에는 냉엄한 기운이 맴돌았다. 선생님들은 학생들이 개인행동을 못 하게 했고, 변소엘 갈 때는 두 사람 이상이 발을 맞추어 나란히 씩씩하게 걸어갔다가 돌아오게 했다. 검열관들이 그것까지도 모두 검열점수에 포함시킨다고 하므로.

운동장 가장자리에는 아침 일찍부터 구경꾼 이백여 명이 몰려들었다. 운동회 구경이라도 온 것처럼 도시락을 싸가지고 온 학부모도 있었다.

분열식이 거행되었다. 하얀 바지에 검정 상의를 입고 하얀 모자를 쓴 취주악대가 행진곡을 연주하면서 먼저 사열대 앞을 통과하고 난 뒤, 그 왼쪽 옆에 멈추어 서서 계속 연주를 했다. '빵빵빵 뭣을 보고 빵이락 하냐, 배고플 때 먹는 것을 빵이락 한다, 빵빵……' 이 행진곡의 반복 연주였다.

나는 그 곡을 연주하는 내내, 옆에서 가끔씩 들리곤 하는 제2클라리넷의 삑삑 소리 때문에 가슴이 조마조마했다. 긴장한 위박사가 자기 몫의 알토를 놓치고, 귀에 외워담아놓은 제1클라리넷의 멜로디를 따라 불다가 손이 떨려 삐익삑 소리를 내곤 하는 것이었다. 나는 얼핏 그것이 엄숙한 학생들의 군사검열 행위를 빈정거리는 소리인 듯싶었다.

사열식이 시작되었다.

학교장과 장학관과 예비사단장이 사열을 했다. 우리는 잔잔한 주악을 연주했다. 그 주악에다 우리는 이런 가사를 붙여놓았다.

"자장면집 가시내 다리, 조선무시, 가슴엔 호박 두 개, 얼굴에는 주근깨 한 말 여드름은 열에 열두 말." 이 주악 연주를 하면서도 위박사는 가끔씩 삐익 소리를 내곤 했다.
사열식이 끝난 뒤 잠시의 휴식시간이 주어졌을 때, 악대장이 위박사를 향해 말했다.
"야아, 위박사! 니 뼥뼥 소리 때문에라도, 우리 학교 군사검열은 아마 틀림없이 '특히 우수함'으로 판정이 날 것이다."

어머니의 초상

학생들에게 점심시간이 주어졌다.
우리 악대원들은 악기를 의자에 놓아둔 채 먼저 변소부터 갔다. 나는 색소폰 부는 이성주와 맨 먼저 갔고, 문영철과 위박사가 뒤를 따랐다.
변소엘 다녀 나오는데, 구경꾼 두 사람이 나에게 다가왔다. 중년여자와 중늙은이였다. 중년여자는 어린 시절에 소아마비를 앓은 듯 한쪽 다리를 절뚝거렸다. 그녀가 내 앞을 가로막고 물었다.
"우리 영철이 어디 있는가?"
그녀의 뒤에는 구릿빛 얼굴에 주름살이 가득한 중늙은이가 따르고 있었다.
"영철이 어머니신가요?"
내가 묻자 영철의 어머니는 손에 들고 있는 보자기를 내 앞에 내밀었다.

"영철이한테 이것 조깐 전해주소."

그때 변소엘 다녀오던 영철이가 내 앞에 서 있는 그의 어머니와 아버지를 발견했다. 그의 얼굴이 하얗게 굳어지더니, 곧 울음을 터뜨릴 듯한 얼굴로 변했다. 그는 도망치듯이 사열대 옆의 악대부 쪽으로 가버렸다. 그의 아버지가 안타까워하면서 문영철의 뒷모습을 향해 말했다.

"어버!"

그의 어머니가 나에게 도시락을 안겨주고, 내 손을 잡아 흔들며 전해달라고 당부를 했다.

나는 그것을 받아들고 갔다. 다른 악대원들을 등진 채 서쪽 하늘을 향해 앉아 있는 문영철에게 안겨주었다. 문영철은 그것을 보듬고, 그 위에 얼굴을 묻으면서 어헉어헉 울어댔다.

나중에 안 일이었다. 문영철의 아버지와 어머니는 장동 만년리에 사는데, 아들이 나팔 부는 것을 구경하려고, 새벽부터 불편한 몸을 이끌고 삼십 리 길을 걸어서 온 것이었다.

어버

문영철의 아버지의 별호는 '어버'였다. 그의 아버지가 할 수 있는 말은 그것 하나뿐이었다. '어버'만으로 자기의 감정과 정서와 의사를 다 표현했다.

만년리, 삼정리, 용두리, 만수리, 거개리에서 어버는 온갖 궂은일을 다 했다. 남의 집 뒷간 푸는 일을 하고, 초상집에서 염을 해주고, 묘 이장을 해주었다. 어버의 아내는 그 마을 부잣집들의 허드렛일을 도와주면서, 산골 다랑이 논밭 몇 뙈기를 벌었다.

서쪽 하늘에 타던 황혼이 스러지고 땅거미가 내리기 시작하는 때에, 어버가 바쁜 걸음으로 산모퉁이 길을 걸어가곤 했다. 오래지 않아 어버는 한쪽 다리 불편한 아내를 업고 그 길을 밟아 마을로 돌아왔다. 어버의 아내는 은빛 공단 같은 서쪽 하늘에 떠 있는 염소의 뿔 같은 초승달을 머리에 이고 오면서 노래 불렀다.

그들 부부는 딸 하나 아들 하나를 두었다. 딸은 중학교를 나오자마자 광주에서 간호사 노릇을 하고 있었고, 아들은 고등학교에서 트럼펫을 불면서도 공부를 잘했다.

아들은 어머니 아버지가 장애를 가지고 있음에도 불구하고 구김살 없이 잘 컸다. 그는 침체되어 있는 교실 안에 웃음이 퍼지게 하려고 스스로 창작한 노래를 부르곤 했다.

"닭발에 가죽장갑, 모기다리에 군화, 염생이 머리빡에 퍼머넌트!"

팥고물

군사검열이 끝난 다음 우리는 중국집으로 갔다. 자장면을 먹는데 문영철이 보이지 않았다. 그가 없자 악대원들의 모임이 달콤한 팥고물 없는 빵처럼 심심했고 쓸쓸했다.

읍내 마을의 집집들에 하나씩 둘씩 불이 켜질 무렵, 악대장과 위박사와 나와 이성주는 문영철의 자취방으로 갔다. 악대장은 빵 한 봉지와 막걸리 두 병을 사서, 위박사와 내 손에 들려주었다.

문영철은 가새미마을 안 골목 끝의 반쯤 기운 집 모퉁이방에 세들어 있었다. 위박사가 불을 밝혔다. 문영철은 흰 바지와 검정 윗도리 차림 그대로, 아래쪽 바람벽에 기대앉아 있었다. 울고 난 듯 눈이 빨갰다. 방바닥에는 괴죄죄한 이불이 펼쳐져 있었다. 악대장은 문영철의 어깨를 툭 쳤다.

"이 자식아, 이 세상에서 제일 위대한 어머니 아버지가 네 어머니 아버지야. 너 그것 알아? 그런 착한 어머니 아버지이니까 너 같은 트럼펫 연주자를 낳은 거야. 알아?"

우리는 악대장 강성진의 부모에 대한 소문을 들어 알고 있었다. 어머니는 여관을 하는 과부였다. 아버지는 일제 때에 군수를 지낸 사람이라는 설도 있었고, 경찰서장을 지낸 사람이라는 설도 있었는데, 그들은 다 강성진을 나 몰라라 한다고 했다.

독실한 기독교 신자이고, 장차 신학대학에 가서 목사가 되겠다는 이성주가 문영철을 위하여 기도를 해주었다.

"아버지 하나님, 비록 가엾은 불구이지만 용기와 희망을 가지고 살아가는, 당신의 착한 종인 문영철의 어머니 아버지를 품에 안아 한없이 사랑해주시고, 당신의 아들 문영철에게 용기를 주시옵소서. 주 예수 이름으로 기도드리옵니다. 아멘."

악대장이 방 안에 앉은 학생들에게 벼락술잔을 돌리며 말했다.
"자, 단숨에 주욱!"
술이 얼근해지자 강성진이 위박사에게 말했다.
"야, 위박사, 네가 우리를 즐겁게 좀 해줄 수 없나?"
위박사가 눈을 동그랗게 뜨고 도리질을 했다. 위박사는 강성진의 의도를 이미 알아채고, 윗목 구석으로 몽그작몽그작 피했다.
강성진이 다그쳤다.
"그때 고려여관에서 남겨놓은 제2막 시작하란 말이야."
위박사가 고개를 떨어뜨린 채 이야기하기 시작했다.

남녀추니

"점심시간이면 그 친구가 점심을 같이 먹자고 내 옆자리로 왔어요. 그런데 이상하게 친구한테서, 그날 밤에 맡은 그 친구 누님 냄새가 나는 거예요."

나는 유방이 도도록한 그 '친구'의 계집아이 같은 얼굴을 떠올리면서 위박사의 이야기를 들었다. 위박사의 이야기 속에 기막힌 트릭이 들어 있었다. 어린 시절에 할아버지에게서 들었던 '자청비 이야기' 같은.

열일곱 살인 문도령이 무더운 한여름의 어느 날, 먼 데 있는 고명한 스승을 찾아 글공부를 하러 가는데, 우물에서 묘령의 처녀가 빨래를 하고 있었다. 문도령은 목이 말라, 그 처녀에게 물을 좀 달라고 했다.

　얼굴이 갸름하고 눈이 향 맑은 처녀가 수줍어하면서 물 한 바가지를 뜨더니, 버들잎을 한줌 따 물 위에 띄워주었다. 그녀는 아버지 밑에서 글공부를 많이 한 처녀였다. 그녀가 그러는 까닭을 알아차린 문도령은 고맙다고 말하고, 버들잎을 불어가면서 천천히 물을 마시고 돌아섰다.

　처녀가 떨리는 목소리로 물었다.

　"어디 가시는 길이십니까?"

　"검산에 계시는 스승에게로 글공부를 하러 갑니다."

　"저에게 오빠가 있는데, 그 오빠하고 함께 글공부를 하러 가시면 안 되겠습니까?"

　"좋소이다. 혼자 가기 심심한데 마침 잘 되었습니다."

　처녀는 문도령을 데리고 자기 집으로 갔다. 대문간에 이르러 처녀는 말했다.

　"잠시 기다리고 계시면 오빠를 내보내드리겠습니다."

　문도령이 기다리자, 그녀의 앳된 얼굴의 오빠가 흰 바지저고리에 두루마기를 걸치고 초립을 쓰고 나왔다. 그녀의 오빠와 문도령은 수인사를 하고 스승 계시는 검산을 찾아 길을 떠났다.

　문도령은 짓궂었다. 오줌 멀리 싸기 내기를 하자고 제안했다.

　그녀의 오빠는 당황했다. 사실은 그녀의 오빠는, 그녀의 오빠가 아니고, 바로 그 처녀였다. 그녀는 불룩한 젖가슴을 가는 베로 동여 숨기고, 상투를 틀어올려 남장을 한 것이었다.
 그녀는 어찌할까 궁리를 한 끝에 묘안을 생각해냈다. 굵은 붓대롱을 생식기에 대고 오줌을 멀리 갈김으로써 문도령을 이겼다.
 냇가에 이르러서는 문도령이 발가벗고 멱을 감자고 했다. 그녀는 차가운 물로 멱을 감으면 온몸에 두드러기가 난다고 거짓말을 하여 모면했다.
 스승 밑에서 공부를 하면서는 둘이서 한방을 썼다.
 문도령은 그녀가 여자처럼 부드럽고 예쁘다고 하면서, 서로를 끌어안고 자자고 졸랐다. 그녀는 정색하고 도리질을 했다.
 "우리는 도를 닦듯이 글공부를 하는 선비들 아니오? 그러한 우리가 어찌 서로의 몸을 시골의 무지렁이들처럼 끌어안고 잘 수 있겠습니까?"
 그녀는 문도령과 그녀의 사이에 물 한 그릇을 떠다 놓아두고 그 물을 엎어지게 하지 말자고 제안했다.
 마침내 공부를 다 마친 그들은 각자 고향집으로 돌아가야 했다. 그녀는 이별의 안타까움을 주체할 수 없었다. 문도령의 주머니에 편지 한 통을 써서 담아주고 자기 집으로 돌아갔다.
 고향에 돌아간 문도령은 주머니에 들어 있는 그녀의 편지를 읽었다.
 "사랑하는 문도령님, 무정하고 또 무정합니다. 어쩌면 그렇게도 당신은 내가 당신을 사랑하는 그 처녀라는 것을 알아채지 못했습니까?……"

위박사는 말했다.

"토요일만 되면 나는 친구의 집에 가고 싶어 환장할 것 같았어요. 친구는 그런 내 마음을 꿰뚫어보고, 나를 데리고 그의 집엘 가곤 했어요. 가기만 하면 친구는 무슨 핑계인가를 대고 어디엔가를 가버리고, 그의 누님이 내가 혼자 있는 방으로 와서 함께 밤을 새웠어요."

악대장이 말했다.

"함께 밤을 새우다니 대관절 어떻게 새웠다는 거야? 구체적으로 세세히 이야기해봐."

퇴학

친구가 무단결석을 했다. 위박사는 친구의 자취방으로 찾아갔다. 주인 아주머니가 말했다.

"아침 일찍이 책가방도 안 들고 집을 나가던데?"

위박사는 해남 땅끝의 친구네 집으로 달려갔다. 친구의 아버지에게, 친구가 무단결석을 해서 찾아왔다고 말했다. 친구의 아버지는 아무런 대답도 하지 않고 허공을 쳐다보며 한숨을 쉬기만 했다.

위박사는 속절없이 읍내에 있는 친구의 자취방으로 되돌아가보았다. 텅 비어 있었다. 친구의 방에서 친구가 돌아오기를 기다렸다.

친구는 이튿날 한밤중에 그의 어머니와 함께 돌아왔다. 얼굴이 창백했고, 비틀거리면서 방에 들어오자마자 쓰러져 누웠다. 식은땀을 흘렸다. 친구의 눈에서는 눈물이 줄줄 흐르고 있었다.

그의 어머니는 서둘러 미역국을 끓였고, 그것을 친구에게 먹였다. 친구는 울면서 먹었다.

이튿날 친구는 학교에 자퇴서를 내고, 그의 어머니와 함께 땅끝마을로 돌아갔다.

학교에 괴소문이 떠돌았다. 그 친구는 남자가 아니고 여자라는 것이었고, 가장 친하게 지낸 위박사의 아기를 잉태했는데, 목포의 한 산부인과 병원에 가서 유산을 시켰다는 것이었다.

위박사는 두 손으로 얼굴을 감싼 채 울면서 말했다.

"그날 오후 늦게 학교 교무실에서는 교무회의가 열렸는데, 거기에서 나한테 퇴학처분 결정이 내려졌어."

문학병(文學病)

문예부장이 각 교실을 돌면서, 새로 창간할 교지에 실을 문예작품을 모집한다고 광고했다.

이후 나는 설레는 가슴으로 살았다.

한 달 전에 나는 문예부 담당 선생에게 이백자 원고지 오십 장의 소설 한 편을 제출한 바 있었는데, 김선생은 그것을 전 문예반 학생들 앞에서 낭독하게 했다. 제목이 '천수답'인데, 권력자인 형과 가난한 동생의 슬픈 저항을 그린 것이었다.
 낭독한 사람은 소설가 지망생인 김동화였다. 그는 문장 하나하나와 대화 한마디 한마디에 애절한 감정을 주입하여 읽었다. 모든 학생들이 숙연해진 채 들었다.
 문예부 담당 선생은 처음 쓴 소설치고는 아주 잘 썼다고 평했다.
 "문학적인 감수성이 아주 뛰어난 학생이라는 것을 알 수 있습니다. 일단 이야기가 재미있고, 권력자인 형에게 박해받고 사는 동생의 한스러운 삶과 심리가 잘 표현되어 있고, 진지하게 서술하는 힘도 좋고…… 앞날이 기대됩니다."
 선생의 말을 듣는 순간, 내 머리에는 알 수 없는 광휘가 비쳐들었고, 나도 할 수 있다는 자신감이 산봉우리처럼 고개를 쳐들었다.
 이때 제일 먼저 떠오른 것이 이주성의 얼굴이었다. 문학적인 감수성이 예민하지 못하므로 문학을 하면 반드시 실패할 것이라고 말한 이주성.
 둘째로 떠오른 것이 문영철의 얼굴이었다. 그는 내 손금의 운명선 끄트머리가 검지와 중지 사이의 골짜기로 흘러버렸으므로 소설가나 시인이 되기는 틀렸고, 장차 동네 이장 아니면 면서기나 하면서 얼금뱅이 각시 하나 보듬고 살 것이라고 했었다.
 그들에게 나의 문학적인 성공을 보여주고 싶었다. 아니 절망하고 있는 나에게 나의 존재와 정체성을 확인시켜주고 싶었다.

내 머리 속에는 내가 쓴 소설적인 상황이 자꾸 선명한 꿈처럼 그려지곤 했다. 길을 가거나, 밥을 먹거나, 잠을 자거나, 수업시간에 선생의 설명을 듣는 중이거나, 아랑곳없이 주인공이 처한 슬픈 상황이 펼쳐졌다.

그 소설이 새로 창간될 교지에 실릴 거라는 사실이 가슴을 우둔거리게 했다. 나는 밤새워 그 소설을 고치고 또 고쳐 쓴 다음, 그것을 문예부 담당 선생에게 제출했다. 선생은 고개를 끄덕거리면서 말했다.

"그래, 이 소설 우리 교지에 실었으면 좋겠다."

나는 내내 흥분해 있었고, 내 머리에는 쓰고 싶은 글들이 이것저것 한꺼번에 밀려들었다. 쓰기만 하면 소설이 되고 수필이 될 듯싶었다.

다른 사람들은 한 편의 글도 교지에 싣지 못하는데, 내가 소설 한 편과 수필 한 편을 싣는다면 그야말로 모든 사람들이 나를 부러워할 것이다. 클라리넷을 부는데다 소설과 수필까지도 잘 쓰는 나를 초영이 우러러볼 것이다.

한달음에 수필 한 편을 썼다. 나의 꽁보리밥 먹는 자취생활을 적나라하게 진술한 수필이었다. 소설 한 편을 창작해서 고치고 또 고치느라 오랫동안 고생을 한 다음이어서인지, 내 일상을 진술하는 수필을 쓰기는 누워서 떡 먹기였다. 흥분을 가라앉히지 못한 채 그 수필을 문예부 담당 선생에게 내밀었다.

며칠 뒤, 원고 정리를 돕기 위해 교지편집실로 간 나에게 선생이 양해를 구했다. 아쉽지만, 내 소설 「천수답」이 너무 기니까 그것 대신 짧은 수필을 싣겠다고 했다.

이별

교지 『억불』이 출간된 이후 나에게 세 친구들이 접근해왔다. 한 친구는 장차 시인을 꿈꾸면서 유행가 가사 작사에 몰두하고 있는 이영수였고, 다른 한 친구는 소설가를 꿈꾸고 있는 김동화였고, 또다른 친구는 장차 약학대학으로의 진학을 꿈꾸는 변동순이었다.

삼학년으로의 진급을 앞둔 어느 날 변동순이 나에게 말했다.

"우리 집에 방이 하나 남는데, 나하고 같이 공부하지 않을래? 방세 안 받고, 너 먹을 반찬도 주고 그렇게. 다른 것은 다 놔두고, 수학공부만 좀 도와주면 된다."

나는 악대원 노릇을 하면서도 수학시간을 아주 즐거워했었다. 수학시간이면 선생의 질문에 대답을 곧잘 했고, 칠판에 문제를 내주면서 나를 지적하면, 나가서 막힘없이 풀었던 것이다.

나는 방세를 받지 않겠다는 조건과 반찬을 공급해주겠다는 조건으로 인해, 더 생각해보려 하지도 않고 그러자고 말해버렸다.

그것은 사실, 내 신변에 하나의 큰 변화가 일어난 까닭이었다. 초영이 장흥을 떠나버린 것이었다. 초영은 순천의 사범학교에 입학했으므로 그해 봄부터 원도리 외가에서 사라졌다. 나에게 말 한마디도 없이. 나에게 책을 빌려다줄 뿐 아니라, 양식이나 반찬이나 땔나무가 떨어지면 외할머니 몰래 가져다주곤 한 초영이 없는 원도리는 텅 빈 쓸쓸한 공간이 되어버렸다.

나는 배반감을 주체할 수 없었고, 슬픈 절망을 안은 채 원도리에서 떠나기로 작정을 했다.

변동순

억불사진관 집의 큰아들인 변동순은 제 어머니 아버지의 허락을 받고, 사진관의 부속건물에 있는 방 하나를 나에게 내주었다.

내가 그 방으로 이사를 한 날 예상하지 못했던 일이 일어났다. 변동순이 그 방으로 자기 책상을 가지고 들어왔다. 내 책상과 자기의 책상을 나란히 놓고, 두 책상 한가운데에 전등을 매달았다. 그는 서울의 한 약학대학으로의 진학을 위하여 머리 싸매고 매진하겠다는 것이었다.

나는 그의 가정교사 아닌 가정교사가 되어야 하고, 그가 어떤 과목인가를 공부하려 하면, 그 공부를 도와주지 않을 수 없는 것이었다.

변동순은 수학의 기초가 부실했다. 고3의 수학을 풀기 위해서는 중학교 수학부터 가르쳐주어야 했다. 거기다가 근면과 끈기도 부족했다. 내가 가르쳐준 기초문제를 풀어보는 체하다가 책상에 엎드려 자버리곤 했다.

그런 형편이면서도 변동순은 남자로서 할 짓을 다 하려고 들었다. 동교마을에서 하숙을 하는 이청자라는 이학년 여학생한테 반해 있었다. 호리호리한 키에, 갸름한 얼굴이 창백하고, 눈이 쌍꺼풀이고, 얼핏 눈동자가 꿈꾸는 듯하고, 슬픈 표정을 짓고 있는 듯싶은 여학생.

이청자의 어디가 그렇게 예쁘냐고 묻자, 창백한 얼굴과 꿈꾸는 눈망울과 슬퍼 보이는 표정이 환장하게 좋다는 것이었다. 초저녁이면 그는 어딘가를 획 나갔다가 오곤 했는데, 알고 보니, 바로 그녀의 하숙집 문 앞에서 어정거리다가 오는 것이었다.

그는 나에게 연애편지를 써달라고 졸랐다. 그의 방을 공짜로 쓰고 있는 나는 그 청을 거절할 수 없었다.

그는 내가 써준 연애편지를 호주머니에 넣고 다니기만 할 뿐 전해주지를 못했다. 그러다가 문득 마음을 가다듬고는 책상에 앉아 수학문제를 붙들고 나를 괴롭혔다.

그가 도움을 청할 때는 내가 소설책이나 시집 읽기에 몰두해 있을 때였다. 그는 대학에 진학하기로 작정을 한 터이지만, 나는 고등학교만 졸업하고는 집에서 농사짓고 어업을 하면서 틈틈이 공부를 하여 시인이나 소설가가 될 생각을 한 것이었다. 아버지의 교통사고 이후, 우리 집안 형편이 극도로 어려워져 있었으므로.

변동순과 나 사이에는 찬바람이 감돌기 시작했다. 변동순은 나를 끌어들인 것을 후회하고, 나는 그의 청에 따라 들어온 나의 경솔을 후회했다.

변동순의 방에 들어간 지 한 달째 되는 날 우리는 서로의 얼굴을 쏘아보면서 짜증스럽게 말싸움을 했다. 그는 나에게 나가라는 막말을 했고, 나는 당장에 방 밖으로 뛰쳐나갔다.

그의 방에서 쫓겨난 내가 먼저 찾아간 곳은 장차 시인과 유행가 작사가를 꿈꾸는 이영수의 자취방이었다. 풀빵집 뒤편 언덕의 사간겹집 모퉁이방에서 이영수는 그의 동생과 자취를 하고 있었다.

회진포구 마을의 방앗간집 아들인 이영수는 집에서 가져온 쌀 반 가마니를 윗목 구석의 방바닥에 들여놓고 밥을 지어 먹었다. 밥을 한 솥 해가지고, 그 솥단지를 방 한가운데 들여다놓고, 한 그릇이든지 두 그릇이든지 배가 터지도록 퍼먹었다.

한데 영수는 밥을 겨우 반그릇쯤만 먹었다. 나만 걸신들린 사람처럼 두 그릇씩이나 먹었다. 사흘 동안 기식을 하다보니 염치가 없었다.

이영수 형제에게서 신세를 진 지 사흘째 되는 날 문영철이 말했다.

"멋모르고 너 만나고 싶어서 찾아갔는데, 변동순이 그 자식, 니 책상하고 이불하고 책꽂이하고 묶어서 부엌 구석에다가 내놨

더라."

나는 어색하게 웃어주기만 했다.

그날 해 저물녘에 김동화가 나를 밖으로 이끌었다. 남문 밖에 사는 김동화는 무슨 이유인지 두 해 동안이나 휴학을 하다가 복학을 했다. 나처럼 대학에 진학하려 하지 않았고, 장차 소설가를 꿈꾸고 있었다. 그는 내가 변동순의 집에서 쫓겨난 것을 알고 있었다.

"너 우리 집으로 가자."

수업이 끝나자 나는 김동화네 집으로 따라갔다.

하얀 쌀밥

김동화의 어머니 아버지가 나를 반갑게 맞아주었다. 키가 작달막하고 오동통하고 얼굴이 소담스럽고 머리가 반백인 어머니가 내 머리를 쓰다듬으면서 말했다.

"아이고, 오늘 막내아들 하나 얻었다. 아따, 니가 들어서니께 우리 집 안이 환해진다."

근엄한 듯하면서도 온후한 아버지는 반백의 머리에 주름살이 깊은, 연한 선홍빛이 나는 얼굴이었는데, 나를 그윽한 눈길로 바라보며 고개를 끄덕거릴 뿐 아무 말도 하지 않았다.

김동화는 자기가 꾸며놓은 공부방을 보여주었다. 은색 도배지가 구김살 하나도 없이 매끈하고 환하게 발려 있었고, 책상이 둘 놓여 있었고, 이불장에 깨끗한 이부자리 두 채가 들어 있었다.
 김동화의 어머니는 자기 아들이 나를 위해 얼마나 열심히 방을 꾸몄는가를 말해주었다.
 "우리 동화, 신방을 꾸미기라도 하듯이 날마다 공부도 하지 않고, 뜯어내고 바르고 또 뜯어내고 바르고, 다 바른 다음에는 못 하나도 조심해서 박고…… 우리 먹고사는 대로 해줄게, 내 막내아들이라고 생각하고 편하게 살면서 공부해라."
 아침이면 김동화와 겸상으로 밥을 먹었고, 도시락은 두 사람 것을 한데 쌌다. 밥은 찹쌀이 약간 섞인 하얀 쌀밥이었다. 끼마다 아욱국, 시래기된장국, 두붓국 따위를 끓여주었고, 반찬은 여러 가지였다. 국과 김치와 깍두기 말고도, 젓갈이 세 가지이고, 쇠고기조림이 있고, 생선구이 두 토막이 있었다.
 자취방에서 왕모래 같은 꽁보리밥에 깍두기나 된장만 먹던 나에게는 진수성찬이었다. 염치가 없었지만 나는 보리쌀 한 됫박도 들어다주지 않고, 하숙생처럼 잘 얻어먹고 학교에 다녔다.
 한데 오금의 습진이 다시 도지기 시작했다. 나는 김동화와 나란히 잠자리에 든 다음, 가려워 미칠 것 같은 오금을 소리나지 않게 몰래 긁었다. 그런 다음 환부가 화끈거려 눈을 힘주어 감은 채 소리없이 울었다.
 아침이면 세수를 하고 나서, 거울 속에 비친 내 얼굴을 세세히 살폈다. 눈썹이 빠지고 있지 않은지, 콧잔등이 무너지고 있지 않은지 살피고, 살갗에 감각이 있는지 없는지 꼬집어보았다. 다행하게도, 눈썹과 콧잔등은 전과 다름이 없었고, 꼬집힌 살갗도 아팠다.

학교에 가면서 김동화가 말했다.

"영산포 오유권씨는 독학으로 소설가가 되었는데, 국어사전을 세 번이나 베꼈다더라."

나도 독학으로 소설가가 되리라고 작정했다. 밤이면 이영수에게서 빌려온 시집과 소설책 들을 읽었다. 이제는 영어고 수학이고 화학이고 물리고 역사고 지리고 사회고…… 거들떠보지 않았다. 그런 것들을 공부하지 않아도 시인이나 소설가가 될 거라고, 나는 그때 그렇게 믿었다.

설사 내가 소록도엘 가게 될지라도 시인이나 소설가가 될 거라고 생각했다.

버리고 돌아가기

극성을 부리던 습진이 겨울로 접어들면서 자취를 감추었다. 방학을 앞두고 졸업시험을 치렀다.

내 수중에는 어머니가 우체국을 통해 보내온 마지막 두 달 치의 등록금이 들어 있었다. 담임선생은 학생들에게 등록금을 완납해야 졸업장을 준다고 말했다. 나는 등록금을 낼까 말까 고민하다가, '시인이나 소설가가 되는 데에 졸업장이 무슨 필요 있겠느냐'는 생각을 하기에 이르렀다.

그 돈으로, 서점에 들를 때마다 늘 가지고 싶은 책들을 과감하게 샀다. 하나는 두툼한 『한글대사전』이고, 다른 하나는 『한국 근대 단편소설 선집』이었다.

책가방 속에 들어 있는 교과서들을 모두 버렸다. 대신 서점에서 새로이 사들인 책들과 나의 첫 소설 「천수답」의 원고만을 넣었다.

겨울방학이 시작되려면 이십 일이나 더 있어야 했지만, 나는 김동화와 그의 부모님께 하직인사를 하고 고향집으로 내려갔다. 변동순의 집에 있는 내 책상과 책들과 이부자리도 그대로 둔 채. 대학 진학하는 친구들은 시험을 위하여 머리를 싸매고 있을 그때였다.

자올재를 넘어 고향 쪽으로 한걸음 한걸음 내디디면서 초영을 생각했다.

아버지가 다리 불편해서 농사일과 김 양식 일을 하지 못하므로, 집안의 모든 일들을 혼자서 다 해내는 가엾은 어머니를 도와, 낮에는 일을 하고 밤이면 시와 소설을 써서 시인 소설가가 되어야겠다고 마음을 먹었다.

내 시와 소설이 실린 책을 자랑스럽게 초영에게 보여주리라 했다. 장차 초영이 국민학교 선생 노릇을 하게 되면 그녀와 결혼을 하고, 그녀가 학교에 나가고 없을 때 나는 집에서 시도 쓰고 소설도 쓰리라 했다. '국민학교 교사인 아내와 시인 소설가인 남편', 그 얼마나 좋은 짝인가.

  내 눈앞에는 칠색의 무지개 세상이 펼쳐졌고, 나는 허공에 뜬 그 세상을 헤치며 나아갔다.

2부

시시포스의 꿈

아, 누가 다시 가져다줄 것인가.
철부지의 치기와 오기로 가득 차 있지만,
한편의 편의 아름답고 가슴 아리는 자그마한 저항의 시의 편린들 같은
그 슬프고 외롭고 설레던 그 나날들,
내 꽃시절의 음화 한 폭을.

도깨비섬

 천관산 아래 바다 한가운데에 두 개의 섬이 있는데 하나는 '큰 도리섬'이고 다른 하나는 '작은 도리섬'이었다. 그 섬들을 큰 도깨비섬, 작은 도깨비섬이라고 부르기도 한다고 할아버지가 말했었다.
 "도깨비들은 무리를 짓게 되면, 늘 정신 못 차릴 정도로 바쁘게 무슨 일인가를 해야지, 그렇지 않고 한가해지면 우르르 몰려다니면서 인간에게 아주 못된 심술을 부리곤 하는 괴물이란다. 그래서 도깨비를 부리는 하느님은 늘 도깨비들이 한가해지지 않도록 그들에게 일감을 주곤 한단다. 초저녁에는 천관산 밑에 있는 한 개의 섬을 두 개의 섬으로 갈라놓으라고 명령하고, 새벽녘에는 두 개가 된 섬을 하나로 합치라고 명령하곤 하는 것이지. 도깨비들은 밤마다 하느님의 명령에 따라, 전날 새벽녘에 기껏 하나로 합쳐놓은 섬을 우당탕퉁탕 하고 두 개의 섬으로 만들어놓고, 새벽녘에는 그것들 둘을 다시 합쳐놓는 작업을 계속했단다. 그런데, 어느 날 초저녁에 도깨비들이 그 섬을 둘로 떼어놓는 작업을 하고 났을 때, 하느님은 그들을 인적이 없는 독도로 보내가지고, 거기에서 섬을 둘로 만들었다가 하나로 합쳤다가 하는 작업을 거듭하게 했단다. 그래서 천관산 밑에는 지금 두 개의 섬이 붙박이로 존재하게 되었고, 그 사이를 급히 흐르는 해류로 인해 김이 잘 자라게 되었단다."

조개껍데기

작은 도리섬의 어귀에 우리 김발이 있었다. 고향집에 내려간 이튿날 나는 어머니와 함께 그 도리섬 어귀로 김을 뜯으러 나갔다.

아직 물때가 일렀다. 넙바우포구가 범람할 정도로 밀물이 밀려들어 있었다. 썰물 지기를 기다리는 동안, 나는 흰 모래밭을 어정거리면서 조개껍데기를 주웠다. 파도가 거칠게 출렁거리고 있었으므로 껄끄러운 조개껍데기들을 주웠다. 석화껍데기, 바지락껍데기, 소라고둥껍데기, 가리비껍데기. 매끄럽게 닳아진 것들이 있었지만 줍지 않았다. 그 조개껍데기들로써 바다의 표정과 가라앉아 있지 않은 나의 마음을 초영에게 보여주고 싶었다.

북풍을 막아주는 바위 아래에 앉은 어머니가, 매끄럽지도 않은 조개껍데기들을 호주머니 속에 소중하게 간직하는 나의 행위를 지켜보고 있다가 물었다.
"그것을 뭐하게 줍냐?"
나는 대꾸하지 않았다.
조개껍데기들을 몇 줌의 솜으로 싸가지고 단단한 상자 속에 담고, 그것을 마분지로 포장한 다음 '순천사범학교 일학년 이초영 받음'이라고 써두었다가, 우편배달부에게 부탁하여 부칠 참이었다.

알맞게 썰물이 졌을 때, 선창에 정박되어 있는 배를 끌고 모래밭으로 왔다. 어머니를 배에 태웠다. 마을 사람들도 몰려나와 배를 몰고 바다로 나갔다. 사람들은 서로 경쟁하듯이 노를 저었다. 도리섬 어귀에 있는 김발들을 향해.
파도가 거칠게 철썩거렸고, 내 허름한 목선은 먼바다에서 성난 황소처럼 달려온 파도의 머리에 받혀 기우뚱거렸다. 바다는 아름답고 서정적인 풍경이 아니고, 땀 흘리며 싸워야 하는 삶의 거친 현장이었다.
우리 배는 소나무 판자로 지은 허름한 목선이었고, 짠물을 무겁게 머금은 배 바닥이 펑퍼짐했고, 노를 저어도 빨리 나아가주지 않았다. 때문에 다른 사람들의 배보다 뒤처진 채 나아갔다.
어머니는 이물 덕판 아래에서 몸을 웅크린 채 북풍을 피하고 있었고, 나는 힘껏 노를 저었다. 어머니의 얼굴은 그늘져 있었다.

나는 귀향하자마자 아버지 어머니에게 말했다.
낮이면 아버지의 농사와 어업을 돕고, 밤이면 내 공부를 부지런히 하여 나의 꿈을 기어이 이루겠다는 것.
때마침 김 수확으로 말미암아 눈코 뜰 새 없이 바쁜 철이므로 아버지 어머니는 반색했다. 동생들은 어려서 바닷일을 해낼 수 없었고, 아버지는 불편한 다리로 인해 바다에 나가지 못하고 겨우 건장에 앉아 마른 김을 벗겨주는 일만 할 수 있었다.
어머니의 표정이 어두운 것은 불만 때문이었다. 바닷물 속의 우리 김 수확량이 신통치 않은 까닭이었다. 어머니가 놉을 부리거나 숙부의 도움을 받아서 김발을 막고 관리했으므로, 김은 잘 자라지 못했다. 논밭의 농작물이 주인의 발소리를 들으면서 자라듯, 바다의 김은 주인의 안간힘 쓰는 소리를 들으면서 자라는 것이다.
남들은 구럭이 철철 넘치도록 새까만 김을 뜯어다 말리는데, 어머니는 어린 동생을 앞장세우고 가서, 구럭을 반도 채우지 못한 채 돌아오곤 했던 것이었다. 샘이 많은 어머니는 남들보다 김을 적게 생산하는 것을 부끄러워했다. 아버지가 건강했을 때 김을 두 구럭씩 뜯어오던 것을 그리워하며 한숨을 쉬었다. 겨우 반쯤만 채운 김구럭을 짊어지고 마을로 들어가는 나는 나대로 쓸쓸해했다.

내가 장흥 읍내를 떠나 고향마을로 돌아온 것은 초영으로부터 더욱 멀어진 것이었다.

낮에 일하고 밤이면 책을 읽고 소설을 써보려고 들었지만, 김 수확하는 일이 너무 고되어 밀려드는 잠을 주체할 수 없었다. 시 한 편 소설 한 편 제대로 쓰지 못했고, 국어사전의 말들을 베끼면서 외기로 한 것도 제대로 실천하지 못했다.

깊은 잠에서 깨어나, 아련히 들려오는 해조음을 듣는 순간, 초영이 사무치게 그리웠다. 마당으로 나갔다. 스페인 싸움소의 뿔 같은 새벽달이 서녘 하늘에 떠 있었다.

덕판 밑에 웅크리고 있는 어머니에게 말했다.
"어머니, 금년 겨울만 참으십시오. 명년부터는 제가 김발 잘 막아서 새까만 김 주체 못하도록 뜯어 나를게요."
어머니는 내 말을 듣지 못한 듯 뱃전 너머로 먼바다만 바라보았다. 나는 밀려오는 파도에게 분풀이하듯이 안간힘을 쓰며 노를 저었고, 뱃머리는 파도를 으깨며 나아갔다.

바다와의 내기

북쪽에서 불어오는 세찬 고추알바람으로 인해 바다가 하얗게 뒤집혔다. 대개의 사람들은 바람이 너무 거친 까닭으로, 김 수확을 포기하고 집으로 들어갔다.
　마을 사람들의 김발은 북쪽으로 이 킬로미터쯤 떨어진 도리섬 근처에 있었다.
　어머니도 "오늘은 안 되겠다!" 하며 그들을 따라 집으로 들어갔다. 그렇지만 나는 들어가지 않고 남았다. 세찬 북풍과 거친 파도를 보자 오기가 동했다. 내 속에 들어 있는 알 수 없는, 시꺼먼 놈이 나에게 내기를 걸었다.
　'너, 이 바람 뚫고 노 저어가서 김을 뜯어올 수 있겠느냐?'
　내가 대답했다.
　'그래, 할 수 있다.'
　시꺼먼 놈이 물었다.
　'못 뜯어오면 어쩔래?'
　'못 뜯어오면 물에 빠져 죽는다.'
　'어디 보자, 하는지 못 하는지.'
　내가 물었다.
　'내가 만일, 이 바람 뚫고 가서 김 뜯어오면 너는 어쩔래?'
　시꺼먼 놈이 조건을 제시했다.
　'명년 너희 김 처내지 못할 정도로 많이 돋게 해준다.'
　바람을 막아주는 바위 밑에는, 바다의 김이 주체할 수 없도록 많은 사람들 몇만 남았다. 그들은 나를 이상스러운 눈으로 흘긋거렸다. 우리의 김발에는 많은 김이 붙어 있지 않다는 것을 그들은 알고 있었다. 그들이 보기로, 나는 아직 거친 바닷일에 물정이 생기지 않은 애송이 책상물림인 것이었다. 또한 이런 궂은 날 구태여 김을 뜯으러 가야 할 이유가 없음에도 불구하고, 내가 위험을 무릅쓰고 기어이 김을 뜯으러 가려 하고 있는 것이었다. 그렇지만 나는 그들의 눈길을 아랑곳하지 않고 구럭을 들고 나섰다. 그놈과 내기를 건 처지이므로.

선창에 묶여 있는 배를 끌어내 타고, 북쪽 바다를 향해 노를 저었다. 책상물림인 애송이가 앞장서자, 다른 사람들이 모두 나섰다.

바람과 파도가 너무 세차고 드높고 거친 까닭으로, 배는 북편을 향해 앞으로 두 걸음쯤 나아가는 듯했다가 세찬 바람과 파도에 받혀 뒤로 한 걸음 물러서곤 했다. 나는 이를 악물고 노를 저었다.

옆집 아저씨가 나를 향해 말했다.

"그래, 잘한다. 오늘같이 높바람이 탱탱 부는 날 김을 뜯어와야만 다음날 기분좋게 말리는 법이다."

겨울 날씨는, 따뜻하고 바람 고요한 날의 다음날에는 반드시 구름이 끼고 비가 오고, 추우면서 높바람 심한 날의 다음날에는 날씨가 쾌청하다는 것이었다.

북편의 도리섬 어귀 쪽으로 오백여 미터쯤 나아갔을 때, 내 등과 겨드랑이와 앙가슴에는 땀이 축축하게 흘러 있었다. 나는 솜 놓은 두루마기를 벗고, 속에 입은 저고리까지 벗고, 러닝셔츠 바람으로 노를 저었다. 내 오기에 따라 나의 뱃머리는 파도를

제2부 시시포스의 꿈　143

깨부쉈다.
　마침내 김발에다 뱃전을 대면서, 나는 시꺼먼 그놈에게 보란 듯이 소리쳐 노래했다.

　　머나먼 저곳 스와니 강물 그리워라.

　나는 러닝셔츠 바람으로 물김을 뜯었다. 얼음물처럼 차가워야 할 바닷물이 땀 흘리고 있는 나에게는 오히려 시원했다. 얼마쯤 뒤 땀이 식고 추워지기 시작했으므로, 솜 놓은 저고리와 갯두루마기를 걸쳐입었다. 나중에는 수건으로 목과 머리를 싸매고 김을 뜯었다.
　새까만 김 반구럭쯤을 뜯어가지고 선창에 배를 댔을 때는 서쪽 하늘로 피처럼 노을이 타오르고 있었다.

　김구럭을 짊어지고 마을 골목길로 들어서는데, 추위와 파도가 무서워 바다에 나오지 않은 재당숙 용석이가 나를 향해 말했다.
　"아따, 오늘같이 매서운 날, 야아, 너도 참, 지독한 놈이다!"

명주옷과 중절모

　혹독한 추위와 거센 바람을 뚫고 악착같이 김을 수확해 짊어지고 사립을 들어서는 나를 본 아버지의 눈에 눈물이 글썽거렸다. 어머니는 환해진 얼굴로 오달져했다.

"모처럼 좋은 날씨에 맛있게 한번 떠서 말리겄다."

이튿날 아침 날씨는 화창했고, 아침 일찍이 제조하여 말린 김은 새까맣고 윤기나는 일등품이었다.

그러한 날들이 이어졌고, 제작한 김 두 궤짝이 창고에 쌓였고, 어머니와 아버지는 그것들을 결속하여 마을로 찾아온 장사꾼에게 팔았다.

해류의 흐름이 느린 '조금(干潮)' 전후의 삼 일간은 김 수확을 하지 않았다. 수확해보아야 품질이 떨어지는 까닭이었다.

조금날 아버지는 김 이백 묶음 넘긴 돈의 일부를 나에게 주면서 말했다.

"읍에 나가서 양복 한 벌 지어 입고 구두를 맞춰 신어라. 넥타이랑 와이셔츠도 사고."

아버지는 아들이 나들이할 때 신사복 차림을 하게 해주고 싶은 것이었다.

그동안, 내가 나들이할 때 입는 옷은 벽돌색의 점퍼와 검정 무명베로 지은 핫바지뿐이었다. 더욱 추우면 그 위에 솜 놓은 검정 갯두루마기를 걸쳤다. 갯두루마기는 바다에서 김을 뜰 때 입는 겉옷이므로 갯벌과 소금기가 희끗희끗하게 발려 있었다.

한겨울이었다. 모든 학교들이 다 방학을 했다.

아버지는 재당숙인 용석에게서 명주 바지저고리와 까만 오버코트를 빌려다가 나에게 입히고, 당신의 검은 중절모자를 씌워주었다. 고등학교를 졸업한 키 헌칠한 남자이므로, 젊은 선비양반으로 대접받으려면 의관을 정제해야 한다는 것이었다.

명주옷 위에 걸친 검정 오버코트, 그리고 머리에 쓴 검은 중절모자. 애송이 청년의 의관으로서는 어색한 것이었지만, 나는 그것을 감수하고, 의관을 정제한 만큼 의젓하게 걸어서 갔다. 팔십 리 길을.

명주옷과 중절모는 내 영혼에 어떤 형상인가를 각인해주고 있었다. 성년이 된 선비이므로 성품이 헝클어지고 흐트러지면 안 되고, 어떤 차원의 품격과 규모를 가져야 한다는 것, 구김살 없는 그 모자처럼 자존심을 가져야 한다는 것.

읍내에서 만난 사람들은 대부분, 중절모 쓴 앳된 나의 얼굴과 차림새를 생뚱스럽다는 듯이 보곤 했다. 그들의 눈길을 괘념하지 않고, 양복점에서 양복을 맞추고 이어 구둣방에 들러 구두도 맞추었다.

자장면 한 그릇을 먹고 원도리를 향해 걸었다. 순천사범학교 삼학년인, 옛 자췻집 주인의 아들 김정빈이 방학이라 귀향해 있고, 초영도 외가에 와 있을 터이었다. 초영을 만나지 못해도 좋다고 생각했다. 그녀의 외가 사간겹집을 멀리서 넘겨다보기만이라도 하고 돌아오고 싶었다.

원도리 마을 사람들은 명주옷에 까만 오버코트를 걸치고 중절모를 쓴 나를, 예전 자기네 마을에서 자취하던 고등학생으로 알아보지 못했다. 내 차림이 시골마을의 새신랑쯤으로 보였을 터였다.

재회

김정빈이 나를 보자 눈동자를 치켜뜨며 물었다.
"어! 자네 장가갔어?"
나는 어색하게 웃으며 도리질을 했다. 우리는 반갑게 악수를 나누었다. 그는 어른스러워져 있었다. 내 어깨를 툭 치고 말했다.
"그러잖아도 초영이가 혹시 자네 오면 만나게 해달라고⋯⋯ 할 이야기가 있다고."
김정빈과 초영은 가까운 인척간이었다. 초영이 그를 삼촌이라고 불렀다.
그 말을 듣는 순간 가슴이 우둔거렸다.
'나 시방 읍내 보건소 가서 친구 좀 만나고 오늘 집으로 내려 갈라고 했는디⋯⋯' 이 말을 뱉으려는데, 김정빈이 내 손을 놓아주지 않은 채 말했다.
"오늘 밤 우리 집에서 나하고 자고 내일 가소. 지금 보건소에 가서 친구 만나고, 저녁때 오소."

보건소를 향해 가는데 초영의 동생 주인이가 달려왔다. 키가 훌쩍 자라버렸다. 이마에는 여드름이 났다. 그가 수줍어하면서 내 앞으로 다가와 두툼한 편지봉투 하나를 건네며, "누님이 우체국에다가 부치려고 한 것인디…… 형이 왔다고 함께 나보고 얼른 갖다가 주라고……" 하고 뒤도 돌아보지 않고 가버렸다.

탐진강변의 수양버드나무 아래서 찬바람을 맞으며 그녀의 편지를 읽었다. 대학노트 종이의 앞과 뒤에 깨알 같은 글씨들이 가로로 씌어 있었다. 그 노트 종이들이 무려 다섯 장이나 되었다.

사연은, 그녀의 사랑하는 마음을 몰라준 나의 둔곽함을 원망하고 있었다. 순천에서 중간고사가 끝난 토요일 오후에, 청소 마치고 막 장흥행 버스를 타고 원도리에 와보니, 내가 어디론가 사라지고 없었다는 것이었다.

사진을 찍을 일도 없었는데, 내가 옮겨갔다는 억불사진관 부속건물엘 찾아갔다고 했다. 사진관 부속건물의 부엌에 쌓여 있는 내 책상과 이불과 책들만 보고 속절없이 돌아왔다는 것이었다.

내가 보내준 조개껍데기를 받아들고 먼 하늘을 쳐다보았다는 이야기도 씌어 있었다. 편지도 들어 있지 않은, 꺼끌꺼끌한 조개껍데기들 한 무더기는 무엇을 말하는 것일까. 그것들은 순천의 자취방 책상 서랍 속에 고이 들어 있다는 것이었다.

그녀의 편지는 내 가슴을 달아오르게 하고 어질어질 취하게 했다. 한 숫처녀의 애탄 가슴과 안타까운 마음이 나를 사로잡고 있었다.

서쪽 하늘에서 황혼이 타고 있을 때, 보건소에서 일하는 김동화가 나를 탐진강변의 한 식당으로 데리고 가서 국밥 한 그릇을 사주며 말했다.

"감히 예언을 하는데…… 나는 네가 장차 아주 대단한 소설가가 될 것이라고 생각한다."

과연 그럴 수 있을까. 이렇게 게으르게 소설공부를 하고 있는데…… 나는 그의 얼굴 보기가 부끄러웠다. 식당을 나섰을 때, 은색의 서편 하늘에 개밥바라기별이 떠 있었다.

원도리의 예전 자췻집에 도착했을 때는 이미 껌껌해져 있었다. 집집마다 불이 켜졌다.

김정빈이 전짓불을 켜고 나와서 나를 맞이했고, 잠시 기다리라고 한 다음 초영을 불러내주었다.

강

초영과 나는 그녀의 외가 모퉁이의 어두컴컴한 골목길에서 만났다. 어둠에 묻힌 골목길은 심연처럼 깊었다.

나는 갈 길 잃은 물고기처럼 멍해진 채 우두커니 서 있는데, 그녀가 몸을 돌려 어둠을 헤치며 골목 밖으로 나아가기 시작했다. 그녀의 뒤를 따랐다. 그녀에게서 알 수 없는 향내가 풍

겨왔다.
 마을 어귀로 나오는데, 한 창문에서 흘러나오는 약한 불빛에 초영의 모습이 비쳤다. 귀를 덮은 까만 단발머리 속에 들어 있는 동글납작한 얼굴은 탐스러웠다. 검정색깔의 바지 위에 회갈색의 털스웨터를 걸치고 흰 목도리를 두른 그녀는 고개를 숙이고 걸었다.
 들길로 들어서면서 그녀는 걸음의 속도를 늦추었다. 나는 그녀와 나란히, 천천히 말없이 걸었다. 말 대신, 우리 사이에 알 수 없는 강 하나가 흐르고 있었다. 우리 두 마음이 그 강물 가장자리를 밟으며 함께 흐르고 있었다.
 길은 탐진강 둑으로 이어졌다. 우리 주위를 둘러싼 어둠이 수런거렸다.
 강둑에서 나란히 어깨를 붙이고 앉았다. 그녀는 오른쪽에, 나는 왼쪽에. 우리 사이의 강은 서로의 주위를 맴돌기도 하고 여울물살을 짓기도 하면서 흐르고 있었다. 건너편의 까만 강둑에서 찬바람이 희끄무레한 강의 물너울을 철벅철벅 밟고 강변의 갈대숲을 거칠게 헤치며 달려왔다.
 그녀가 가지색 밤하늘에서 까물거리는 별들을 쳐다보며 입을 열었다.
 "승원씨는……"
 초영은, 내가 자기의 학교 선배이고, 자기 오빠의 친구임에도 불구하고, 나를 오빠라고 부르지 않았다. 우리는 열아홉 동갑이었다.

"……시골집에서 무얼 하며 살아요?"

그 말에 무슨 뜻이 내포되어 있는지 알 수 없어 얼른 대꾸하지 못했다.

그녀가 다시 물었다.

"……무얼 준비해요?"

'준비'라는 말에 나는 당황했다. 나에게 무슨 '고시 준비'를 하고 있느냐고 묻고 있는 듯싶었다. 나는 시인이나 소설가가 되려 하는 것을 '준비'라고 말할 수는 없을 듯싶어, 어설프게 얼버무렸다.

"그냥……"

그녀가 내 말꼬리를 낚아챘다.

"'그냥'이라니요?"

그녀의 말은, 나의 주도면밀하지 못한, 그냥저냥 살아가고 있는 엉성한 삶의 곁가지를 잡아채고 있었다. 내 약점이 머리카락처럼 아프게 뽑히고 있었다.

나도 모르는 사이에 말했다.

"나 그냥 고독 씹어먹고 있어요."

나는 프랑스 소설가 카뮈가 말한 '고독'에 대하여 말하고 있었다.

얼마 전부터 나는 카뮈의 실존철학에 감염되어 있었다.

그 무렵의 세상에는, 육이오 전쟁의 참담한 비극의 후유증이 음습하고 묽은 안개처럼 깔려 있었다. 바다를 건너온 실존철학이 유행하고 있었다. 실존주의를 이야기하는 사람들은 부조리, 고독, 반항 들을 말하고 있었다.

나는 그것들이 무엇인지 확실하게 알지도 못하면서 입에 담곤 했다. '반항한다. 그러므로 나는 존재한다'는 카뮈의 말이 환장하게 좋았다.

나는, 자기 인생에서, 삶의 의의를 찾을 희망이 없는 절망적 상황 속에서 저항하듯이 살아가는 사람으로서의 고독함을 초영에게 말하고 싶었다.

그해 봄부터, 나는 한국 유일의 종합 교양잡지인 『사상계』를 정기구독하고 있었고, 실존철학에 관한 책들을 구해 읽고 있었다. 『사상계』에는 실존철학에 대한 논문들이 많았는데, 나는 그것들을 줄 그어가면서 읽고, 그 철학사상에 나를 대입하고, 내 속에 그 철학을 대입하며 살고 있었다.

그녀는 입을 다문 채 어둠에 묻힌 강물을 내려다보고 있었다. 내가 말한 '고독'이란 말 때문이었다.

강물에 별들이 빠져 허우적거리고 있었다. 나는 그녀에게 나의 생각을 이해시키고 싶었다. 카뮈의 시시포스의 신화를 빌려 말했다.

"시시포스를 부조리의 영웅이라고 하거든요. 시시포스는 조리를 거부하고 저항하다가 지옥에 가서, 바윗덩이를 산꼭대기로 굴리고 올라가는 형벌을 받았지 않아요? 산꼭대기에다 올려놓으면 그것이 굴러떨어지고, 다시 굴리고 올라가서 올려놓으면 또 굴러떨어지고…… 그 형벌은 한도 끝도 없이 영원히 이어지는 것이지 않아요? 그것은 운명입니다. 나도 그 시시포스처럼 바윗덩어리를 굴리고 올라가는 형벌을 받은 존재입니다. 지금으로서는 삶의 의의를 찾을 희망이 없는 절망적 상황에 처해 있는 듯싶어요. 이 세상에서 내 바윗덩이를 나 대신 굴려줄 사람은 아무도 없습니다. 신이나 악마도 도와주지 못하고, 친구나 애인이나 어머니 아버지도 도와주지 못합니다."

그녀가 내 말 한 가닥을 낚아챘다.

"승원씨가, 삶의 의의를 찾을 희망이 없는 절망적 상황에 처해 있다고요? 지금?"

나는 입을 다물고 있었다.

그녀는 성숙한 손위의 누님처럼 타이르듯이 말했다.

"고독하면 열심히 공부를 해야지요."

그녀는 내가 말한 '실존철학'에 대하여 아직 읽지 않았으므로, 우리 대화는 겉돌 수밖에 없었다.

그녀가 말을 이었다.

"앞날이 창창한 젊은이가 고독하다고 말하는 것은 엄살이고 핑계여요. 고독할수록 열심히 공부해가지고, 대학으로 진학을 하든지 고시를 보든지…… 진취적으로 승부를 걸어야지요."

그녀가 말하는 고독과 내가 말하는 고독은 전혀 다른 세계의 것이었다. 나는 아름다운 세계를 꿈꾸고 있는 비현실적인 문학도이고, 그녀는 장차 국민학교 교사가 되기 위한 공부를 하고 있는 현실적인 사범학교 학생이었다.

나는 물에 빠져 일렁거리는 별빛을 향해 말했다.

"나는 시인이나 소설가가 될 거예요…… 시시포스처럼 절망하면서도 쓰고, 쓰고 또 쓰는……"

"시인이나 소설가가 되면 배가 고프잖아요?"

어처구니없게도 내 생각은 앞장서 달려갔다.

'우리 결혼을 하고 나면, 당신이 선생 노릇하면서, 아직은 밥이 되지 않는 시 쓰고 소설 쓰는 나를 먹여주면 되잖아요?'

나는 혀를 깨물면서 나를 꾸짖었다.

그녀가 말했다.

"우리 오빠도 문학 하면 배고프다고 포기했어요. 서울대 철학과 갔는데…… 철학과도 배고프기는 마찬가지이지만, 그래도 서울대 나오면 무얼 해먹고 살든지 살 수 있게 된다더라고요. 그리고 오빠는 기술고등학교 다니면서 배워놓은 기술이 있으니까, 그 직장으로 가면 어서 오십쇼 한다더라고요."

나는 비현실적인 꿈을 이야기하고 있는데, 그녀는 계속 현실적인 밥에 대하여 말하고 있었다. 나는 할 말을 잃어버렸다. 답답하고 막막했다.

실패 준비

"우리 걸어요" 하고 초영이 제안했고, 우리는 강을 왼쪽에 끼고 걸어갔다.

찬바람이, 별빛 투영된 물결을 철벅철벅 밟으며 우리를 향해 건너오고 있었다. 벌거벗은 수양버들 가지들이 우쭐거리면서 밤하늘에 걸린 별들을 쓸었다. 별들은 시린 듯 눈을 깜박거렸다.

그녀가 오소소 몸을 떨었으므로, 나는 오버코트를 벗어서 그녀의 머리에 씌워주었다. 그녀가 내 손을 끌어당겨 함께 쓰자고 했다. 우리는 나란히 오버코트를 머리에 쓴 채 걸었다. 그녀의 체취가 내 가슴속으로 밀려들었다.

『청맥』이란 소설의 한 대목이 떠올랐다. 별빛 초롱초롱한 초여름밤에, 주인공 소년과 소녀가 푸른 보릿짚 더미 속에서 서로를 끌어안은 채 사랑을 나누었다. 이튿날 아침에 소녀는 휘파람을 불었다.

나는 도리질을 했다. 그녀와 나 사이에, 알 수 없는 두꺼운 벽들이 첩첩 쌓여 있었다.

동교를 건넜다. 그녀와 함께 오버코트를 쓰고 있음에도 불구하고 나는 쓸쓸해졌다. 신흥사 쪽으로 가다가 돌아섰다. 신흥사에서 동자승 노릇을 했다는 그녀의 오빠 이주성을 생각하며.

그녀가 내 손을 잡았다. 손이 차가웠다.

"승원씨!"

그녀의 목소리가 떨리고 있었다. 나에 대한 어떤 감정 때문일까.

나는 검은 방립소 물에 빠져 헤엄치고 있는 별들만 보았다.

"……무엇인가에다가 한번 승부를 걸어봐요. 자신을 가지고…… 내가 열심히 성공하라고 기도해줄게."

그녀의 말들은 또렷또렷했다. 그녀는 추위 때문에 떨고 있었다.

다리를 건너면서 그녀가 내 주소를 물었다. 내가 잠긴 목소리로 주소를 말해주자, 그녀가 말했다.

"다 외워버렸어요."

그녀의 암기력을 과시하고 있었다.

나는 그녀의 순천 자취방 주소를 묻지 않았다. 머리에 외워 담을 자신이 없었다.

원도리의 긴 골목에서 헤어질 때 그녀가 말했다.

"세상에는 '실패를 준비하는 사람'과 '성공을 준비하는 사람', 두 부류가 있대요."

초영은, 진주조개 양식하는 어부가 진주조개를 얻기 위하여, 조개 속에 생채기를 만들고 그 속에 이물질 하나를 넣어놓듯이, 내 영혼 속에 생채기 하나를 만들고 이물질 하나를 넣어놓고 어둠 속으로 사라져갔다.

편지

고향마을로 돌아간 나에게 초영의 편지가 날아온 것은 3월 초순의 어느 날이었다. 며칠 전부터 도지기 시작한 내 오금의 습진이 바야흐로 성이 나 있을 무렵.

나는 진물 흐르는 오금으로 인한 절망과 슬픔에 빠진 채 답장을 했다.

내 편지는 슬프게 떨어져 시들어지는 꽃잎 이야기로 가득 채워졌다. 사연 속에 비집고 들어선 내 생각의 무늬와 결에는 오금의 습진으로 인한 절망과 슬픔이 들었다.

······나의 대지는 암울한 안개로 덮여 있어요.
산에는 아직 꽃들이 피지 않았지만,
나의 암갈색 산하에서는
만개했던 꽃잎들이 한꺼번에 지기 시작합니다. 후두둑후두둑, 아,
하늘의 형벌(天刑) 받은 한 가엾은
외로운 소년이 어느 날 문득 자기 스스로
어찌할 수 없는 슬프고 절망적인 운명을
감당하지 못한 채 죽는다면,
어느 누가
눈물 한 방울을 떨어뜨려줄까······

그 사연에 대한 그녀의 답서는 별로 길지 않았다.

……실패를 준비하는 사람은 늘 연약한 감상에 빠진다는 것, 그러나 그가 성공을 준비하기 시작하면 그 염세에서 훌훌 떠나 푸른 희망의 창공을 날게 된다는 것……

고이 접은 편지 속에 그녀의 사진이 들어 있었다. 까만 교복 윗도리에 세모꼴의 흰 칼라가 백합화 같은 얼굴을 떠받치고 있는 흑백사진. 모나리자처럼 은근하게 미소짓고 있는 그녀의 눈빛은 말하고 있었다. 희망을 잃지 말고 앞날의 성공을 열심히 준비하라는 것을, 절망하고 좌절한 동생에게 용기를 주려 하는 누님처럼 눈빛으로 말하고 있었다.

나는 밤새워 회신을 썼다.
내 슬프고 절망적인 운명과 그것의 극복 의지를 말했다. 실존 사상에 취해 사는 나를 이해시키고, 그날 밤 내가 탐진강변에서 말한 '고독'에 대하여 말하고, 시인이 되거나 소설가가 되어 배고프게 살지라도 그 배고픔을 즐기며 살 거라는 것을 역설했다. 대학노트 아홉 장의 앞뒤를 빽빽하게 채워 쓴 편지에 내 사진을 동봉했다.

그녀에게서 날아온 짧은 편지는, 그렇게 비현실적으로 살아서

험난한 세상을 어떻게 헤쳐나갈 것인지 한심해하고 있었다.

농사짓고 김 양식업 하고 고기잡이 하는 것은 지식인의 처지에 알맞지 않다는 것, 또한 그것은 그녀가 사랑하고 싶어하는 사람의 직업으로서는 어울리지 않음을 노골적으로 강조했다. 내 삶에서 더이상의 희망이 보이지 않는다면 절교를 할 수도 있음을 내비쳤다.

'희망이란 것은 현실적으로 궁핍을 모르는 넉넉한 부자의 신분으로 가슴 활짝 펴고 사는 길 쪽으로 나아가는 것임'을 말하고 있었다.

슬펐고, 울화가 치밀었다. 우리들의 앞날을 예견했다. 나는 농사짓고 어업 하는 가난한 시인이나 소설가가 될 것이고, 그녀는 목구멍 메울 일을 걱정하지 않고 사는 풍요로운 국민학교 교사가 될 것이다.

성공을 준비하고 있는 그녀에 비하여 실패를 준비하고 있는 나의 상황이 슬프고, 자존심 상해서 견딜 수 없었다. 나의 조개 속에서 진주는 자라주지 않고, 가려움을 견디지 못하고 긁어놓은 오금의 습진 같은 아픔만 요동치고 있었다.

해 저물녘에 한 지방대학의 국문과에 다니는 이영수가 찾아왔다. 우리는 툇마루에서 마주 앉아, 어머니가 부엌에 담가놓은 농주를 퍼다 마셨다. 목이 탄 황소들처럼 거듭 술을 들이켰다.

얼근해졌을 때 그가 물었다.

"초영이하고 잘돼가냐?"

나는 술잔을 들여다보며 웃기만 했다.

그가 꾸짖었다.

"야, 술잔 속 들여다보며 웃지 마. 실연하고 절망에 빠진 자들이 그런단다."

내가 그를 노려보며 따졌다.

"누가 그따위 소릴 했어?"

그가 코를 찡긋하며 말했다.

"이영수가 한 말이야."

나는 픽 웃으면서 허공을 쳐다보았다.

이영수가 빈정거렸다.

"잘돼갈 리 없을 텐데? 니 넋 빼버린 그 가시내, 엉터리 고시 준비생하고 한창 연애중이다. 무늬만 고시 준비생인 그 사람, 두 차례나 떨어진 우리 선배인데…… 얼굴이 훤하고 키 헌칠하고 여자들 후릴 만하지. 송광사 밑에서 공부하는데……"

나는 암울한 혼란 속으로 빠져들었다. 오금의 습진이 가려웠다. 내 속의 시꺼먼 놈이 '야, 무서워 벌벌 떨지 말고, 곽곽 긁어버리고 나서 견뎌. 확 들이켜고 미쳐버려!' 하고 소리쳤다.

나는 그놈의 말을 따라 술잔을 단숨에 비웠다.

그는 무뚝뚝하게 말했다.

"야, 풋사랑이다! 그 가시내 믿지 마라. 이제 고등학교 이학년인데 이 남자 저 남자하고 연애질이라니…… 벌써 싹수가 노랗다."
 나는 술잔 속에 눈길을 처박았다.
 그가 소리쳤다.
 "야, 또 술잔 들여다보냐!"
 나는 고개를 떨어뜨린 채 술을 들이켰다.

절교

 그녀에게 편지를 썼다.
 '누구인가하고 연애중이라는 말을 들었는데 사실이냐. 행복을 빈다.'
 그 편지를 보내면서, 나는 장차, 너와 그 고시생이라는 사람보다 훨씬 잘 살게 될 것이다, 하고 혀를 아프게 깨물었다.

 오래지 않아 그녀에게서 길지 않은 한 장의 편지가 날아왔다.

 ……세상에는 겉으로 드러나 떠도는 소문 같은 말들이 있고, 그 말들 저 너머에 감추어진 진실이 있다는 것. 자기는 그렇게 잘 흔들리는 여자가 아니라는 것. 그 어떤 남자를 한두 차례 만난 적은 있지만 마음을 준 것은 아니라는 것. 지금은 앞날을 위하여 열심히 공부를 해야 할 때이므로, 앞으로는 그 누구와도 편지질을 하지 않겠다는 것.

서산 위로 피처럼 노을이 타오를 무렵, 나는 그녀에게서 날아온 모든 편지와 사진을 들고 부엌으로 갔다. 어머니가 아궁이 앞에 앉아 불을 지피고 있었다. 나는 어머니 옆에 앉으면서 그것들을 아궁이 속에 던져넣었다.
 어머니가 무슨 낌새를 챘는지 재빨리 그것들을 부지깽이로 끄집어냈다. 이끌려나온 그녀의 사진이 어머니와 나를 향해 미소 짓고 있었다. 어머니는 그 사진을 들고 들여다보며 말했다.
 "이마가 훤하고 참 이쁘게 생겼구만 그러냐!"
 나는 어머니의 손에서 그것을 빼앗아 불 속에 넣었다. 그것은 불길에 휩싸였다가 재가 되었다.
 어머니가 말했다.
 "걱정 마라. 더 좋은 여자 만날 것이다."

 문득 폭음을 하곤 했다. 주막에 가서 술을 마시기도 하고, 아버지를 위해 담가놓은 약술을 훔쳐서 깡그리 들이켜버리기도 했다.
 취하면 바다로 나갔다. 모래밭을 걸어다니거나, 배를 타고 노를 저어다니며 고래고래 소리쳐 노래 불렀다. 먼 바다에서 밀려오는 파도를 향해 악을 써댔다.
 "아아, 두고 봐라! 두고 보라고!"

희롱

이른 봄이었다. 잠결에 환장하게 가려운 오금의 환부를 긁었다. 내 속에 들어 있는 또하나의 음흉한 시꺼먼 놈에게 희롱을 당하고 있었다.

오금의 가려움은 내 영혼을 진저리치게 하고, 오그라들게 했다. 그곳을 긁으면 성이 난다는, 엄정한 그 논리를 잘 알고 있으면서도 나는 그곳을 긁어댔다. 긁지 않고는 견딜 수 없었다. 그곳을 긁어대는 순간순간 나는 진저리치면서 쾌감을 즐겼다. 진저리치며 오그라들게 하는 몸과 마음의 가려움과 아픔을 한순간에 덮어버리는 환장할 것 같은 쾌감, 그것은 모순된 슬픈 거래였다.

'야, 팍팍, 시원스럽게 긁어버리고 견뎌.'

그 음험한 시꺼먼 놈은 나에게 환장할 것 같은 가려움을 주고 동시에 환장할 것 같은 쾌감을 주고 있었다. 또한 긁어대고 난 다음의 화끈거리는 아픔을 가져다주고, 동시에 가려움을 참지 못하고 긁어대곤 하는 미련스러움에 대한 후회와 환부가 더욱 악화될 것이라는 절망을 안겨주었다.

쾌감을 즐기면서 긁어댄 까닭으로 성이 난 오금의 아픔을 나는 은밀하게 슬퍼하면서 안간힘 쓰며 견디었다.

쟁기질

아침밥을 먹고 났을 때, 아버지가 외양간 부엌에서 나오며 나에게 말했다.

"쟁기 짊어지고, 소 끌고 들안 논으로 나가자. 아랫마을 승해가 쟁기질해주러 나올 것이다."

어머니는 전날, 먼 일가의 형인 승해를 부리기 위하여, 쌀 서 되를 그의 집에 가져다주었다.

쟁기를 지게에 얹어 짊어지고 소를 끌고 나갔다. 큰 동네 어귀의 회관 마당 가장자리에 서 있는 여남은 그루의 벚나무들이 꽃송이들을 흰 구름같이 이고 있었다. 꿀벌들 잉잉거리는 흰 터널 같은 벚나무들 밑을 지나 들안 논으로 갔다. 아버지가 절뚝거리며 내 뒤를 따라왔다.

농로 가장자리에 있는 너 마지기 논머리에 쟁기짐을 부려놓고, 논둑에 엉덩이를 붙이고 앉았다.

아버지는 논둑 위를 절뚝절뚝 걸어다니며 마을 쪽을 바라보곤 했다. 삼거리의 양철지붕 얹은 주막집 옆으로 하얀 길이 실뱀처럼 뻗어 있었다. 승해가 그 길을 타고 내려오기를 기다리는 것이었다. 나도 그 길에 눈을 대고 있었다.

한참을 기다려도 승해가 나타나지 않자, 아버지는 불안한 목소리로 말했다.

"니가 잰걸음으로 가봐라. 왜 안 오는지."

승해 집으로 달려갔다. 승해는 없고, 그의 얼굴 거무접접하고 오동통한 아내가 나를 맞았다.

"형님 어디 가셨어요?"

반쯤 벌어진 저고리 섶 속에서 곡식자루 같은 연한 암갈색의 젖무덤 두 개가 출렁거리는 승해의 아내가 말했다.

"성진이네 쟁기질하러 갔는디라우?"

나는 어이없어하면서 따져물었다.

"아니, 오늘 우리 논 갈아주기로 했는데?"

"아재네 논은 내일 갈아주기로 했다든디라우?"

속절없이 들안 논으로 갔다.

내 말을 듣고 난 아버지는 치밀어오른 울화를 주체 못하고 논둑 위를 절뚝절뚝 걸어다니며 기막혀했다.

"허허어! 세상에!"

절뚝거리며 논을 한 바퀴 돌고 난 아버지가 나에게 말했다.

"악아, 니가 해라! 이거 전혀 어려운 일 아니다. 남의 머리에 들어 있는 어려운 글도 배우는 사람이 눈에 뻔히 보이는 쟁기질 이거 못 하겠냐? 신 벗고 바짓가랑이 걷어올리고 내가 시키는 대로만 해라."

나는 아버지의 지시대로, 소를 끌어다가 논둑머리에 세웠다. 젊은 시절 국민학교 전신인 '덕도 양영(養英)학교'에서 교사 노릇을 한 적이 있는 아버지는 일의 한 매듭 한 매듭을 알아듣기 쉽게 풀어주었다.

"우리 소는 근동에서 길이 잘 들어 있기로 소문난 최상급의 소다. 안심해라."

아버지가 가르쳐주는 대로, 소가 달아나지 못하도록 한쪽 발로 고삐를 감아 밟은 채, 소의 등허리에 쟁기의 보를 입히고 목에 멍에를 씌웠다.

"멍에가 벗겨지지 않도록 배때기 줄을 단단히 매라."

소의 왼쪽 옆구리로 흘러가는 봇줄에 까만 배때기 줄이 달려 있었다. 여자들의 긴 머리칼로 꼰 질긴 줄이었다. 그 줄을 끌어다가 오른쪽 옆구리의 봇줄에 힘껏 졸라맸다.

아버지가 말했다.

"이제는 봇줄 끝에 달린 쇠고리를 쟁기머리에 잡아매라."

봇줄 끝에는 88 모양의 쇠고리가 달려 있고, 쟁기머리에는 쇠로 된 비녀가 꽂혀 있었다. 그 두 가지를 연결하고, 그것들이 벗겨지지 않도록 새끼줄로 동여묶었다.

"이제 다 됐다. 우리 소는 사람이 부리는 대로, 느긋하게 고분고분 쟁기질을 잘한다. 소라는 놈은, 부리는 사람이 이리 몰면 이리 가고, 저리 몰면 저리 간다. 너는 소의 뒤를 따라다니면서 쟁기손을 잡고 살그머니 걸어밀면 된다."

이렇게 말하고 난 아버지는, 절뚝거리며 논바닥으로 들어와서 쟁기손을 잡고 설명했다.

"쟁기는 아주 과학적으로 만들어져 있다. 이 쟁기손을 너무 힘껏 걸어밀면 보습이 깊이 들어가고, 뒤로 잡아당기면 보습이

얕게 박힌다. 쟁기손을 잡아 걷어밀거나 뒤쪽으로 당기는 데에 묘미가 있다. 그것은 순전히, 쟁기질하는 사람의 감각이고 요령이다…… 그런데 이번 논갈이는 애벌갈이니까, 쟁기보습을 이십 센티쯤의 깊이로 질러넣고 소를 똑바르게 몰아야 한다. 생땅이 나오지 않게! 생땅이 많이 나오게 갈면 사람도 소도 힘들고, 파농할 수도 있다."

이어서, 머리에 번쩍 번갯불이 일어나게 하는 말을 했다.

"쟁기질하는 사람은 소의 뒷발을 보지 말고, 왼쪽 앞발을 보아야 한다. 소의 왼쪽 앞발이 어디로 향하고 있는지 가늠하면서, 미리 고삐를 오른쪽으로 당겨주기도 하고, '자랴!' 하면서 왼쪽으로 가게 하기도 하여 방향을 잡아주어야 한다. 세상의 모든 일은 다 똑같다. 미리 방향이 틀어지지 않도록 정확하게 살피고 바로잡아야지, 한번 틀어지고 빗나간 다음에 후회하고 고쳐 바로잡으려 해봐야 다시 고치기 힘든 법이다."

결

"이랴!" 하고 소를 몰면서 쟁기손을 걷어밀었다. 소가 나아감에 따라 쟁기보습이 논바닥 속으로 파고들어갔다. 소는 똑바로 나아갔고, 내 쟁기보습은 일직선으로 땅을 파갈아 뒤집기 시작했다.

쟁기질은, 어깨와 등짝이 약간 뻐근할 뿐, 전혀 어려운 것이 아니었다.

논둑에 선 아버지가 나를 향해 거듭 훈수했다.
 "땅에도 결이 있다. 결을 따라서, 보습을 살짝 밀어넣은 채 졸졸 따라다녀라! 그래, 됐다! 벌써 선수 다 돼뿌렀다. 나도 꼭 너만큼했을 때, 느그 증조할아버지에게서 쟁기질을 배웠더니라."
 내가 한 이랑을 갈고 났을 때 한 가지를 더 훈수했다.
 "겨울에 내내 편히 지내다가 처음으로 쟁기질을 하는 소나, 난생처음으로 쟁기질을 해보는 너나 마찬가지로, 무리를 하면 몸살을 앓게 되니까 천천히 쉬어가면서 해야 한다."
 내 어깨와 손목과 등짝이 뻐근해졌지만 나는 쟁기질이 신났다. 세 이랑 갈고 나서 쉬고, 다시 두 이랑 갈고 나서 쉬었다.

 절뚝거리며 마을로 들어가는 듯싶던 아버지가 삼거리의 주막집으로 들어갔다. 내가 쟁기질하는 것을 본 아버지가 기분이 좋아서 술 한잔을 하실 모양이라 생각했다.
 두 고랑을 더 갈고 소를 돌리면서 보니, 아버지가 두 손에 무언가를 들고 들길을 걸어내려오고 있었다. 한 손에 든 것은 술 주전자이고, 다른 한 손에 든 것은 사발과 안주 접시였다.
 논둑머리로 온 아버지는 나에게 쟁기질을 멈추라고 명했다. 속이 헛헛하고 목이 컬컬하던 참이었다.
 아버지가 나에게 술을 따라주면서 말했다.
 "아나, 한잔 마셔라. 쟁기질을 하면서는 막걸리 한잔씩을 마셔야 한다. 너도 한잔하고, 나도 한잔하자."

아버지의 목소리에는 감격이 담겨 있었다.

나는 고개를 돌리고 한 잔을 다 들이켰다. 코와 혀와 목구멍을 알싸하게 쏘는 막걸리였다. 그것이 뱃속을 쩌릿하게 자극했다. 아버지는 나에게서 받아든 잔에다가 술을 따라 들이켰다.

"오늘…… 아주 술맛이 좋다!"

아버지의 목소리 한쪽은 습하고, 다른 한쪽은 낭랑했다. 하늘은 푸르렀다. 햇살은 투명했다. 황새 한 마리가 농수로에서 날아올랐다. 우리의 머리 위를 지나 바다 쪽 수문통의 갈대숲으로 날아갔다.

안주는 전어회무침이었다. 그것은 새콤하고 달콤하고 고소했다.

"책상물림인 니가 쟁기질을 문제없이 해버리는 것을 보니……"

아버지는 나에게 한 잔을 더 권하고 나서 심호흡을 했다.

나도 심호흡을 하고 나서 술잔을 받아 단숨에 마셨다. 가슴이 뿌듯하기도 하고 알 수 없는 슬픈 생각이 들기도 했다. 걷어올린 바짓가랑이가 오금의 환부를 가끔씩 자극했고, 초영의 얼굴이 떠올랐다. 나는 성공을 준비하고 있을까 실패를 준비하고 있을까.

아버지와 아들, 둘이서 한 됫병의 술을 다 마셨다. 나는 얼근해졌지만 온몸에 힘이 솟았다.

아버지가 "으흠!" 목을 가다듬고 나서 근엄한 목소리로 말했다.

"가을철 도랑에서 남의 불 따라다니면서 참게를 잡는 사람은 항상 서러운 법이다. 내 불 내가 켜들고 내 마음대로 다니면서

제2부 시시포스의 꿈 169

내 참게를 잡아야 서럽지 않지."

수상한 스님

홀연히 들려오는 목탁 소리에 잠을 깼다. 심장 모양의 황갈색 나무통에 뚫려 있는 작은 구멍 속의 어둠을 울려나오는 소리.

찌는 듯 무더운 여름 한낮, 논에서 멸구를 잡고 들어온 나는 큰방 툇마루에서 동생과 나란히 누워 낮잠을 자고 있었다. 나와 함께 일을 한 어머니는 안방에 누워 자고, 아버지는 사랑방에 누워 잤다.

스님은 여자의 목소리가 연상될 만큼 가느다라면서 청아하고 향 맑은 목청으로 염불을 하고 있었다.

수리수리 마하수리 수수리 사바하 수리수리 마하수리 수수리 사바하 수리수리 마하수리 수수리 사바하. 나무 사만다 못다남 옴 도로도로 지미 사바하……

고음으로 연주하는 클라리넷 소리 같은 염불 소리가 내 가슴을 울렸다. 몸을 일으키고 염불하는 스님의 얼굴을 바라보았다.

밀짚모자를 쓴 채 훌쭉한 회색 바랑을 짊어진 앳된 유백색 얼굴의 스님은, 꿈꾸는 듯한 눈빛으로 허공을 응시하면서 목탁을 두들기며 염불을 하고 있었다.

그가 응시하는 허공을 나도 바라보았다. 그 허공이 목탁 소리 같은 울림이 되어 내 가슴속으로 스며들고 있었다.

어머니가 눈을 뜨지 않은 채 깊이 잠긴 목소리로 동생을 향해 말했다.

"찻독 그릇에서 쌀 한 됫박만 떠다드려라."

동생이 몸을 일으켰다.

나는 동생의 손을 잡았다. 동생이 내 얼굴을 쳐다보았다. 나는 동생에게 도리질을 했다.

스님이 염불을 마치고 몸을 돌려 사립 밖으로 걸어나갔다.

어머니가 꾸짖었다.

"얼른 시주하라니까 뭣하고 있냐!"

나는 동생의 등을 떠밀었다. 동생은 마루로 달려가서 바가지에 쌀을 떠가지고 나왔고, 나는 "얼른 달려가서 드려라" 하고 재촉했다.

팬티만 입고 윗도리를 벗은 동생은 시주 바가지를 들고 골목길로 달려나갔다. 잠시 뒤, 동생이 시주를 그대로 들고 들어오면서 고개를 갸웃하고 말했다.

"그 스님 어디로 가버렸는지 안 보여요."

내가 말했다.

"골목길로 죽 내려가봐라. 어느 집에서 염불을 하고 있을 것이니까."

동생은 러닝셔츠를 걸쳐입고, 시주 바가지를 들고 달려나갔다. 한참 뒤에, 가지고 간 시주 바가지를 그대로 들고 돌아온 동생이 말했다.

"아랫골목 더듬어서 사장까지 달려갔는디, 그 스님 벌써 노두머리 쪽으로 가고 있었어요. 우리 집에서만 염불을 하고는 다른 집은 들어가보지도 않고 총총 가버린 것이어요."

사랑방에서 아버지가 말했다.

"스님들은 도를 닦다가 지치면, 그냥 이 마을 저 마을을 한 바퀴씩 저렇게 돌기도 한단다."

아버지의 그 말에도 불구하고, 나는 앳된 스님의 수상스러운 행위가 마음에 걸렸다. 왜 오직 우리 집에서만 염불을 하고 총총 사라졌을까. 혹시, 나에게 무슨 영감인가를 불어넣어주려는, 저 높은 곳에 있다는 무엇인가의 게시(揭示) 아닐까.

삭발

머슴처럼 들일과 바닷일을 하느라고 이발소엘 가지 못한 내 머리와 수염은 쑥대처럼 자라 있었다.

기왕 자라버린 머리를 나는 영화배우나 유명가수 들의 머리처럼 멋들어지게 '올백' 머리로 가꾸고 싶었다. 가르마를 타지 않고, 머리칼에 기름 발라 모두 뒤통수로 쓸어넘기고, 두 귀 옆의 머리칼들을 광대뼈 있는 곳까지 길게 늘어뜨려놓는 머리 모양새.

나하고 함께 고등학교 졸업을 한 이웃마을 친구들은 흰 모시

옷에 밀짚모자를 쓰고, 한 손에 책을 들고 다른 한 손에 부채를 들고 이 마을 저 마을로 놀러다녔고, 바다에 나가서 낚시질을 하거나 선유를 하곤 했다. 그들은 당시 유행하던 올백머리를 하고 다녔다. 자기네 아버지 어머니의 일을 거들지 않고 건달들처럼 배회하며, 도회에 나가 취직하여 살 꿈들을 꾸고 있었다.

나는 그 친구들의 눈총을 받으면서, 허름한 일복을 입은 채 쟁기질도 하고 두엄도 짊어져 나르고, 산에서 땔나무도 해오고, 신작로에 파인 웅덩이를 메우는 울력도 나갔다.

그런 어느 한낮에, 아버지가 마을에 나갔다가 오면서, 이발사들이 쓰는 가위와 바리캉을 손에 들고 왔다.

"악아, 머리 깎아주마. 이리 오너라. 젊어서는 동네 청년들 이발 내가 다 해주었더니라."

동생이 앉을 의자와 책보자기를 가져왔다. 나는 의자에 앉은 채 책보자기를 목에 두르며 아버지에게 말했다.

"팽이처럼 높이 깎아버리지 말고, 양 옆머리가 귀를 조금 덮는다 싶게 깎아주십시오."

"오냐, 알았다."

아버지는 불편한 다리를 이끌고 내 주위를 절름절름 돌아다니시면서, 머리칼들을 가위로 자르기도 하고 바리캉으로 깎아올리기도 했다. 사각사각하는 가위질 소리와 살캉살캉하는 바리캉 소리에 졸음이 왔다.

"다 됐다. 머리 감아라."

머리털을 떨고 방으로 들어가, 어머니의 경대에 내 모습을 비춰보는 순간, 나는 울분이 끓어올랐다.

내 머리는 팽이처럼 오종종하게 높이 깎여 있었다. 소인스럽고 옹졸하고 쩨쩨하고 비굴하고 미련스러워 보였다. 그 어떠한 큰일도 해내지 못할, 성공을 준비하지 못하고 실패를 준비하는 바보로 보였다. 만일 초영이 이런 내 모습을 본다면 얼마나 실망할까.

이발소에 들어가서, 내 돈 떳떳하게 들이밀고, 이렇게 저렇게 깎아달라고 당당하게 요구하여, 나의 모습을 내 맘에 들도록 멋스럽게 가꾸지도 못하는 주제에, 하이칼라머리를 하고 살면 무얼할 것인가.

가슴속에서 뜨거운 불덩이가 하나가 뭉쳐지고 있었다. 내 속의 시꺼먼 놈이 '아주 싹 깎아버려라' 하고 충동질했다.

어머니의 바느질 상자에서 가위를 꺼내들었다. 툇마루 끝으로 나가서 고개를 깊이 숙이고, 정수리와 양쪽 귀 주변의 머리칼들을 깡그리 잘라버렸다. 그 모습을 경대에 비추어보았다. 쥐가 뜯어먹은 듯 머리칼들이 흉물스러웠다.

동생에게 바리캉을 가지고 오라고 소리쳤다. 의자에 앉으면서 고개를 숙여주며 말했다.

"싹 깎아버려라. 얼마 전에 본 스님 머리처럼."

동생은 바리캉으로 내 머리를 하얗게 밀어버리면서 히히히히 하고 웃었다. 철없는 동생의 그 무색무취한 웃음소리를 들으면서 나는 이를 악물고 있었다.

"너 이놈, 애비가 성치 않은 다리 이끌고 힘들게 깎아준 머리를 그렇게 매정스럽게 깎아버리다니, 이런 못돼먹은 버릇을 어디서 배워왔느냐!"

아버지가 호통을 치면, 나는 내 속의 울분을 감추고 빙긋 웃으면서 "아주 성가신 머리 싹 깎아버리니까 시원하고 좋은데요" 하고 대꾸하기로 작정했다.

저녁 밥상머리에서 나는 아버지와 마주 앉았다.

아버지는 의외의 반응을 보였다. 스님 머리를 한 내 모습을 정면으로 바라보려 하지 않았다. 의식적으로 외면해버렸다. 여느 때 성질 꼬장꼬장하고 명분을 내세우면서 입바른 소리 잘하시는 아버지였는데…… 이제 아버지는 늙음과 다리의 불구로 인해 그 성정이 아들의 눈치를 보며 살도록 삭고 쪼그라든 것이었다.

아버지의 그 모습에 울컥했다. 숟가락을 놓고 모퉁이로 돌아나와 하늘을 쳐다보았다. 샛노란 별이 떠 있었다. 울음이 터져나왔다. 그 별이 나를 울리는 까닭을 나는 알 수 없었다.

먼 훗날 아버지가 돌아가셨을 때, 나는 나의 그 삭발을 애써 외면하던 아버지의 얼굴이 떠올라 울고 또 울었었다.

한밤중의 배질

오금의 습진은 가을바람을 따라 어김없이 도졌다. 나는 절망과 슬픔을 속으로 감추면서 살았다.

늦은 가을 구름 한 점 없이 맑은 날 해 질 무렵에, 나와 숙부는 각기 배 한 척씩을 타고 덕도 북편 모퉁이로 배를 저어갔다. 간척지 뚝 옆에 거룻배 두 척을 대놓고, 숙부네 논에서 볏단들을 짊어져 날랐다.

썰물이 졌다. 각자의 배 갑판에다가 볏단을 사람의 키보다 훨씬 높게 사각으로 쌓았다. 한 사람이 고물 쪽에 타고 노를 저을 수 있는 최소한의 공간만 남겨놓은 채.

만조가 될 때를 기다리면서 싸온 저녁밥을 먹었다. 한밤중쯤에 만조가 되었고, 갯벌에 걸려 있던 배가 떴다.

파도가 철썩거리고, 떠오른 배가 기우뚱거렸을 때, 나와 숙부는 각기 타고 갈 배를 어둠 속의 바다 한가운데로 밀어냈다. 긴장과 두려움과 불안함으로 인해서 가슴이 심하게 울렁거렸다. 입안의 밭은 침을 쓸어삼키며 노를 저었다.

숙부의 배가 앞장서갔고, 내 배가 뒤를 따라갔다. 숙부가 소리쳐 말했다.

"나만 따라오너라."

숙부를 놓치지 않고 따라가리라 하면서 노를 저었다. 산같이 쌓아 실은 볏짐으로 말미암아 뱃머리 앞쪽을 가늠해볼 수가 없었고, 오래지 않아 숙부의 배를 놓쳐버렸다.

앞이 보이지 않으므로 어림짐작으로 방향을 잡아 노를 저어 나아가야만 했다. 나 혼자만의 암담하고 고독하고 위태위태한 배질이 시작되었다.

밤바다의 바다 물목의 배질에 서투른 나로서는 답답하고 막막하지 않을 수 없었다. 하늘에는 푸른 별, 누른 별, 붉은 별 들이 총총 빛났다. 별똥들이 하늘을 가르면서 떨어지고 있었다.

나는 불안과 공포에 떨면서 어둠에 덮인 그 바다를 헤치고 나아갔다. 배 위의 볏단들을 내려놓을 넓바우포구는 산모퉁이 여섯 개를 돌아가야 나오는 것이었다.

내 눈앞에는 진한 가지색 밤하늘의 총총한 별들과, 출렁거리면서 줄기차게 흐르는 마녀 같은 해류와, 별빛으로 인해 굴절되고 있는 어둠이 있을 뿐이었다.

내 속의 시꺼먼 놈이 불안해하는 나에게 '너무 걱정 마. 너, 해낼 수 있어' 하고 말했다.

오래지 않아 내 몸은 땀으로 흠뻑 젖었다. 이마의 땀방울이 눈으로 스며들었다. 쓰라린 눈을 끔벅거리면서 노를 부지런히 저었다.

얼마쯤 노를 저어가자 새까만 무인도 하나가 앞에 나타났다. 도깨비섬이라고도 불리는 작은 도리섬.

바야흐로 썰물이 지고 있었다. 육지와 그 무인도 사이의 좁은 물목을 소용돌이치며 흐르는 해류는 '콸콸르르, 쏴르르르' 소리를 냈다. 배는 내 의지와 내가 젓는 노의 힘에 의해서 나아가지 않고, 급한 해류의 의지에 따라 떠가고 있었다. 그 해류를 흐르게 하는 것은, 예측할 수 없는 거대하고 새까만 어떤 존재일 듯싶었다.

두 개의 도리섬을 하나로 합쳐놓았다가 둘로 나누어놓곤 했다는 도깨비들의 이야기가 떠올랐다. 지금도 저 섬에 음험한 도깨비들이 살고 있지 않을까. 그놈들이 나에게 심술을 부리지 않을까. 내 배를 엉뚱한 곳으로 이끌고 가지 않을까.

내 속에서 시꺼먼 놈이 소리쳤다. '불안해하지 마, 호랑이한테 물려가도 정신을 차리면 산다고 했어.'

목과 입안과 입술이 바짝 밭았다. 밭은 침을 삼켰다. 나에게는 물 무섬증이 있었다. 바다가 의식을 가지고 있는 것으로 생각되곤 했다. 바다 앞에 서면 현기증이 일곤 했다. 그 바다에 대한 공포와 불안과 절망이 시야를 어지럽게 했다.

그때 또 내 속에 들어 있는 시꺼먼 놈이 '겁내지 마. 겁을 내면 접싯물에서도 죽는단다' 하고 말했다. 나는 '그래!' 하고 부르짖으며, 이를 악물고 안간힘 써 노를 저었다. 배가 소용돌이치는 급류에 휘말리면서 기우뚱거렸다.

앞에 다가온 섬을 피하기 위해 뱃머리를 돌렸다. 얼마쯤 나아가다보니, 눈앞에 별빛 묻은 갯바위와 암초 들이 나타났다. 아, 저기에 부딪쳤으면 어찌될 뻔했는가. 머리끝이 곤두섰고, 온몸에 식은땀이 와싹 솟았다.

내 배는 용케 갯바위와 암초를 피해 나아가고 있었다. 나는 하느님을 부르고, 부처님을 부르고, 돌아가신 할아버지를 불렀다.

내 팔뚝은 힘이 소진되었고, 맥없이 뻐드러지고 있었다. 뻐드러지는 팔뚝에 힘을 모으기 위해 안간힘을 쓰는 내 온몸에서는 계속 진땀이 흘렀다. 이마에서 흐른 땀은 눈으로 스며들었고, 별빛 어린 어둠이 눈앞에서 굴절되었다. 팔뚝으로 이마의 땀과 눈물을 거듭 훔치면서, 죽을힘을 다해 노를 저었다.

나 대신에 노를 저어줄 사람은 그 거룻배 위에 아무도 없었다. 하느님과 부처님도 도와주지 않고, 용왕님과 돌아가신 할아버지도 도와주지 않았다. 오직 내가 나 혼자만의 지혜, 나 혼자만의 판단과 힘으로 이를 갈면서 올바른 물길을 찾아 배를 저어 나아가지 않으면 안 되었다.

한데 더 큰 난관이 닥쳐왔다.

도리섬과 육지 사이의 물목을 지나자, 우뚝우뚝 선 김 양식발의 말목들이 줄지어 나타났다. 짐 무겁게 실은 배가 그 말목에 걸려 멈추어 서면 안 되는 것이었다. 김발과 김발 사이를 귀신같이 무사히 빠져나가야만 했다. 만일 배가 말목을 부러뜨리고 나아가다가, 부러진 말목 위에 뱃바닥이 얹힌다면 구멍이 뚫리게 된다. 그 구멍으로 물이 차올라온다면 나는 수장되지 않을 수 없다.

제발 배가 그 김발의 말목들을 부러뜨리면서 나아가지 않게 되기를 빌면서, 노를 젓고 또 저었다.

한데 한순간, 배는 내 의지를 배반하고, 말목들 사이로 들어서고 있었다. 볏짚 왼쪽 가장자리에 닿은 말목 하나가 우두둑 소리를 내며 꺾이었다. 오른쪽 가장자리에도 말목이 와 닿았고, 그것도 마찬가지로 우두둑 꺾이고 있었다.

그게 끝이 아니었다. 배의 양옆으로 말목들이 거듭 다가왔다.

내 배는 드문드문 박혀 있는 김발의 말목의 숲속으로 들어선 것이었다. 별빛이 묻은 말목들은 살아 있는 것들처럼 나를 노려보았다. 가슴이 우둔거렸고 숨이 가빴다.

순간 내 속의 시꺼먼 놈이 소리쳤다. '돌파해야 해! 배가 부러진 말목 위에 얹힌 채 정지하면 안 돼! 썰물이 지면 뱃바닥에 구멍이 뚫려 죽게 되는 거야. 지금 돌파해야 해! 더욱 힘껏 노를 저어버려!'

나는 그놈의 말을 따르지 않을 수 없었다. 김발의 주인들에게는 미안한 일이지만, 나는 노를 더욱 세차게 저음으로써 그 말목들을 거듭 부러뜨리고 나아가지 않을 수 없었다.

나는 사력을 다해 노를 저었고, 배는 말목들을 거듭 부러뜨리며 나아감으로써 말목의 숲을 벗어났다.

꼭두새벽녘에, 간신히 뱃머리를 마을 앞의 모래밭에 대놓고 뱃전 밖으로 나오자마자, 나는 쓰러져버렸다.

숙부가 달려와서 말했다.

"아이고, 우리 승원이 넉넉히 장가가겠다!"

내 눈 속으로 푸른 별, 누른 별, 붉은 별 들이 우수수 소나기처럼 쏟아져들어왔다. 내 속에서 슬픔과 울분이 끓어올랐다.

나 지금 살고 있는 것, 이것은 무엇인가.

눈에 괸 눈물로 인해 내게로 쏟아져내린 별빛들이 굴절되면서 울긋불긋한 오색실을 엮어 만든 술처럼 어지럽게 헝클어지고 있었다.

혀를 아프게 깨물며 벌레처럼 뒹굴었다. 아, 나는 실패를 준비하는 사람인가 성공을 준비하는 사람인가.

내 안의 시꺼먼 놈이 나에게 말했다.

'어떠한 고난의 삶 속에 너를 묻어두는 것도 너이고 그 속에서 너를 꺼내는 것도 너이다.'

절(寺)

김 수확이 끝난 이른 봄날 내 오금의 습진이 다시 도지기 시작했다. 내 안의 시꺼먼 놈이 말했다.

'만일 소록도로 가게 될지라도 너는 시인이나 소설가가 되어야 한다.『보리피리』의 시인 한하운처럼.'

아버지 어머니에게 하루의 말미를 받았다.

관산읍까지 삼십 리 길을 걸어간 나는 용시동 뒷산 기슭의 굽이도는 가파른 자드락길을 올라갔다. 천관사 가는 길이었다.

내 머리에 앳된 스님의 모습이 어려 있었다. 지난여름에 내 집을 찾아와, 청아하고 향 맑은 염불 소리를 들려준 그 앳된 스님이 천관사에 뿌리를 두고 있을 듯싶었다.

자드락길 가장자리에는 마른 회백색의 억새풀숲이 무성했다. 겨울 내내 하얗게 바랜 억새꽃송이들이 한 많은 혼령처럼 하늘을 향해 고개를 쳐들고, 달려온 북서풍 한 자락씩을 움켜쥐고 춤을 추면서 '후리휘히 후리휘히……' 하고 소리쳐 노래하고 있었다.

천관사 마당에 발을 들여놓았다.

자그마한 전각 하나가 허허벌판 동북쪽에서 서남쪽을 향해 볼썽사납게 주저앉아 있었다. 그 앞으로는 까만 구들장과 타다가 만 기둥 들이 자빠져 있었다. 전쟁 때에 불탄 것을 치우지 않고 있었다.

전각 문 위에 걸려 있는 '대웅전'이란 현판이, 고양이 머리에 씌워놓은 탕건 같았다. 찬바람이 매섭게 휘돌고 있음에도 불구하고 문이 활짝 열려 있었다. 안쪽에 체구 자그마한 금빛 불상이 눈을 반쯤 감고 앉아 있었다. 불상 주위에 음음한 보랏빛이 번지고 있었다. 억새들의 사각거리는 소리가 전각 안을 맴돌았다. 불상이 쓸쓸해 보였다.

그 전각 맞은편에 회갈색의 요사채가 있었다. 동남쪽 갓방의 댓돌 위에는 허름한 흰 운동화 한 켤레가 놓여 있는데, 그 옆방의 댓돌에는 아무것도 놓여 있지 않았다.

"실례합니다."

모퉁이방에서 잿빛의 솜두루마기와 통바지를 입은 머리칼 반백의 늙수그레한 여자가 나왔다.

스님을 뵙고 싶다고 말하자, 그녀는 나의 위아래를 살피면서,

스님이 출타했노라고 말했다.

지난여름의 앳된 스님을 머리에 그리며, 스님 나이가 몇살쯤 되느냐고 내가 묻자, 그녀는 내 검정 핫바지 차림새와 덥수룩하게 긴 머리를 다시 뜯어보고 나서 말했다.

"세속 나이로 환갑이 다 돼가요."

나는 다시 물었다.

"혹시 여기에, 스무 살쯤 된 스님이 또 한 분 계십니까?"

여자는 고개를 저었다.

나는 댓돌에 신이 놓여 있지 않은 서북쪽 갓방에다 희망을 걸고, "방 한 칸을 얻어 공부하고 싶어 찾아왔습니다" 하고 말했다. 만일 방 한 칸이 비어 있다고 한다면, 봇짐 싸 짊어지고 와서 묵으며 부지런히 책을 읽고 시와 소설을 쓰고 싶었다.

여자는 고개를 저으면서 말했다.

"이 방은 스님이 쓰시고, 저 방은 공부하는 학생이 쓰는데…… 그 학생은 시방 집에 다니러 갔어요."

나는 더 할 말을 찾지 못하고, 불에 탄 흔적들을 다시 휘휘 둘러보았다.

여자가 방 안으로 들어간 다음, 나는 한동안 대웅전을 등진 채 쓰러진 기둥과 바람벽 들 앞에 서 있다가 몸을 돌렸다. 자드락길로 나서려 하는 내 발길 앞에서 마른 낙엽들이 들쥐떼처럼 달려갔다. 비탈진 길을 내려오는 내 가슴은 서북풍에 춤추는 억새들의 혼령 같은 흰 꽃들처럼 흔들리고 있었다.

그 앳된 스님은 어느 절에 있을까. 그 스님은 사람이 아니었는지도 모른다. 그 스님의 혼령이 억새꽃으로 변하여 지금 나에게 서걱서걱 무슨 말인가를 하고 있다. 푸른 하늘에 떠가는 구름 한 점을 쳐다보면서 그 말을 해독했다.

'너도 머리를 깎고 스님이 되어 살아버려라.'

고시공부

아버지는 문학병 들어 있는 나의 마음을 다른 쪽으로 돌려놓으려고 많은 애를 썼다.

"소설 좋아하는 사람들 말로가 좋지 않더라. 양영학교에서 나하고 함께 훈도생활을 한 조창욱이란 사람은, 매일신문이 막 배달되면 제일 먼저 이광수 연재소설부터 읽곤 했는데, 나중에 술 좋아하고 계집 밝히고 아편하고…… 그러다가 제 명대로 살지도 못하고 죽었다."

나는 아버지 말을 아랑곳하지 않고 오일장에 나가 책장사한테서, 정가의 십 퍼센트를 주고 소설책을 빌려오곤 했다. 값싸게 제작한 얇은 책들.

아버지는 내가 빌려온 『카라마조프 가의 형제들』을 보더니, 말없이 한숨을 쉬었다. 저녁밥상 앞에서 아버지가 말했다.

"만일에 네가 법과대학엘 가서 고시공부를 하겠다고 하면, 내가 논 팔고 집 팔고 빤쓰까지라도 팔아서 뒷바라지를 해주마."

이튿날 한낮에, 아버지는 묵직한 보따리 하나를 들고 절뚝절뚝 사립을 걸어들어왔다. 의아해하며 달려가서 그것을 받아 보듬었다. 풀어보니 법률책들이었다. 나는 그 책의 주인이 누구인지 짐작했다. 보통고시에 합격한 다음 고등고시를 준비하고 있는 김형준의 것이었다.

갯마을 동편 모퉁이에 살고 있는 김형준은 서른 살인데, 수염을 깎지 않은 채 검정 고무신을 질질 끌면서 바닷가를 산책하곤했다. 중학교만 졸업한 그였다. 마을에는, 공부를 하려면 김형준이처럼 엉덩이에 구더기가 슬도록 해야 한다는 말이 나돌았다.

관존민비(官尊民卑) 사상에 깊이 젖어 있는 아버지는 실패를 준비하는 나를 '성공 준비하는 사람'으로 바꾸어놓으려 하고 있었다.

그날 밤 아버지가 가져다준 책들을 하나씩 펼쳐보았다. 책 속에는 해독하기 힘든 낯선 단어들이 개미떼처럼 수런거리고 있었다. 나의 언어 소화기관은 '헌법' '법학개론' '법철학' 따위의 책 제목부터를 씹어삼키지 못했다. 사전을 열쳐가면서 그 뜻을 알아보았지만, 그 단어들은 이끼 낀 성곽 같은 장벽을 치고 꽂꽂이 버티고 서 있는 난공불락의 관념어들이었다.

작심하고 인내하면서, 그 설컹거리는 관념어들을 밤새도록 꿀꺽꿀꺽 삼켰는데, 그것들은 내 속에 들어가자 흑연(黑鉛) 같은 절망의 덩어리들이 되어버렸다. 그 절망의 덩어리들 때문에 우글거리면서 뒤틀리는 위장을 부둥켜안고 토악질을 했다.

'제1조, 대한민국은 민주공화국이다.'

대한민국과 민주공화국이란 말들 앞으로 미처 다가서지도 않았는데, '조'라는 글자가 내 앞을 가로막았다.

'조'는 아득하게 멀고 높고 가파른 너덜겅처럼 나를 현기증나게 했다. 눈 딱 감고 외워놓으면 보약처럼 몸을 이롭게 하는 거라고 생각하며 한 조 한 조를 외려고 들었지만, 그것들은 내 속에서 굴비 담은 상자처럼 차곡차곡 쌓이지 않고, 무성한 쇠붙이로 된 숲이 되고 있었다. 그 숲과 더불어 나를 답답하게 옥죄는 것은 수직적인 논리와 인위적으로 만들어놓은 법의 구조였다.

그것들은 발에 신겨진 전족(纏足)과 가슴을 조이는 가죽조끼였다.

내 속의 시꺼먼 놈이 '그것 팽개쳐버려라' 하고 말했고, 나는 그놈의 말대로, 그 책들을 구석으로 내던져버리고 방바닥에 드러누운 채 천장을 쳐다보았다.

그때 절뚝거리는 아버지의 발소리가 방문 앞으로 다가왔다. 툇마루에 걸터앉은 아버지가 말했다.

"니가 마음을 바꾸어 법공부를 하겠다고 하면은 대학 보내주마. 법과대학. 논밭을 다 팔아서라도."

나는 벌떡 몸을 일으키고 문 밖의 아버지를 향해 애걸했다.

"아버지, 제발 제가 하고 싶어하는 대로 하도록 좀 가만히 놔두십시오. 실패를 하든지 성공을 하든지…… 제 인생, 제 운명은 제가 짊어지고 가는 것이잖아요."

먼바다로 나가는 친구

이튿날 나는 아버지에게 말했다.

"어미 닭 두 마리하고 수탉 한 마리 살 돈만 좀 주십시오."

나는 닭을 쳐보기로 마음먹었다. 알을 받고, 병아리를 쳐서 닭들을 불리고, 그 이익금으로 책을 사보리라 했다.

아버지는 말없이 그 돈을 주었다. 아버지의 시선은 곱지 않았다. 이미 나의 실패를 예견하고 있으면서도 그것을 말리려 하지 않았다. 나로 하여금 많은 실패를 거듭하게 하고, 절망을 실컷 맛보게 한 다음, 당신의 전통적인 방식의 농사나 김 양식업 밑으로 어찌할 수 없이 들어서도록 유도할 생각인 것이었다.

문학병이 든 철없는 아들이 하고자 하는 일들을 미리 '안 된다, 안 된다' 하고 막아버리면, 반항하고 달아나버릴지도 모른다는 생각을 하고 있었다.

아버지의 의지와 내 의지의 싸움이 시작되었다.

암탉 두 마리와 수탉을 사다가 알을 낳게 하고, 모계 부화방식으로 병아리를 까 키웠다. 병아리들에게 싸라기를 주어가며.

암탉이 알을 낳고 병아리들이 자라는 동안, 나는 아버지에게서 돈을 한 푼도 타내지 않았다. 책이 읽고 싶으면 시오리 저쪽에 서곤 하는 대덕의 오일장으로 나갔다. 책점의 포장 밑에 앉아 책을 읽다가 일어서곤 했다.

내 속사정을 눈치챈 책장수가 무료로 책을 빌려주겠다고 제의

했다. 염치없어하면서 책을 들고 나오는데, 누구인가가 내 등을 철썩 쳤다.

친구 송동원이었다. 송동원이는 시인 지망생이었다. 얼굴 넙데데하고 눈 부리부리하고 키가 후리후리한 그는, 고3 때 『학원』지와 학생신문 독자투고란에 시를 싣곤 했었다.

그는 나를 데리고 건어물점포로 가더니 멸치 반봉지를 샀다. 그것을 들고 대덕주조장 사무실로 갔다. 서기 일을 보는 그의 조카 송갑식이 술 한 주전자를 가져다주었다. 송갑식이가 술 배달꾼들을 관리하는 사이에, 송동원과 나는 사무실 안쪽 구석에서 주전자의 술을 사발에 따라 마시고 멸치를 씹어 먹었다.

송동원이 말했다.

"이 술, 주전자나 병에다가 담아가지는 못해도 배에다가는 얼마든지 담아갈 수 있다. 너 마실 수 있는 데까지 양껏 마셔라."

얼근하게 취했을 때 송동원이가 말했다.

"야아, 원양어선 타러 안 갈래?"

나는 멀고먼 나라의 거친 파도 일으키는 바다를 머리에 그리며 그의 얼굴을 건너다보기만 했다.

얼굴 불콰해진 그가 격앙된 목소리로 말했다.

"그 먼바다에 시가 얼마든지 있을 듯싶어!"

내 머리에, 파이프를 입에 문 마도로스와 이국의 질펀한 푸른 바다 물너울과 펄펄 나는 흰 갈매기들이 그려졌다. 그의 과감한

용기와 선택이 부러웠다. 그는 먹고살아야 하는 현실적인 문제와 비현실적인 문학의 문제를 동시에 해결할 묘안을 찾은 것이었다.

"나 내일 부산으로 떠난다."

그의 말에 마음이 흔들렸다. 나도 원양어선을 타고 나서 그 이야기를 소설로 쓸까. 원양어선 앞에는 시보다는 소설이 더 많이 놓여 있을 듯싶었다. 그쪽으로 기우는 내 마음을 붙잡는 것들이 있었다. 초영이었다. 만일 원양어선을 타러 간다면 초영을 영영 만날 수 없게 될 듯싶었다. 내가 떠나고 나면 어머니도 너무 힘들게 사실 것 같았다.

나는 술잔으로 눈길을 떨어뜨리면서 고개를 저었다.

매장

병아리들 스무 마리가 여섯 달 뒤부터 어른 닭이 되어 달걀을 낳기 시작했다. 그 달걀을 장에 낸 돈으로 책을 사다 읽고, 닭에게 필요한 약품을 구해다가 미리 먹이기도 하고 주사하기도 했다. 늙은 어미 닭 두 마리로는 계속 부화를 하게 했고, 알에서 나온 병아리들을 마당 가장자리에 모아 키웠다.

마당 안쪽의 남새밭 한복판에 네 평 넓이의 닭장을 손수 지었다. 아침나절에는 농사일 김 양식 일을 하고, 오후에는 닭장 일을 했다. 황토를 파다가 이기고, 목침만한 돌들을 구해다가 바람벽을 쌓았다. 가운데에 기둥을 세운 다음 들보를 얹고, 서까래를 걸쳤다. 짚으로 이엉을 엮어 얹었다. 이엉이 바람에 날리지 못하도록 새끼줄로 눌러 묶었다. 닭장 바닥에 황토를 이겨 바르고, 그것이 굳어지자 홰를 만들어주고, 닭들을 이주시켰다.

가슴이 벅찼다. 아버지는 큰 관심을 보이지 않았지만, 어머니는 닭 불어나는 것, 달걀을 장에 내고 돈을 모아 책을 사보는 것을 오달져했다. 동생들은 닭들과 즐겁게 놀았다.

닭들이 일흔일곱 마리로 불어났다. 계속 잘되면 양계업을 해버릴 수도 있다. 자신감이 생겼다.

'그래, 이렇게 살아가면 된다.'

그런데 이듬해 봄, 내 오금의 습진이 도지기 시작했을 때, 닭들에게 불길한 증후가 나타났다. 으슥한 곳에서 웅크린 채 꾸벅꾸벅 조는 놈들은 묽은 흰 똥을 싸면서 죽어갔다. 닭콜레라였다. 오금의 가려움과 아픔을 주체하지 못한 채, 사료와 물에 거듭 약을 타 먹이고 주사를 놓아주었다. 그래도 닭들의 병은 그치지 않았다.

닭들의 죽음을 대할 때마다 가슴이 쓰라렸다. 죽은 닭을 땅에 묻어버리고, 분무기로 닭장 안을 속속들이 소독했다.

잠깐 앉아 쉴 틈도 없이 사력을 다했지만, 하룻밤 자고 아침 일찍이 일어나 닭장 안을 들여다보면, 홰 밑에 다섯 마리나 열 마리씩이 떨어져 있었다.

아버지가 "닭들 다 죽어버리기 전에 미리 잡아서 대소가 사람들에게 인심이나 써라" 하고 말했지만, 나는 듣지 않았다.

보슬비가 내리는 날 아침에 일어나보니, 마지막 남아 있는 닭 열다섯 마리가 한꺼번에 죽어 있었다.

돌담 옆의 남새밭 구석에 구덩이 하나를 팠다. 비를 맞으면서. 한 삽 한 삽 떠내는 내 이마와 등과 가슴에서는 빗물과 땀방울이 줄줄 흘렀다. 눈에서 자꾸 눈물이 흘렀다. 어떤 저주인가를 받아 그렇게 된 것처럼, 억울하고 분했다.

팔뚝으로 눈물과 빗물을 훔치면서 씨근거리며 흙을 떠냈다. 무릎 깊이만큼 구덩이가 깊어졌을 때, 죽은 닭의 시체들을 모두 처넣었다. 소독을 하고 흙을 덮었다.

아, 나는 실패를 준비하여온 사람이다. 앞으로도 나는 계속 실패만 준비하게 될까. 내 속의 시꺼먼 놈이 '술! 이런 때는 술을 마셔야 하는 거야' 하고 소리쳤다. 나는 닭 넣은 구덩이를 흙으로 메우고 나자마자 주막으로 달려갔다. 소주를 들이켰다. 하늘과 땅과 산과 바다가 기우뚱거리기 시작했을 때, 들판과 바닷가와 산골짜기를 미친 사람처럼 휘돌아다녔다. 나를 그렇게 이끌고 다닌 것은 내 속의 시꺼먼 놈이었다.

비틀거리며 집으로 들어와 방바닥에 짚더미처럼 쓰러지는데 어머니가 와서 옆에 앉았다. 나는 죽은 듯 눈을 감고만 있었다. 어머니가 내 손을 잡아 주무르면서 말했다. 실망하지 말라고. 그리고 오래전에 들려준 바 있는 내 태몽 이야기를 다시 해주었다.

"너를 뱄을 때 꿈에, 뒤란으로 물을 길으러 간께 어린애들 머리만한 유자가 떨어져 있더라……"

당근

다음해 이른 여름, 오금의 습진이 사라졌을 때에, 나는 당근 재배를 하기로 작정했다. 당근을 내다팔고 그 돈으로 책을 사보자는 것이었다.

아버지가 내 청을 순순히 들어주었다. 무논 귀에 있는 밭 이백 평의 사용을 허가받았다. 광기 같은 열정으로 인해 들썽거리는 나를, 군대에 간 형이 제대할 때까지 달래놓으려는 것이었다. 형이 돌아오면, 나로 하여금 군대에 다녀오게 하고, 장차 결혼시키고 분가시켜주려는 것이었다.

나는 모른 체하고, 광주 씨앗가게에서 당근 종자를 구해왔다. 농업전서에 쓰여 있는 대로, 밭을 일구고 두둑을 만들고 당근을 심었다. 보릿짚으로 덮고 날마다 아침저녁 두 차례씩 물뿌리개로 물을 주었다. 가을철에 빨간 당근을 수확하여 출하하는 꿈을 꾸면서.

내 속의 시꺼먼 놈이 말했다.

'아버지의 구상한 바대로, 아버지 밑에서 아버지가 하여온 전통방식의 농사만을 짓거나, 김 양식을 하며 살아서는 안 된다. 농사짓고 김 양식을 하면서 살기는 하되, 반드시 시인이나 소설가가 되어 글을 쓰며 살아야 한다. 그 당당한 모습을 초영과 어

머니에게 보여주어야 한다.'

　물을 주기 시작한 지 한 달쯤이 흘렀는데, 당근의 싹이 나오지 않았다. 당근씨는 표면에 털이 많으므로 물에 불지 않아 그러는 모양이라고 생각하고, 다시 이십 일 동안 물을 주었다. 마찬가지로 싹이 트지 않았다.

　파농이었다. 하늘에서 새까만 절망의 가루가 내 머리 위로 쏟아지고 있었다. 아, 나는 거듭 실패만을 준비하는 사람이구나.

보리 닷 되 기타

　그해 가을 오금의 습진이 다시 기승을 부리기 시작하던 어느 날, 한밤중에 도깨비 같은 청년 하나가 우리 집 사립에서 흰 달빛을 머리에 인 채 나를 불러냈다.

　"야, 한승원!"

　얼핏 귀에 익은 목소리였다.

　대낮 같은 달빛에 비친, 새까만 쑥대머리에 얼굴이 구릿빛이고 키가 호리호리한 그 친구는 연한 황토색의 기타를 등에 짊어지고 있었다.

　밖으로 나가자 그 친구가 나를 와락 끌어안았다. 트럼펫 문영철이었다.

　"야아, 나 모레 군대에 가는데, 너하고 만나서 막걸리 한잔하고 싶어 왔다."

우리는 바닷가 주막으로 갔다. 전어에다가 쌉쌀한 막걸리 서 되를 들이켰다. 우리는 누가 먼저랄 것도 없이 노래를 불렀고, 문영철은 기타를 퉁겼다.

  내가 〈굳세어라 금순아〉를 부르자, 문영철은 기타를 밀어놓고, 젓가락 두 개로 술상 모서리와 사발의 시울과 놋쇠 종지를 번갈아 쳐댔다. 사이드 드럼과 심벌즈를 치듯이. 제 장단에 제가 취해 몸통과 고개를 이리저리 저어댔다.

  노래를 멈추자, 파도 소리가 주막 안으로 기어들어와 맴을 돌았다.

  달이 서편 하늘로 기울고 있었다. 문영철이 나에게 기타를 안겨주며 말했다.

  "이것 너 가져라. 나 군대에 가려고 휴학했다. 군악대에 들어가볼 생각이기는 하지만, 뜻처럼 될지 의문이고. ······내 성질에, 거기 들어가서도 틀림없이 덜렁거릴 텐데, 훈련받다가 '빳다' 맞고 죽을지도 모르거든. 그래서 이 기타를 너한테 주고 갈란다. 이 기타, 역사가 있는 기타다. 내가 우리 마을 측간목수한테 우리 아버지 어머니 몰래 보리 닷 되 퍼다가 주고, 사정사정해가지고 만든 것이다. 이 양쪽 편편한 판은 오동나무 판자를 쓰고, 이 동그란 테는 장에서 채 한 통을 사다가 뜯어서 아교풀 붙여가면서 만들었다. 이 포지션대는 동백나무로 만들고, 포지션들은 굵은 철사를 망치로 네모지게 두드리고 줄로 갈아서 만들고, 이 다섯 개 줄들은 검은 전선 거죽을 찢어내고 속에 들어 있는 가는 강철선들을 썼어. 1번 선 2번 선은 한 개씩을 쓰고, 3번 선은 두 개를 꼬아서 쓰고, 4번 선 5번 선은 세 개를 꼬아 쓰고, 6번 선은 없어도 된다. 그래도 소리 아주 기막히게 잘 난다!"

문영철은 기타를 한바탕 신명나게 쳐 보이고 나서, 나에게 도레미파솔라시도를 가르쳐주었다.

내가 음계를 서투르게 짚어가자, 문영철은 "음계 같은 것 몰라도, 이따위 막걸리 기타는 아무나 친다" 하면서, 〈막걸리 기타의 기본 곡〉이라는 것을 익숙하게 쳐 보였다. 다시 한번 치면서는 그 곡에 가사를 붙여 불러주었다.

"'똥 누러 갔다, 오줌 누러 갔다, 똥간에 빠져서, 즈그 아버지가 건지러 갔소, 그놈도 빠졌소.' ……이것, 말하자면 '부어라 마시어라'의 전주곡이다."

문영철은 그 가락을 거듭 세 차례나 쳐 보이고 나서 말했다.

"이 덜렁이 생각하면서 잘 가지고 놀아라. 이 막걸리 기타, 동네 처녀들 홀리는 데는 아주 그만이다!"

동이 텄을 때, 문영철은 다음날 목포에서 집결해가지고 논산 훈련소로 가야 한다며, 노둣돌길을 타고 천관산 밑을 향해 달려갔다. 내가 하얀 성에 낀 갯벌을 밟으면서 고니를 쫓아가고 또 쫓아갔던 그 질편한 회색 갯벌밭의 노둣돌길.

이후 나는 문영철의 손때 묻은 '보리 닷 되' 기타를 보듬고 살았다. 그가 가르쳐준 '막걸리 기타의 기본 곡'을 거듭 퉁겼다.

"똥 누러 갔다, 오줌 누러 갔다, 똥간에 빠져서, 즈그 아버지가 건지러 갔소, 그놈도 빠졌소."

낙방

틈틈이 기타를 퉁기고, 밤이면 이를 악물고 엎드려 소설을 썼고, 그것을 한 문학잡지에 응모했다. 추천위원의 2회 추천을 받으면 소설가가 된다 하여. 몇 달을 기다렸지만 그쪽에서 아무런 연락이 없었다.

내가 쓴 소설이 제대로 된 것인지 알 수 없었다. 그것을 들고 영산포에 사는 소설가 오유권 선생에게 찾아갔다. 영산포 인근 사람들의 소박한 삶을 풍속도처럼 사실적으로 그리곤 하는 그에게 소설 쓰는 방법을 물어보려고.

이때 나는 일부러, 검정색 솜 놓은 두꺼운 바지에 밤색의 코르덴 점퍼를 입고 헌팅캡을 쓰고 갔다. 그 차림을 통해 나의 오기를 보여주고 싶었다.

회진에서 버스를 타고 가다가 영산포에 내려, 엄동을 물어서 갔다. 검은 구름장에서 꽃송이 같은 흰 눈이 내리고 있었다. 흰 눈이 온 세상을 덮었다.

산언덕 위의 약간 큰 버섯 같은, 흰 눈 덮인 삼간오두막이 오유권의 집이었다. 부엌을 가운데 두고 안방과 모퉁이방이 있었다. 안방은 아버지 어머니 동생들이 살고, 모퉁이방에 오유권 부부가 살고 있었다.

 한 말들이 직육면체 기름통 두 개가 집 모퉁이에 놓여 있었다. 오유권의 아버지는 콧수염과 턱수염을 예쁘게 기르고 있었는데, 작은아들과 더불어 오일장에 다니면서 기름 장사를 하는 것이었다.

 오유권은 나를 반갑게 맞아주었고, 저녁밥을 먹여주었다.
 그는 등잔불 밑에서 내 소설을 읽고 나서, 내 소설의 문장이 제대로 되어 있지 않다고, 이태준의 『문장강화』라는 책과 김동리와 황순원의 소설들을 읽으면서 문장공부부터 하라고 했다.
 그리고 고백을 하듯이 말했다.
 "나는 『한글대사전』을 한 장 한 장 넘겨가면서, 낱말들을 세 번이나 베꼈어. 나는 천재가 아니니까, 원고지에다가 대번에 소설을 쓰지 않네."
 그는 부끄럼 없이 자기의 소설 써가는 과정들을 소상하게 보여주었다. 먼저 하얀 백지에 쓴 것을 새까맣게 고쳐서 공책에 옮겨 베끼고, 그 공책의 것을 한 달쯤 묵혔다가 새까맣게 고친 다음 원고지에 옮기는 방법.
 오유권의 집을 나오면서, 내 속의 시꺼먼 놈이 오기를 부렸다.
 '국민학교만 졸업했을 뿐인 오유권도 소설가가 되었는데, 고등학교 졸업을 한 네가 왜 못 되겠느냐!'

영산포 서점에 가서 『황토기』와 『인간접목』을 샀다. 돌아나오려는데 『고시계考試界』라는 잡지가 눈에 띄었다. 뒤적거려보니, 중학교 준교사 검정고시에 합격한 사람의 수기가 실려 있었다. 그 잡지를 사가지고 오며 그 수기를 숙독했다.

나는 시인 소설가의 길로 직진할 것이 아니고, 중학교 교직을 먼저 잡아 목구멍을 해결하면서 천천히 도전하자고 작정했다.

성공을 준비하는 사람이 되자는 것이었다.

고향집으로 돌아온 나는 아버지에게 중학교 준교사 고시를 보겠으니 책을 사달라고 했다. 아버지는 흔쾌히 말했다.

"아따, 그래라. 따지고 보면 책이라는 것이 세상에서 제일로 싼 보물이다."

고시 합격자의 수기 말미에, 자기가 공부했다는 책의 일람표가 있었다. 『삼국유사』『삼국사기』『국문학사』『우리말본』『국어학개론』『고가연구』『고전문법』『한국고시조집』 등 삼십여 권.

나도 그 책들을 모두 읽은 다음 응시하리라 마음먹었다. 아버지가 준 돈을 가지고 광주의 큰 서점으로 가서, 일람표에 적혀 있는 책들을 모두 사서 짊어지고 왔다.

이때부터 나는 오전에는 일을 하고 오후에는 고시생이 되었다.

내가 맨 먼저 읽은 것은 이병도 번역의 『삼국유사』였다. 그 속의 설화와 전설과 향가 읽기에 푹 빠졌다. 『고려가요』와 『한국고시조집』들을 달달 외웠다. 『국어학개론』『우리말본』도 외다시피 했다. 공부가 즐거웠다.

일을 하면서는 고려가요나 향가 들을 줄줄 외웠다.

"살어리 살어리랏다 바다에 살어리랏다 나마자기 구조개랑 먹고 바다에 살어리랏다"

"서라벌 밝은 달에 밤늦도록 노닐다가 들어와 자리 보니 다리가 넷이어라……"

그 책들 가운데서 나를 사로잡은 것은 양주동의 『고가연구』와 이숭녕의 『고어문법』이었다. 우리말의 어원을 따져 가리는 것이 재미있었다.

'땅거미'란 말은 '땅금'이란 말에서 온 것인데, '금'은 신을 뜻한다. '땅거미 내린다'는 것은 '지신(地神)이 내린다'는 것이다. 놀랍고 감격스러운 발견이었다.

그해 늦은 겨울에 광주로 가서 시험을 치렀다. 한데, 시험장에서 시험지를 받아보고 암담해졌다. 내가 쓸 수 있는 문제는 하나도 없었다. 백지를 제출하고 돌아왔다.

나중에 알고 보니, 나의 공부는 고기도 살지 않은 심해 속만 더듬은 것이었다. 수면 가까이에 사는 물고기나 바닷가의 해조류를 전혀 공부하지 않은 것이었다.

초영의 소식

절망하면서 집으로 돌아온 날 밤에, 군대에 간 이영수가 왔다.

하얀 바지저고리 차림으로.

 우리는 문영철이 주고 간 '보리 닷 되 기타'를 짊어지고 주막으로 가서 막걸리를 마셨다. 번갈아 보듬고 퉁겼다. 조악한 기타는 포지션대를 부착한 통 부분이 휘움하게 굽어져 있었으므로 줄이 떠 있었고, 떠 있는 줄을 짚어내는 손가락의 끝이 빨갛게 부르텄다.

 술이 거나해졌을 때 이영수가 말했다.

 "초영이 관산국민학교로 교생실습을 나왔다. 한번 찾아가봐라."

 그 말에는 빈정거림이 들어 있었다.

 술잔 속에 눈길을 처박았다. 내 머릿속에는 만감이 교차했다. 이영수가 어떻게 초영의 소식을 알고 있을까. 이영수와 초영의 사이가 의심스러웠다. 오래전부터 이미 나와 초영의 사이에 이영수가 끼어들었던 것 아닐까.

 이영수가 "야, 너 술잔 속에 눈길 처넣지 마라. 처량하다" 하고 퉁명스럽게 말했고, 나는 어색하게 웃으면서 허공으로 눈길을 쳐들었다. 이영수가 말을 이었다.

 "초영이, 다음해에는 국민학교 선생으로 발령을 받게 될 거다. 그때는 네 모교로 발령받아 올지도 모른다. 너하고 같이 살고 싶어서."

 그 말은 희롱이었다.

 나는 술만 거듭 들이켰다. 초영이 내 고향으로 올 리 없다. 초영은 나를 실패를 준비하고 있는 별볼일 없는 사람으로 여기고 벌써 멀어져갔다. 이영수가 다시 말했다.

"사실은 내가, 초영이가 한 고시생하고 사귀고 있다는 소문 듣고 쫓아갔다. 퇴근하기를 기다렸다가, 야, 그 착한 승원이 놔두고 너 그래도 되는 것이냐? 하고 따졌지. 그러니까 딱 잡아떼더라. 승원이란 사람 모른다고."

술이 얼근해진 우리는 바닷가를 휘돌아다니면서, 철썩거리는 파도를 향해 돼지 멱따는 소리로 노래를 불렀다.

바다는 잠잠했다. 까만 수면에 노란 별, 파란 별, 붉은 별 들이 내려와서 놀고들 있었다. 내 앞에 가로누워 있는 그 바다는 마녀처럼 별들을 품고 쩝쩝 입맛을 다시고 있었다. 별들과 바다는 진한 사랑을 나누고 있었다.

내 속의 시꺼먼 놈이 그 바다를 향해 돌을 던지자고 말했고, 나는 그놈이 시키는 대로 돌팔매질을 하고 또 했다.

이영수가 문득 말했다.

"야, 사실은 나 탈영했다."

별빛 묻은 그의 얼굴을 향해 물었다.

"어쩌려고?"

그는 태연스럽게 대꾸했다.

"저항이고, 자유 꿈꾸기야. 산소가 부족해 질식할 것 같아서."

해가 중천에 뜰 때까지 잠을 자고 난 나는 내 방에 들어박혀 밖으로 나오지 않았다. 구석에 서 있는 조악한 보리 닷 되 기타가 나를 바라보았다.

초영은 국민학교 교사가 되었는데 나는 무엇인가. 자꾸 실패만 준비하고 있는 농사꾼이고 갯벌투성이의 미숙한 어부이다. 아니다. 낙망하지 말자. 장차 나는 농사꾼 시인, 어부 소설가가 될 것이다.

송동원이는 시인이 되기 위하여 원양어선을 타러 갔고, 이영수는 탈영을 했다. 저항과 자유 꿈꾸기란다.

나의 저항, 나의 자유는 어디에 있는 무엇인가. 책을 펼쳐들었다. 글자들이 눈에 들어오지 않았다. 책을 내던지고 기타를 보듬었다. 줄을 퉁기면서 노래했다. 노래가 나를 더욱 슬프게 했다. 기타를 내던지고 방바닥에 드러누웠다. 죽은 듯이 눈을 감고 있었다.

어머니가 들어와 옆에 앉았다. 내 손을 끌어다가 천천히 주물렀다. 이마와 볼과 머리를 쓰다듬다가 또 나의 태몽에 대하여 말했다.

"내가 너를 뱄을 때 꿈을 꾸었는데, 그 꿈이 보통 꿈이 아니었어야. 뒤안에 물을 길으러 가니까 유자가 하나 떨어져 있는데, 그 유자가 얼마나 크냐 하면……"

탈영병

"신은 죽었다. 니체가 죽였어."

이영수는 많은 정보를 알려주었다. 나는 술잔을 기울이면서 그의 이야기를 들었다.

"교황청에서 지동설을 주장하는 갈릴레오를 잡아다놓고, '지구가 도느냐, 태양이 도느냐. 만일 지구가 돈다고 하면 불태워 죽이겠다'고 했지. 그러자 갈릴레오는 '아니요, 태양이 돕니다' 하고 살아남았어. 그러고는 밖으로 나와서 사람들에게 '내가 태양이 돈다고 거짓말을 했지만, 그래도 지구는 돌고 있습니다' 하고 말했어. 야아, 얼마나 멋진 사건이냐!"

이영수는 자기모순에 빠져 있었다. 자기의 자유를 찾기 위하여, 개인의 자유를 통제하는 군대에서 도망쳐나와 제집에 숨어 삶으로써, 더욱 많은 자유를 억압당한 것이었다.

그는 카뮈의 말을 빌려, 인간의 모순에 대하여 이야기했다.

"독일군들이 파리를 점령하고 있을 때, 지하철 정거장에서 차를 기다리고 있던 프랑스 청년 하나가 옆의 친구에게 갈릴레오에 대한 이야기를 하고 나서 이렇게 말을 했지. '자신이 믿는 정신적인 가치를 위해서 목숨까지 바친다는 것은 어리석기 짝이 없는 짓이야.' 그때 지나가던 독일군 장교가 다가와서 권총을 빼들고, 그 말을 한 청년을 위협하며 말했어. '너, 이 자식! 네가 조금 전에 한 그따위 말을 한 번만 더 그대로 지껄이면 당장에 이 총으로 쏴 죽여버리겠다!' 그러자 그 프랑스 청년은 장교를 똑바로 노려보면서 말했어. '나는 금방 이렇게 말했소. 자신이 믿는 정신적인 가치를 위해서 목숨까지 바친다는 것은 어리석기 짝이 없는 짓이라고.' 그러자 독일군 장교는 그렇게 말한 청년의 이마에 권총을 겨누면서 빈정거렸지. '야, 너는 이제 막 너 스스로가 내뱉은 말과 행동이 서로 모순된다는 것을 증명해 보인 셈이야.'"

"그래, 모순이다! 기막히게 용감한 모순이다."

얼근하게 취한 우리는 바다로 나갔다. 이영수는 내 보리 닷 되 기타를 보듬고, 나는 막걸리 한 병을 손에 들고.

그가 말을 이었다.

"카뮈가 노벨상 수상 연설에서 이렇게 말했지 않니? '나는 정의를 사랑한다. 그러나 정의가 나의 어머니에게 총부리를 겨눈다면 나는 어머니의 편을 들겠다.'"

"그렇다면 우리에게 어머니란 무엇이냐."

"이 바다 같은 것."

나는 바다를 바라보며 마녀를 생각했다. 까만 밤바다의 품에 안겨 요분질치는 별들에게 돌팔매질을 했다. 이영수는 모래밭에 앉은 채 기타를 퉁기며 노래했다. 우리는 서로 번갈아 병나발을 불었다.

"카뮈가 새까만 지중해 바다 앞에서 바다와 별들의 혼례를 생각하며 포도주를 들이켰다면, 지금 이영수와 한승원이는 출렁거리는 득량만의 밤바다와 별들의 혼례를 지켜보면서 막걸리를 마시고 노래를 부른다."

이영수는 거칠게 숨을 내뿜다가 일어나서 조약돌을 집어들었다. 허리를 기역자로 굽히고 조약돌을 수면으로 날려 물수제비를 떴다. 물수제비가 하나 생길 때마다 그 자리에 도깨비불 같은 형광이 일어났다. 조약돌은 보이지 않고, 그것이 날면서 그어대는 형광선만 보였다.

나도 일어나 조약돌을 집어들어 형광 물수제비를 떴다.

물수제비뜨기에 싫증이 난 우리는 발대와 말목과 나뭇가지를 주워다가 불을 피웠다. 불이 하늘을 찌를 듯이 타올랐다. 우리는 모닥불을 향해 트위스트를 추기도 하고, 막춤을 추기도 하고, 주위를 빙글빙글 돌면서 보리 닷 되 기타를 퉁기고 돼지 먹따는 소리로 노래를 부르기도 했다. 포근한 이른 봄밤이었고, 우리는 미친 도깨비들이 되어 있었다. 우리 온몸은 땀에 흥건히 젖었다.

이영수가 옷을 활활 벗어던지고 물로 뛰어들면서 소리쳐 말했다.

"리외(『페스트』의 주인공)는 지중해 밤바다를 헤엄쳤지."

물 무섬증 때문에 머뭇거리고 있는 나에게, 내 속의 시꺼먼 놈이 '야, 두려워할 것 없어. 뛰어들어 헤엄쳐봐' 하고 말했다. 나도 물로 뛰어들어갔다. 우리는 나란히 선창의 부두 끝까지 헤엄쳐갔다. 물개처럼 미끈한 우리들의 살갗에 별빛이 번쩍거리며 흘러내렸다.

자수와 진학

부두 끝에서 모닥불을 향해 개구리헤엄을 쳐가면서 이영수가 나에게 말을 던졌다.

"야, 너, 사람과 짐승의 다른 점이 무어라고 생각하냐?"

두 팔로 물을 끌어당기면서 '어떤 점이 다를까. 동물이 드러내 놓고 성교를 한다면, 사람은 숨어서 성교를 한다는 것일까' 하고 생각하는데, 이영수가 말했다.

"동물은 자살할 줄 모르지만 사람은 자살할 줄 안다."

'하아, 이 자식이 죽음을 생각하고 있다.'

별빛에 묻은 그의 얼굴을 향해 대들듯이 말했다.

"야아, 무슨 소리를 하고 있는 거야? 카뮈는 절망 앞에서 자살하지 않는 이유, 꾀꼬리 소리 같은 기막힌 수를 생각했는데, 그게 '시시포스가 받은 영원한 형벌' 아니냐?"

이영수가 말했다.

"나 자수할 참이다. 자수하면 남한산성에 갈 것이다. 남한산성에 군인들 교도소가 있다. 육 개월을 살게 될지, 일 년을 살게 될지, 이 년을 살게 될지 모른다."

그가 말을 이었다.

"너, 진학해라. 서라벌예대 문예창작과 들어가. 김동리, 박목월, 서정주, 황순원 다 교수로 출강한단다. 혼자서 문학한다는 것, 너무 막막하고 아득하고 힘들어. 그 학교 입학시험에는 영어, 수학, 화학, 역사는 테스트 않고, 그냥 글짓기 능력 한 가지만 테스트하는데, 웬만큼만 하면 합격시킨다더라. 그 대학 졸업하면 중학교 교사 자격증을 준다더라. 그것 가지면 시골구석에 있는 어느 학교에서 최소한 밥은 먹고 살 수 있지 않겠니?"

'중학교 교사 자격증을 준다'는 말에 귀가 솔깃했다. 그 학교에 진학하는 것이 '성공을 준비하는 일'이 되는 것 아닌가.

우리는 모래밭으로 나왔다. 으슬으슬 추웠다. 모닥불을 쪼이고 옷을 입으며 말했다.

"그래, 나 서라벌 갈게."

"그래, 나는 남한산성 간다."

우리는 남은 술을 들이켜고, 어깨동무를 한 채 바닷가 모래밭을 비틀거리며, 악을 써서 노래를 불렀다.

"눈보라가 휘날리는 바람 찬 흥남부두에 목을 놓아 불러봤다. 찾아를 봤다. 금순아 어디를 가고 길을 잃고 헤매었느냐."

우리들의 노래가 먼 밤바다와 하늘의 별떨기와 먼바다 물너울로 사위어갔다.

이영수를 보내고, 보리 닷 되 기타를 어깨에 걸치고 비틀거리며 집에 들어간 나는, 어머니 아버지가 거처하는 안방 툇마루에 걸터앉은 채 말했다.

"아버지, 나 대학 보내주십시오. 내가 김 머슴살이해서 번 돈 다 주십시오. 장가보내주고 분가시켜줄 필요 없어요. 금년 내가 번 돈만 다 주십시오. 더는 달라고 하지 않을 테니까."

어머니가 문을 열고 나와서, 금방 날 새겠다고 얼른 들어가 자라고, 내일 이야기하자고 달랬다. 어머니에게서 날아온 유향이 내 콧속으로 스며들었고, 그것이 내 격앙을 달래주었다. 나중에 철들어서 알고 보니, 그 유향은 노자의 곡신(谷神)의 향기였다. 우주 시원의 바다 향기.

아버지의 분노

노기 띤 아버지의 목소리에 눈을 뜨니 동창이 샛노랗게 밝아 있었다.

"대학이라니, 무슨 자다가 봉창 뜯는 소리를 하고 자빠져 있는 것이여? 삼 년 동안 술에다 담배에다가…… 묵정밭 될 대로 다 돼버린 머리로 무슨 대학공부를 새삼스럽게 하겠다는 것이여? 법과대학 다녀가지고 고등고시 봐서 판검사가 되겠다고 한다면 모르겠어. 기껏 해봐야 시 나부랭이, 소설 나부랭이나 쓰는 그런 썩어문드러질 놈의 대학…… 그렇게 소가지 없고 중정이 없어서 세상을 어떻게 살아갈래. 이 한심하고 또 한심한 사람아, 쓸데없는 생각 하지 말고, 싸게 일어나 밥 먹고 바다에 나가거라. 봄날 바닷물은 하루가 다르게 따뜻해지고, 김은 시가 바쁘게 희어져 못쓰게 돼버린다…… 동네방네 다 돌아다녀봐라. 너같이 밤새도록 술 퍼마시고 정신 나간 도깨비같이 돌아다니다가 늦잠 퍼질러자고 있는 사람이 너 말고 또 있는가."

나는 자리에 누워 있기만 했다.

아버지는 마당 안 여기저기를 절뚝거리고 돌아다니면서 소리쳤다.

"……찬물 떠 마시고 생각을 해봐라. 이놈아, 네가 하고자 한 일들 가운데 어느 한 가지 제대로 된 일이 있었는가. 다 파탄나버리고, 다 결딴나버리고, 몽땅 망하고 낙방하고…… 이제는 또 무슨 바람이 불어 뜬금없는 대학 타령이냐? 아이고! 언 손발 불어가면서 등골 휘게 번 돈으로 가르쳐놓은께, 군대생활 못하고 탈영한 놈하고나 어울려서 날이 갈수록 못된 짓거리만 하고 다니고…… 니놈 신세가 뭣이 되려고 그러는 것인지, 참말로 복장 터지게 한심하다!"

아버지의 말은 이런저런 실패로 상처입은 나의 가슴을 헤집어놓고 있었다. 나는 더 듣고 있을 수가 없어서 문을 박차고 나갔다. 허공을 향해 얼굴을 쳐들었다.

아버지가 나를 향해 소리쳤다.

"일어났으면 빨리 서둘러라. 물때 놓치면 발 못 뜯어온다. 김은 죽어 자빠지고 있는디 얼른얼른 건져다 한 장이라도 더 뜨고 말목 설거지하고 농사 준비해야지."

나는 변소에 가서 오줌을 누고 다시 방으로 들어가 네 활개를 벌리고 누우면서 맥을 풀어버렸다. 아버지의 혹심한 꾸중과 한심한 내 운명과 간밤 폭음의 후유증을 감당하기 버거웠다.

당신의 말을 아랑곳하지 않고 방으로 들어가버리는 내 뒷모습을 본 아버지는 치미는 울화를 참지 못하고 소리쳤다.

"아니! 저 자식이 어디서 배워먹은 짓거리를 하고 있다냐! 사람 되라고 가르쳤더니…… 이런 못된 자식, 그래가지고 시인 되고 소설가 된다고야? 너 당장에 나가거라. 꼴도 보기 싫다."

아버지의 말들이 화살처럼 날아와 내 정수리에 박혔다. 가슴 한복판에 쓰라린 화인(火印)을 꽈당꽈당 찍어댔다.

나는 천장을 향해 미친 사람처럼 악을 썼다.

"그래요, 나는 아무것도 될 수 없어요! 아무것도 될 수 없다고요!"

절뚝거리는 발소리가 가까워왔다. 방문이 벼락같이 열리더니 아버지가 들어왔다. 어머니가 뒤따라 들어와서 아버지의 팔을 잡아당겼지만, 아버지는 어머니를 뿌리치고 내 책상 책꽂이에 꽂혀 있는 책들을 빼서 마당으로 내던졌다. 울화를 참지 못하고 씨근거리며 소리쳤다.

"이 자식이 감히 아버지한테 뻗받다니! 너 같은 놈은 필요 없다. 당장 나가거라."

나는 벌떡 일어나 앉았다.

내 책들은 툇마루와 마당에 널브러져 있었고, 햇살이 그 위에 소낙비처럼 쏟아졌고, 바람이 달려와서 열쳐진 책장들을 희롱했다. 내 책들과 내 속의 시꺼먼 놈이 나를 향해 '이 바보, 멍청아!' 하고 소리치며 울고 있었다.

내 책들에게 분풀이를 하고 난 아버지가 절뚝거리면서 안채 마당으로 가고 있을 때, 나는 아버지의 뒤통수를 향해 소리쳤다.

"나갈 테니까 내가 이때까지 김 머슴살이한 새경 내놓으시오!"

아버지가 돌아서면서 말했다.

"이 자식아, 낳아서 키워서 국민학교 중학교 고등학교까지 보내줌서 바친 납부금은 어쩌고, 기껏 삼 년 동안 일한 새경 타령이냐!"

아버지는 나보다 세 살 아래인 동생을 앞세우고 사립 밖으로 나가며 말했다.

"너 같은 불효자식은 필요 없다. 나가고 싶으면 얼마든지 나가거라. 너 같은 놈 없어도 김 양식 잘할 수 있다. 내 다리뼈 아직 성성하다."

나는 울분을 주체할 수 없어 방바닥에 드러누워버렸다. 어머니가 들어왔다. 내 손을 가져다가 쓰다듬기도 하고 가슴을 토닥거리기도 하면서 달랬다.

"참아라. 네 아버지 성질이 불같아서 그렇지, 속으로는 너를 얼마나 믿고 사랑하시는지 아냐? 참고, 조금 누워 있다가 화 풀어지면, 살강에 밥상 봐놨은께 한술 떠먹고 바다로 나오너라. 나와서 흠결 없이 아버지한테 '잘못했습니다. 다시는 안 그러겠습니다' 하고 일해라. 그러면 헌 데가 아문 데 될 것이다."

나는 눈을 힘주어 감고만 있었다.

'아버지에게는, 장차 모든 것을 물려주고 의탁할, 군대에 간 큰아들이 있다. 나는 있어도 그만 없어도 그만인 작은아들일 뿐

이다. 나 말고도 작은아들이 둘이나 더 있다.'

어머니는 "조금 있다가 밥 먹고 바다로 나오너라잉!" 하고 당부하고 사립 밖으로 나갔다.

집 안이 조용해졌을 때, 나는 아버지의 쾌상 열쇠를 찾아 들었다. 집을 나가기로 작정했다. 전날 김 몇 궤짝을 팔았으므로 돈 몇 뭉텅이가 들어 있을 것이니, 그것을 모두 훔쳐가지고 서울로 가자고 생각했다.

쾌상을 열었다. 그런데 텅 비어 있었다. 겨우 가용으로 쓸 천환짜리 지폐 두 장만 놓여 있었다. 논을 사겠다더니, 간밤에 이미 돈을 다 치러버린 모양이었다. 차라리 잘되었다. 빈손으로 나가는 것이 아버지의 가슴을 더 아프게 하는 것이다.

지폐 두 장을 호주머니에 넣고 나서, 흰 종이를 꺼내 아버지에게 편지를 썼다.

난생처음으로 아버지의 쾌상에서 돈을 훔쳐가지고 나간다는 것, 나를 찾으려 하지 말라는 것, 실패하는 내 모습이 아닌 성공하는 내 모습을 보여드릴 수 있기 전에는 집에 돌아오지 않으리라는 것.

밥 몇 순가락을 떠먹은 다음 두꺼운 핫바지에 밤색 점퍼를 입고, 검은 가방에 팬티 여섯 장, 런닝셔츠 석 장, 수건 한 장을 넣어 들고 집을 나섰다.

썰물로 갯벌이 드러나 있었다. 노둣돌길로 들어섰다. 성에 하얗게 언 갯벌을 밟으며 고니를 쫓았던 그곳. 먼바다 쪽으로 날아가던 고니의 모습이 눈에 선했다. 나는 지금 어떤 고니를 쫓아가고 있는 것일까. 또하나의 실패를 준비하고 있는 것 아닐까. 이를 악물고 눈물을 밟으며 노둣돌길을 걸었다.

머슴살이

　장흥에서 버스를 타고 기차역이 있는 보성으로 갔다. 보성에서 내린 나는, 지평선으로 기우는 해를 등진 채 널따란 들녘을 낀 마을 쪽으로 갔다.
　어느 부잣집에서 한 해 동안만 머슴살이를 하자고 생각했다. 쟁기질을 할 줄 아니까, 한 해에 최소한 쌀 열 가마니는 새경으로 받을 수 있을 터이다.
　그 쌀 열 가마니를 팔아가지고 책장사를 하자. 오일장에 가지고 다니면서 팔며 책을 읽고, 밤이면 소설이나 시를 쓰자. 아니다. 서울로 가서 서라벌예술대학교 문예창작과에 들어가자. 세상을 깜짝 놀라게 할 작가가 되어야 한다. 내 성공을 보여줄 사람이 세 사람이다. 초영과 아버지와 어머니.

　오금이 가려웠다. 내 오금의 습진이 도질 기미를 보이고 있었다. 참담한 내 운명을 슬퍼하면서 걸었다.
　용문마을이란 표지판이 눈에 띄었다. 용문(龍門)이란 이름이 마음에 들었다. 등용문이란 말 때문이었다. 이 마을과 인연을 맺으면 문단 등용문이 가까워질지도 모른다. 이 마을에서 체험한 이야기를 시와 소설로 쓰자.

신작로에서 소로를 따라 들판을 건너갔다. 나지막한 동산을 등지고 남쪽을 향해 앉아 있는 마을 앞에 이르렀다. 기와집들이 대부분이고, 허름한 초가들이 네댓 채 있을 뿐인 마을이었다.

마을 앞에 공동우물이 있었다. 바닥에 석판을 깐 그 공동우물을 지나 마을로 들어섰다.

울타리도 없는 허름한 오두막 앞에서 머뭇거렸다. 손바닥만한 마당으로 들어가, 실례하겠다고 말했다. 추레한 흰 바지저고리를 입은, 얼굴 초췌한 중늙은이가 대오리문을 열고 내다보았다.

"이 마을에 혹시 금년 머슴을 구하지 못한 집 있으면 좀 소개해주십시오."

중늙은이는 내 위아래를 훑어보더니 물었다.

"청년이 머슴 살게?"

그렇다고 하니, 그가 말했다.

"너무 깨끗하구만!"

"네?"

"머슴을 구하고 있는 집이 있기는 있는디…… 자네, 그 부드러운 손, 희고 훤한 얼굴로 머슴 일을 하겠는가?"

나는 어색하게 웃으면서 대꾸했다.

"저 이래 봬도 쟁기질도 할 줄 알고……"

중늙은이는 잠시 망설이다가 앞장서면서 말했다.

"따라오소. 머슴이 없는 동안에는 내가 드난살이를 하는 집인디 농사가 한 이십 두락 돼놔서, 자네같이 부드러운 몸으로는 벅찰 것인디…… 좌우당간에 가보세."

서쪽 하늘에서 핏빛 노을이 타올랐다. 골목 첫머리에 지은 지 오래지 않은 기와집이 있었다. 사간겹집인데 대문간과 사랑채는 없고, 외양간, 헛간, 변소를 겸한 기다란 별채가 하나 있었다.

중늙은이는 그 집 대문 안으로 나를 안내해놓고 나서, 안방 툇마루 앞으로 가더니, 조심스러운 어투로 주인어른에게 고했다.

"저 앞집 순이 아밴디라우, 머슴살이를 하고 싶다는 청년이 있어서 데리고 왔구만이라우."

주인 남자가 문을 열고 나왔다. 가는베 흰 바지저고리에 회색 마고자를 입었는데, 이마와 콧등에 오목오목한 얽은 자국이 있고, 머리칼과 팔자 콧수염이 반백이었다. 손에 담배 꽂힌 상아 물부리를 들고, 툇마루 한가운데에 앉으면서, 나보고 올라앉으라고 말했다. 면접을 하려는 것이었다.

부엌에서 그릇 달그락거리는 소리가 들렸다.

내가 툇마루에 올라앉자, 주인 남자는 내 위아래를 훑어보고 나서, 한꺼번에 많은 것을 물었다.

"고향은 어디고, 이름은 무엇이고, 나이는 몇살이고…… 어디서 머슴살이는 해봤는가?"

내가 말했다. "고향은 장흥 대덕 덕도이고, 나이는 스물두 살이고, 머슴살이는 한 번도 안 해봤습니다."

내 말끝에 부엌의 그릇 달그락거리는 소리가 멈추었다. 나는 부엌에서 내 목소리를 엿듣는 귀를 생각했다.

그가 물었다.

"이름은 무엇인가?"

그러고 보니 나는 주인 남자에게 가장 중요한 것, 이름을 말해주지 않은 것이었다.

나는 잠시 망설였다. 아버지가 지어준 '승원'이란 이름을, 머슴살이할 사람의 이름으로 차마 댈 수 없어, 가명을 대기로 했다.

"한차봉입니다."

"등짐은 져봤는가?"

"네."

"쟁기질은 할 줄 아는가?"

"압니다."

"새경은 얼마나 받고 싶은가?"

머슴살이 경력이 없는 주제에 '쌀 열 가마니'를 달라고 할 수 없어 "주는 대로 받겠습니다" 했다.

주인 남자는 성냥을 그어 담배에 불을 붙이고, 물부리를 세 번이나 거듭 빨아 뿜었다. 연기 세 무더기가 그의 반백의 머리칼 너머로 흩어졌다. 그는 내 얼굴과 손을 다시 뜯어본 다음 말했다.

"일이 뼈에 박이지 않은 것 같고…… 자네가 못하는 일은 놉을 부려야 할 것 같으니까 여섯 가마니로 하세. 자네 생각은 어쩐가?"

노을이 꺼지고 숯가루 같은 검은 땅거미가 솟아 세상을 덮었다.

"어르신의 뜻대로 하겠습니다."

이를 물고 고개를 숙였다. 쌀 여섯 가마니에 나를 한 해 동안 팔기로 작정했다.

주인 남자가 말했다.

"오늘은 늦었으니, 저녁밥 먹고 마을회관에서 자고, 일은 내일 아침부터 시작하기로 하세."

앳된 여자가 부엌에서 밥상을 들고 나왔다. 순이네 아배가 재빨리 그것을 받아다가 툇마루에 놓아주었다. 개다리소반에 소복하게 담은 밥 한 그릇과 보리잎 넣은 된장국 한 그릇과 김치와 깍두기가 전부였다.

"순이 아배도 여기서 같이 한술 뜨고, 차봉이를 회관방으로 좀 데려다주소."

앳된 여자가 쟁반에 밥 한 그릇과 국 한 그릇과 숟가락과 젓가락을 담아가지고 와서 개다리소반 위에 놓아주었다. 이때 나는 그녀가 한쪽 다리를 거짓말처럼 절뚝거린다는 것을 알아챘다.

성문다리에서 찰랑거리는 검정 치맛자락과 기다란 흰 버선목이 맞닿아 있었고, 흰 고무신을 신고 있었다. 미색 저고리를 입고 있었고, 얼굴이 달걀형인데, 새로 들인 머슴인 나를 정면으로 보지 않으려고 눈을 내리깔고 있었다. 촘촘 땋아 늘인 머리채는 허리에까지 내려와 있고, 그 끝에는 가느다란 흰 댕기가 감겨 있었다. 상중(喪中)이었다. 어머니를 잃은 지 오래지 않았고, 그 어머니 대신 집안 살림을 맡아하고 있는 것이었다.

밥상을 가운데 두고 순이 아배와 내가 마주 앉았다.

나는 배가 고파 있었으므로 그 밥을 달게 먹었다. 쌀알이 가끔 보이고 노르끄레한 보리알이 대부분인 밥을 먹으면서 생각했다. 이 밥은, 내 몸과 영혼을 판 결과로 얻은 것이다. 부끄러워하면서 고개를 깊이 떨어뜨린 채 밥을 먹었다. 초영에게 부끄러웠고, 아버지와 어머니에게도 부끄러웠다. 내 속의 시꺼먼 놈이 '아니야' 하고 나를 타일렀다. '부끄러워하지 마라. 성공을 준비하기 위하여 너는 지금 여기에 있는 것이다.'

귀공자

밥을 먹고 나자 어둠이 짙어졌다. 나는 머슴답게 밥상을 부엌으로 들고 들어가 부뚜막에 놓아주었다. 설거지통 앞에 붙어 서 있는 앳된 여자의 검정 치맛자락 뒤편에 부뚜막은 있었다. 그녀는, 내 인기척을 느꼈을 것임에도 뒤돌아보지 않고, 희미한 초롱불빛 속에서 설거지만 하고 있었다.

안방 문을 등지고 앉은 주인어른에게 내일 아침에 뵙겠다고 아뢰고, 가방을 들고 대문간을 향해 몸을 돌렸다. 순이 아배가 앞장서서 나를 안내했다.

"안주인은 작년 가을에 돌아가시고 주인어른이 막내딸하고 둘이서 사네. 딸은 중학교만 졸업시키고…… 고등학교도 넉넉하게 보내줄 수 있을 것인디 그냥 시집보낼라고 주저앉혔네. 박상태 저 어른은 부잣집 아들로 귀하게 자라놔서, 지푸라기 하나도 손대지 않고 사네. 이런 머슴 저런 머슴, 이런 놈 저런 놈을 많이 부려본 어른이라 근엄하고 청결하고 분명하네. 저 양반 눈에 들려면, 눈 속이지 않고 착하고 정직하고 부지런하고, 하나에서 열까지 확실해야 될 것이네."

나는 주인 남자가 지나칠 만큼 청결하고 까다롭고 인색한 부잣집 후예인 모양이라고 생각했다. 아직 머슴이 들어서지 않고 있는 까닭이 청결함과 까다로움과 인색함 때문 아닐까.

회관 관리실에는 얼굴 거무튀튀한 내 또래쯤의 청년 한 사람이 석유 등잔불을 밝혀놓고 앉아 있었다. 순이 아배의 소개에 따라 청년과 나는 수인사를 했다.

마을의 '4H클럽' 회장 김춘석, 그는 등잔불빛을 등진 채 내 얼굴과 차림을 뜯어보았다. 나는 그의 예리한 눈길을 피해 얼굴을 떨어뜨렸다. 그는 자꾸 나와 눈길을 맞추려고 들었지만, 나는 눈을 내리깔면서 피했다. 서로의 눈길이 마주치면, 내 모든 것이 들통나버릴 듯싶었다.

그는 내 피곤해함을 느꼈는지, 나를 위해 자리를 폈다. 요는 없고 이불만 한 채 있었다. 우리는 목침 한 개씩을 베고 나란히 누웠다. 밖에 바람이 지나가고 있었다.

그는 천장을 쳐다보면서 말했다.

"나는, 이장님이 이 4H클럽 일을, 마땅하게 맡길 만한 사람이 없다고 한사코 들이밀어서 하고 있습니다. 보충역이라 군대에도 가지 않은지라."

나는 눈을 감았다. 그가 말을 이었다.

"내가 사람을 잘 보는데, 한차봉씨, 귀공자 같은 사람이 어떻게 머슴살이를 한다는 것이요? ……아버지하고 싸우고 뛰쳐나왔지요?"

나는 눈을 감고 자는 체해버렸다.

머슴 시험

눈을 떠보니 창문이 하얬다. 화닥닥 일어나 내의를 갈아입고, 수건을 목에 걸치고 나갔다. 마을 앞의 공동우물에서 흘러나오는 도랑물로 얼굴을 씻고 수건으로 물기를 훔치면서 주인집으로 갔다.

주인 남자는 나를 기다리고 있다가 명령했다.

"차봉이, 마당 좀 쓸어라."

마당에는 쓸어야 할 것이 아무것도 없었다. 그렇지만 그 마당을 쓸어야 하는 것이었다. 시험이므로.

마당 한가운데에 선 채 사방을 살폈다. 싸리비가 헛간 벽에 기대서 있었다. 그것을 들고 집 안의 구조를 둘러보았다. 주인은 안방 툇마루에 앉은 채 지켜보고 있었다. 나는 안채의 안방과 부엌 쪽으로 엉덩이를 돌린 채 외양간과 헛간과 변소 쪽을 향해 쓸기 시작했다.

주인 남자는 '어험!' 하고 헛기침을 했다. 마당 쓰는 요령으로 보아 머리가 잘 돌아간다고, 생각하고 있는 듯했다. 부엌에서는 그릇 딸그락거리는 소리가 들렸다.

나의 마당 쓸기는 헛간 앞의 두엄 더미 앞에서 끝이 났다. 내가 싸리비를 헛간 벽에 기대세우고 나자 주인 남자가 말했다.

"외양간에 가서 쇠죽 퍼주고 나서, 내일 아침까지 먹일 쇠죽을 쒀놓고 아침밥을 먹소. 농촌에서는 항시 소가 우선이네."

외양간으로 들어가자 누워 있던 소가 벌떡 일어섰다. 마당에 비친 샛노란 아침햇살이 외양간과 부엌 안을 어슴푸레하게 밝히고 있었다.

털이 검붉은 황소였다. 굵은 회흑색의 뿔이 가로로 뻗어 있고, 이마에 거무스레한 곱슬머리가 돋아 있고, 눈이 매서웠다. 노간주나무 가지로 만든 코뚜레는 엄지손가락보다 더 굵고 질기고 튼튼했다.

황소가 고개를 약간 숙인 채 거연하게 나를 보았다. 황소 특유의 신성(神性)이 생각났고, 황소가 두려웠다. 내 속의 시꺼먼 놈이 말했다.

'이놈은 아버지를 배반하고 집을 뛰쳐나온 너의 속내를 훤히 뚫어보고 있다. 황소는 암소에 비하여 성질이 사납다. 부리는 사

람이 자기 마음을 상하게 할 경우 그 사람을 뿔로 받아 살해하는 수도 있다.'

그 황소와 사귀지 않으면 안 된다고 생각했다. 앞으로 그놈을 이용하여 쟁기질을 해야 하는 것이다. 그놈의 이마를 향해 손을 내밀었다. 황소가 이마를 숙이면서 뿔로 받으려고 들었다.

"이 자식아! 나 착한 사람이야" 하고 말하며 손으로 이마를 긁어주고 볼과 눈 가장자리를 긁어주었다.

황소가 나의 호의를 거연하게 받아들였다. 나는 그놈에게 적의가 없음을 보여주기 위해 그놈의 멍에자리와 등을 긁어주었다.

아궁이에 불을 지펴 쇠죽솥을 데웠다. 묽은 김이 났다. 고소한 냄새가 피어올랐다. 쇠죽을 듬뿍 퍼서 구유에 담아주었다. 황소는 주둥이를 구유 속에 넣고 먹기 시작했다. 그놈 앞에 쪼그려 앉았다. 그놈에게 내 얼굴을 보여주기 위해서였다. 모든 동물들은 자기에게 먹이를 주는 주인에게 복종하는 법이므로.

한동안 쪼그려앉은 채 내 얼굴을 그놈의 눈에 비춰주다가, 낮과 저녁과 아침에 먹일 쇠죽을 쑤기 시작했다.

안채의 부엌문 앞에 놓인 구정물통을 들어다가 쇠죽솥에 부었다. 아궁이에 장작불을 지펴놓고, 짚 썬 것, 쌀겨, 콩껍질, 마른 옥수숫대 썬 것들을 가져다 솥에 넣었다. 아궁이에 장작불을 모아놓았을 때, 내 속의 시꺼먼 놈이 말했다.

'저놈을 제압해야 한다. 거연한 눈빛으로.'

나는 쇠죽을 먹고 있는 황소 앞에 우뚝 서서 그놈의 눈을 노려보며 말했다.

"나 잘 봐줘라. 내가 너를 부릴 마당쇠다! 책상물림이라고 깔보지 마라. 나, 이래 뵈도, 쟁기손을 잡았다 하면 아주 짭짤하게 일을 부리는 놈이다."

황소는 내 말을 아랑곳하지 않고 쇠죽만 먹었다.

아침밥 먹으려고 안채 모퉁이의 툇마루로 가자, 주인 남자가 말했다.

"우리 집 소, 성깔이 대단하네. 자네가 휘어잡고 부릴 수 있을지……"

두번째 시험

주인의 딸이 개다리소반을 툇마루로 들어다주었다.

개다리소반에는 쌀알이 가끔 한 개씩 보이는 뚝뚝한 보리밥 한 그릇과 냉잇국과 김치와 깍두기가 놓여 있었다.

숟가락을 집어드는데 주인 남자가 나에게 "다음 끼부터는 차봉이가 부엌에서 밥상을 손수 가져다가 먹도록 하소" 하고 나서 부엌을 향해 말했다.

"너는, '차봉씨 밥 차려놨습니다', 하고 알려주기만 해라."

"네, 알겠습니다."

내가 숟가락을 드는데, 주인 남자가 말을 이었다.

"아침밥 먹고는 앞집 순이 아배하고 함께 가서, 보리밭에 거름 놓고 북을 주도록 하소."

 화학비료 한 부대와 소쿠리와 삽과 괭이를 바지게에 짊어지고 나섰다. 순이 아배가 앞장서 갔다. 들판의 보리밭들이 파래지고 있었다.

 앞산 언덕 동북쪽 기슭에 주인네의 사래 긴 보리밭이 있었다. 밭머리에 지게를 받쳐놓고 거름부대를 내렸다. 순이 아배가 소쿠리에 거름을 부으라고 명했다. 그가 거름을 뿌렸고, 나는 삽으로 두둑의 흙을 파서 보리 뿌리에 북을 주었다.

 한 이랑의 북을 주었을 뿐인데, 허리가 끊어지는 듯 아팠다. 허리를 펴고 쉬는데, 밭머리에 희끗한 그림자가 어른거렸다. 주인 남자가 흰 구두에 흰 두루마기에 흰 중절모를 쓰고 감색 지팡이를 짚으면서 걸어오고 있었다. 흰 중절모에게서 주인 남자의 권위와 삶의 반듯반듯한 규모를 읽었다.

 주인 남자는, 새로 들인 머슴이 과연 일을 잘하고 있는지, 일 년 농사를 맡길 수 있겠는지 살피고 있었다.

 주인 남자가 다가올 때까지 쉬고 있을 수 없어, 삽을 들고 북을 주기 시작했다. 게으름 피운다는 말을 듣고 싶지 않았다. 이제는 허리뿐 아니고, 옆구리와 어깨와 등짝이 아리고 쓰라렸다.

 고향의 아버지 어머니 밑에 살면서 보리밭에 북을 줄 때에는, 이렇게 눈치를 보면서 힘들게 하지 않았다. 흰 구름 떠 있는 하늘로 종달새가 날았고, 들 건너의 하얀 차도 위로 버스가 달려가고 있었다. 바람이 달려와서 내 쑥대처럼 긴 머리카락을 헝클어뜨렸다.

  삽으로 흙을 떠서 보리 위에 뿌리고, 다시 흙을 떠서 뿌리기를 거듭해야 하는, 지루하고 힘든 동어반복의 노동으로 인하여 온몸에 땀이 솟았고, 나는 웃옷을 벗어던졌다. 내가 동어반복 같은 일을 계속하는 것을 지긋지긋해한다는 것을 잘 아는, 내 속의 시꺼먼 놈이 나에게 빈정거렸다.

  '이따위의 일을 일 년 동안 참고 해낼 자신이 있느냐?'

  나는 이를 악물고 대답했다.

  '그럼 해야지, 한번 하기로 작정했으니까.'

  주인 남자는 밭머리의 석축 위에 엉덩이를 붙이고 앉은 채, 일하는 나를 지켜보고 있었다. 그의 눈길 속에 포획된 채 나는 안간힘을 쓰면서 삽질을 하고 또 했다.

  허리 아픔을 참고 거듭 북을 주는 나에게 내 속의 시꺼먼 놈이 물었다.

  '너는 지금 어디 있는 거니?'

  얼른 대답하지 못하고 하늘을 쳐다보았다. 내 속의 시꺼먼 놈이 '너 지금 지옥에 있다' 하고 말했다.

  지옥에서 형벌을 받은 시시포스를 떠올렸다. 바윗덩이를 굴리고 올라가서 산정에 올려놓으면 굴러떨어지고, 또 사력을 다해 밀고 올라가서 올려놓으면 다시 굴러떨어진다. 그것을 또다시 밀고 올라가야 하는 영원한 형벌을 받은 시시포스. 왜 이 형벌을 받았는가. 아버지를 거역한 죄에 대한 형벌이다. 왜 아버지를 거역했는가. 이 세상에 아버지라는 권력자는 무엇인가. 지금의 나는 무엇인가. 삽으로 흙을 떠서 보리에 뿌리고 또 떠서 뿌리는 동어반복의 형벌을 받은 한차봉이다.

주인집 딸

이튿날부터는 나 혼자서 보리밭에 거름을 놓고 북을 주었다. 주인 남자는 오전 한 차례 오후 한 차례씩 순찰을 했다.

밭에서 푹 지친 나는 황혼을 등에 짊어지고 주인집으로 돌아왔다.

공동우물에서 도랑으로 흘러내리는 물로 얼굴과 손발을 씻고 대문간으로 들어오는데, 바야흐로 주인의 딸이 툇마루 위에 밥상을 가져다놓고 있었다.

제 아버지가 '다음부터는 차봉이가 부엌에서 밥상을 가져다가 먹도록 하라'고 명했는데, 왜 저 여자가 밥상을 가져다놓고 있을까.

그녀의 거짓말처럼 절뚝거리는 다리를 살피는데, 부엌을 향해 돌아서는 그녀의 눈길이 나에게로 날아왔다. 눈길이 마주치자마자, 그녀는 재빨리 눈길을 거두어갔다.

그녀는 눈꺼풀이 약간 부석부석한 듯했고 목이 길었다. 미색의 저고리 섶 사이로 도도록한 가슴을 감싼 하얀 치맛말이 들여다 보였고, 그것은 내 가슴을 서늘하게 했다. 그녀의 검은 치맛자락은 종아리에서 찰랑거렸고, 흰 고무신 속에 들어 있는 버선 신은 발은 새처럼 작았다. 치맛자락 끝과 맞닿도록 긴 흰 버선목이 슬프게 느껴졌다.

순이 아배가 하던 말이 생각났다.

"박상태 어른한테 걱정이 하나 있어. 막내딸을 얼른 여의려는데 마땅한 자리가 없어. 눈에 뻔히 드러나는 흠결이 있어놔서, 속 아는 자리에다 줄라고 하는디…… 마땅한 총각이 없어…… 땅을 얼마쯤 채워준다는디도……"

나는 내가 그 집의 사위가 되는 상상을 했고, 내 속의 시꺼먼 놈이 '흥' 하면서, 주책없는 놈이라고 나를 비웃었다.

주인 남자는 안방 문을 반쯤 열어놓고, 밥상 받은 나를 향해 말했다.

"뒷골에 밭 한 자리가 또 있네."

"알겠습니다."

밥상을 부엌의 부뚜막 위로 들어다주며 잘 먹었다고 말했다. 그녀는 대답하지 않고 희미한 석유 초롱 불빛 속에서 설거지만 하고 있었다. 그녀에게서 날아오는 분향을 맡으며 몸을 돌렸다.

쇠죽을 쒀놓고, 사립 밖으로 나가려다가, 안채를 향해 몸을 돌렸다. 집 들고 날 때마다 반드시 주인 남자에게 인사를 하라고 한 명령을 생각했다.

안방과 모퉁이 방문이 환했다. 안방은 주인 남자가 거처하고 모퉁이방은 딸이 거처하는 방이었다.
안방을 향해 말했다.
"저 자러 갑니다. 안녕히 주무십시오."
밤인사 하기를 기다리고 있기라도 했던 듯 주인 남자가 문을 벌컥 열고 말했다.
"내일까지는 보리밭에 북을 주고, 모레부터는 논갈이를 해야 하네."
"알겠습니다" 하고 대답했을 때, 내 속의 시꺼먼 놈이 곧, 아버지를 거역하고 남의 집에서 머슴살이를 하는 나와, 그러한 나를 거역하지 않고 수용하는 나 스스로와 세상을 향해 반발했다.
'쓰팔, 내일의 일, 모레의 일은 내일, 모레 생각하면 되는 것이다. 오늘은 죽음처럼 깊이 잠들고 보는 것이다. 지금의 나는 한승원의 시간을 살고 있는 것이 아니고 한차봉의 시간을 살고 있는 것이다. 지옥에 간 시시포스처럼 똑같은 일을 쉬지 않고 거듭해야 하는 동어반복의 형벌을 받고 있는 것이다.'
진한 가지색깔의 하늘에 별들이 수런거렸다. 푸른 별, 누른 별, 붉은 별. 별들 속에서 초영의 얼굴이 떠오르고, 이어 아버지 어머니와 동생들의 얼굴이 스쳐 지나갔다. 지금 누군가가 저 별들을 쳐다보면서 나를 생각하고 있을까.
가슴 한구석에서 슬픈 물결이 일어났다. 나는 실패를 준비하고 있는가, 성공을 준비하고 있는가. 내 속의 시꺼먼 놈이 투덜거렸다. '쓰팔, 그것도 내일 생각하자.'

공범자

　보리밭 북 주기를 마친 날 밤 잠결에 오금을 긁었다. 시원함과 화끈거림과 쓰라림을 맛보면서 다시 잠이 들었다.

　얼굴을 씻고 나서 물에 비친 얼굴을 보니 눈썹이 모두 빠져 있었다. 콧잔등이 무너져 있었다. 살갗을 꼬집으니 감각이 없었다. 무논에서 쟁기질을 하고 있는데, 순경 한 사람이 걸어왔다. 소록도로 가야 한다며, 내 손목에 수갑을 채웠다. 주인 남자와 그의 딸과 순이 아배와 마을 사람들이 끌려가는 나를 바라보며 손가락질을 하고 있었다. 침을 뱉으며 나를 욕했다. 그냥 이렇게 끌려가면 안 된다고, 도망쳐야 한다고 생각했다. 소록도로 끌려 가더라도, 그 사실을 고향집 어머니 아버지에게 알려야 한다고 생각했다. 고향으로 달아나야 한다며 몸을 돌리는데, 몸이 말을 들어주지 않았다. 발도 떨어지지 않았다. 안간힘을 쓰고 몸부림을 치다가 눈을 번쩍 떴다. 꿈이었다. 새벽달빛이 서창에 비치고 있었다.

　무논에 쟁기질을 하기로 한 날인데, 덧난 오금의 환부가 걸음 걸이를 불편하게 했다. 여름이 빨리 왔으면 좋겠다고 생각하며, 우물 아래 도랑에서 얼굴을 씻었다. 물에 비친 얼굴을 유심히 살폈다. 눈썹도 그대로 있고 콧잔등도 무너지지 않았다.

　아침밥을 먹다가 깜짝 놀랐다. 거죽은 노르끄레하고 뚝뚝한 보리밥이었는데, 몇 숟가락 떠먹고 나자, 하얀 쌀밥이 불거진 것이었다. 눈앞이 아찔했다.

그 밥에 딸의 헤아릴 길 없는 음모가 담겨 있다고, 내 속의 시꺼먼 놈이 말했다. 딸이 아버지의 눈을 속이면서, 머슴에게 쌀밥을 먹이고 있는 까닭이 무엇이겠는가.

가슴이 수런거렸다. 아버지를 거역하고 있는 딸의 가슴이, 아버지를 거역하고 나온 나를 어질어질하게 만들고 있었다.

한동안 흰쌀밥을 들여다보고 있는데, 내 속의 시꺼먼 놈이 '좌우간, 빨리 먹어라! 주인 남자에게 흰쌀밥 들통나기 전에' 하고 말했다. 서둘러 먹었다. 그 딸의 태도는 전날부터 수상했었다, 하고 내 속의 시꺼먼 놈이 말했다.

보리밭으로 새참을 가지고 나온 딸은, 얼굴을 약간 숙인 채 한쪽 손으로 차양을 만들어 자기의 내리깐 눈을 가렸었다. 내가 새참을 먹는 동안 그녀는 밭둑에 앉아서, 샛노란 민들레꽃을 들여다보고 있었다.

개다리소반을 들고 부엌으로 들어가 부뚜막에 놓는데, 그녀에게서 알 수 없는 친근한 기운이 건너왔다. 거역한 자의 가슴은 거역하는 자의 가슴과 교통하고 교감한다, 하고 내 속의 시꺼먼 놈이 말했다.

마당으로 나와 쟁기질하러 갈 채비를 하는데, 자꾸 눈앞에 하얀 쌀밥이 떠올랐다. 내 일거수일투족에 그녀의 시선이 걸려 있는 듯싶었고, 내 걸음걸이는 균형을 잃고 기우뚱거렸다.

세번째 시험

해가 앞산 마루에 걸려 있었다. 화단에 샛노란 수선화 여남은 송이가 피어 있었다. 꽃나무들을 둘러싸고 있는 하얀 조약돌들이 예닐곱 개 있었다. 차돌멩이들이었다. 내 속의 시꺼먼 놈이, 그 차돌멩이 하나를 호주머니에 넣으라고 말했다.

그것을 집어넣고, 쟁기를 지게에 얹는데 주인 남자가 물었다.

"그 돌멩이는 무얼 하게 호주머니에 넣는가?"

주인 남자는 흰 구두에 흰 두루마기에 흰 중절모를 쓰고 감색 지팡이를 짚고, 나를 따라나서려 하고 있었다.

당황한 채 대답했다.

"쓸 데가 있습니다."

한 부잣집의 머슴을 자꾸 깔보고 뿔로 받으려 하는 황소가 있었다. 지나가던 스님이 그 머슴에게 꾀 하나를 가르쳐주었다.

'차돌멩이를 주머니 속에 감추고 있다가, 황소가 뿔로 받으려고 고개를 숙일 때, 그것으로 뿔을 내리쳐서 그놈의 기를 죽여라. 한 번 그렇게 한 뒤에는 절대로 그 차돌멩이를 황소에게 보여주어서는 안 된다.'

머슴은 스님이 가르쳐준 대로 했다. 황소가 부르르 진저리를 치고 뒤로 물러섰고, 이후로는 황소가 머슴을 받으려 하지 않았다.

주인 남자가 물었다.

"차봉이 쟁기질을 할 줄 안다고 했었지?"
"고향집에서 해보았습니다."
"고향집 소는 암소냐 황소냐?"
"암소입니다."
"황소 다루기는 암소보다 쉽지 않다."
나는 대꾸하지 않고 쟁기짐을 짊어진 뒤 황소에게 "이랴!" 하고 굵은 목소리로 근엄하게 명령했다.
황소가 거연한 걸음걸이로 앞장서서 대문간을 나갔다. 나와 황소 사이에 긴장감이 감돌았다. 시꺼먼 놈이 말했다.
'황소 이 자식이 너에게 텃세를 한다.'

주인의 논은 마을 앞의 들 한가운데에 있었다. 논바닥에는 둑새풀과 바랭이풀과 미나리아재비풀 들이 파랗게 자라 있었다.
논머리에 쟁기를 내렸다. 황소는 먼 산을 보고 있었다. 시꺼먼 놈이 말했다.
'이 자식이 딴전을 피운다.'
황소의 고삐를 끌어다가 발에 감고 보를 그놈의 등에 걸쳤다.
황소가 고개를 휙 내둘러 보 입기를 거부하면서, 내 몸을 한 바퀴 돌았다. 고삐가 내 허리를 감았다.
나는 기분이 상했지만 참고, 다시 소를 끌어다가 내 앞에 세운 다음, 고삐를 왼발에 감고 보를 소의 등에 걸쳐얹었다. 소가 또 고개를 휘휘 내젓고 나서, 나를 한 바퀴 돌았다.

"그놈이 너를 깔보고 있다."

논둑에 선 주인 남자가 말했다.

나는 화가 치밀었다. 가슴이 두근거렸다. 내 속의 시꺼먼 놈이 말했다.

'이놈이 기 싸움을 하고 있다. 이놈을 제압하지 못하면 쟁기질을 할 수 없게 된다.'

나는 고삐를 바투 잡고 소의 볼과 이마와 눈두덩을 긁어주었다. 근엄한 목소리로 소에게 말했다. 긴장으로 인하여, 내 목은 바싹 밭아 있었다.

"이 자식, 까불면 나한테 혼난다!"

황소의 한쪽 뺨을 툭툭 쳐주고, 새로이 고삐를 왼발에 감고 보를 소의 등에 걸쳐입혔다. 황소가 별로 내키지 않는 어정쩡한 자세로 보를 받아들였다.

목에 멍에를 걸고 배때기에 줄을 묶었다. 배때기 줄은 쇠가죽으로 꼰 것이었다. 쟁기머리의 비녀와 보의 88고리를 잇고 새끼줄로 동여묶었다.

시꺼먼 놈이 말했다.

'너도 한사코 거연하게 대해라. 목소리를 가늘게 내지 말고, 굵고 퉁퉁하게!'

내가 근엄한 목소리로 소에게 명령했다.

"이랴!"

황소는 쟁기를 의젓한 몸짓으로 끌었고, 보습은 약간 무른 회흑색의 논바닥을 갈아엎으며 나아갔다.

이른 봄 소는 천천히 부려야 한다던 아버지의 말을 떠올리면서 두 이랑을 갈고 나서 쉬었다. 황소도 힘이 든 듯 숨을 가쁘게 쉬었다.
황소의 뒷목에 건 멍에를 들어 등으로 젖혀놓고, 멍에자리를 주물러주고 논둑에 엉덩이를 붙이고 앉았다.
하늘은 푸르렀다. 흰 구름이 남에서 흘러왔다. 그 구름 흘러오는 쪽에 고향집이 있었다.
우리 집 논은 누가 갈까. 어머니가 쌀 몇 되를 미리 승해네 집에 퍼다주고 예약을 할 것이다. 승해는 또 그 약속날짜를 어기고 다른 사람의 논을 갈아주러 가버림으로써 아버지의 속을 상하게 할 것이다. 아버지는 울화를 주체 못하고 절뚝거리면서 논둑을 걸어다니고, 작은아들이 쟁기질해주던 것을 생각하며, 작은아들의 거역과 가출과 불효를 원망할 것이다.
"이랴!"
한차봉으로 살고 있는 내가 미웠다. '너는 무엇이냐' 하고 내 속의 시꺼먼 놈이 책망했다. 그 책망이 나를 포악하게 만들고 있었다. 순조롭게 쟁기를 잘 끌고 있는 황소를 향해, "이랴!" 하고 버럭 소리를 지르면서 고삐로 내리쳤다. 황소가 고개를 번쩍 쳐들고 내달렸다. 쟁기보습과 쟁기머리를 잇는 쇠고리에서 삐거덕거리는 소리가 났다.

그때 오금의 환부가 가려워지기 시작했다. 긁어대고 싶었지만, 쟁기손을 잡고 있는 까닭으로 긁을 수 없었다. 순간, '이렇게 살아 무얼해!' 하고 내 속의 시꺼먼 놈이 말했다. 나는 덩달아, 성공을 준비하지 못하고 실패를 준비하고 있는 나의 모든 것이 파괴되었으면 좋겠다는, 세상이 왕창 무너져버렸으면 좋겠다는 생각이 들었다.

미친 듯이 고삐를 내리치며 '이랴!' 하고 소리쳤다.

황소는 자기의 뼈가 부서지는지 쟁기가 부서지는지 내기를 걸기라도 한 듯 있는 힘껏 쟁기를 당겼다.

논둑 끝에 이른 황소를 되돌릴 때, 황소는 씨근거리면서 나를 노려보았다. 나도 지치고 황소도 지쳤다. 논머리로 나와서 소를 세웠다. 황소의 입마개를 벗기고 쟁기 위에 얹어가지고 온 봄배추 두 다발을 주둥이 앞에 놓아주었다.

논둑에 앉아, 옷 위로 오금의 환부를 힘껏 눌러대면서 긁적거렸다. 얼굴을 일그러뜨린 채 시원함을 즐기면서, 동시에 화끈거림과 쓰라림을 감내했다. 습진에 시달리고 있는 내 운명을 저주하며 계속 긁적거렸다.

유혹

환부가 계속 화끈거리고 쓰라렸다. 오금의 환부를 긁어놓은 것을 후회하며 얼굴을 찡그렸다. 남쪽에서 하늘에 흰 구름 한 점이 떠오고 있었다.

목이 컬컬했다. 아버지가 주막에서 받아다 주던 막걸리가 생각났다. 주인 남자의 모습은 보이지 않았다. 내가 쟁기질에 몰두하고 있는 사이에 어디론가 가버렸다. 다행이다. 주인이 있었으면 내가 오금의 환부 긁어대는 것을 보았을 터이다.

밭은 침을 삼키고 혀를 내둘러 말라 있는 입술을 적시는데, 주인집 딸이 농로를 걸어오고 있었다. 검정 통치마에 흰 저고리를 입은 채, 흰 보자기 덮인 함지박을 머리에 이고, 손에 파르스름한 술병을 들고 거짓말처럼 절뚝거리면서.

아침에 먹은 흰쌀밥이 눈에 어른거렸다.

그녀는 한 손으로 머리에 인 함지박 가장자리를 잡고 눈을 내리깐 채 내 옆으로 왔다. 나는 다가오는 그녀의 콧등과 볼에서 몇 개의 주근깨를 발견했고, 엉거주춤 몸을 일으켰다. 내 속의 시꺼먼 놈이 말했다.

'이 여자도 하루 세 끼 밥을 먹어야 하고, 한 달에 한 차례 월경을 치러야 하고, 하루 한 차례 측간에 앉아 있어야 하고, 한두 시간 만에 한 번씩 쪼그려앉아 오줌을 누어야 하고, 더우면 땀을 흘려야 하고, 벌거벗고 멱을 감아야 한다.'

그녀는 새치름한 표정으로, 두 무릎을 나란히 맞대어 굽히고 조심스럽게 쪼그려앉으며, 손에 든 술병을 내 발 앞에 내려놓고 두 손으로 함지박을 내려놓았다. 그녀에게서 상큼한 분향이 날아왔다. 나는 먼 하늘을 쳐다보기만 했다.

그녀는 마을을 향해 돌아서서 스무남은 걸음 나아가다가 멈추어 섰다. 내가 새참 다 먹기를 기다렸다가 그릇을 가지고 돌아가려는 것이었다.

나는 함지박에 덮인 보자기를 걷어냈다. 파전과 물김치가 있고 흰 사발이 들어 있었다. 사발에 술을 따랐다. 한 사발을 들이켜고 파전을 먹었다.

또 아침에 먹은 흰쌀밥이 눈앞에 어른거렸다. 그녀는 논둑에 쪼그리고 앉아 진한 자주색의 나발나물 꽃송이를 내려다보고 있었다.

치맛말로 동인 그녀의 도도록한 가슴이 저고리 섶을 들치고 나온 것이 슬프고, 쪼록쪼록 땋아 늘인 검은 머리채가 흰 저고리와 검정 치맛자락의 주름이 겹치는 어름에서 찰랑거리는 것이 슬프고, 그 머리채 끝에 묶여 팔랑거리는 흰 댕기가 슬프고, 까만 검정 치맛자락 끝에 닿을락 말락 하는 기다란 흰 버선목과 물새처럼 자그마한 흰 고무신이 슬펐다.

술 한 사발을 더 따라 들이켜고 나서, 슬퍼 보이는 그녀의 검정 치맛자락 끝과 만나고 있는 흰 버선목과 물새 같은 흰 고무신을 바라보았다. 거기에 초영의 얼굴이 겹쳐졌다.

내가 어릿어릿한 술기운 속에서 쟁기질을 하기 시작하자, 그녀는 함지박을 머리에 이고 빈 술병을 들고 마을로 들어갔다. 상처입은 사슴처럼 약간씩 절뚝거리며.

주인 남자의 마음속에 암수가 들어 있다고, 내 속의 시꺼먼 놈이 말했다. 딸과 나를 단둘이서 만나게 하고 있는 것이다. 딸의 가슴속에 너를 집어넣으려 하고 있다.

나는 혀를 아프게 깨물었다.

초영의 말을 떠올렸다. "사람들 가운데는 실패를 준비하는 사람들도 있고 성공을 준비하는 사람들도 있어요."

문득 내 속의 시꺼먼 놈이 반발했다. 내게는 성공을 준비하는 삶이 실패를 준비하는 삶이고, 실패를 준비하는 삶이 성공을 준비하는 삶이다. 그 생각이 나를 격앙되게 하고 있었다. 순간 오금의 환부가 가렵기 시작했다. 소를 멈추어놓고 옷 위로 오금을 힘껏 누르면서 긁적거리며 시원함을 맛보고 싶었다. 이를 악물고 참았다. 쟁기질에 몰두함으로써 가려움을 잊어버리자고 생각했다.

"이랴!"

목청을 높여 소리치며 고삐로 황소를 내리쳤다. 황소가 전보다 더 빨리 쟁기를 끌며 나아갔다. 시꺼먼 놈이 계속 쫑알거렸다.

'성공을 준비하는 삶을 기록한 것은 전기소설이지만 실패를 준비하는 삶을 기록하는 것은 진짜 소설일 터이다. 그래, 그렇다.'

"이럇!"

나는 소리를 버럭 지르면서, 다시 고삐로 황소의 옆구리를 쳤다. 황소가 자기 힘을 보여주겠다는 듯 힘껏 내달렸다. 그런 황소의 옆구리를 거듭 갈기며 외쳤다.

"이랴아!"

황소가 "응!" 하고 안간힘을 쓰면서 고개를 하늘로 쳐들었고, 황소의 가슴과 배가 부풀어올랐고, 땅에 깊이 박힌 보습 끝에 무엇인가가 걸리는 듯싶었다. 소의 등허리가 활등처럼 휘어지면서 배때기 줄이 풀어졌고, 보의 줄이 우지끈 소리를 내면서 끊어졌다. 동시에 멍에가 벗겨졌다.

 깜짝 놀라 "워!" 하고 멈추어 설 것을 명령하며 고삐를 당겼다.

 황소는 화닥닥 뛰었다. 그놈의 갑작스러운 몸부림으로 말미암아, 나는 갈아엎어놓은 흙더미 사이를 헛디디고 넘어지면서 고삐를 놓쳐버렸다.

 황소가 내달렸다.

 나는 황소를 향해 "워! 워!" 하고 거듭 멈추어 서라고 명령하면서 쫓아갔다.

 황소는 마을로 달려갔다. 공동우물 앞길을 가고 있던 주인집 딸이 놀라 뒤돌아보았다. 황소를 발견하고 논둑 아래로 피했다. 성치 않은 발을 헛디디고 고꾸라지면서, 머리에 이고 있는 함지박을 떨어뜨렸다. 그것을 보는 순간, 나는 치밀어오른 울화로 인해 눈앞이 캄캄해졌다.

 황소는 외양간 속으로 들어가버렸다.

 내가 외양간 안으로 뛰어들어갔을 때, 황소는 흥분을 가라앉히지 못하고, 뿔로 무엇인가를 받아넘기려는 자세로 맴을 돌고 있었다. 두 눈동자에는 파랗게 불이 켜져 있었다.

 그것을 나는 신광(神光)이라고 느꼈다. 나는 겁이 났고, 동시에 울화를 주체할 수 없었다. 거기에는, 소에게서 무시당하고 있다는 생각, 주인집 딸을 논바닥에 고꾸라지게 했다는 생각, 실패를 준비하고 있는 나에 대한 자학이 똘똘 뭉쳐져 있었다.

내 속의 시꺼먼 놈이, 이놈에게 네가 얼마나 무서운 사람인지 본때를 보여주어야 한다고 말했다.

그 말에 전적으로 동의하면서 황소 앞으로 다가갔다. 황소가 고개를 숙이면서 뿔을 겨누었다. 나는 재빨리 뿔을 피하면서 고삐를 훔쳐잡자마자, 그것을 구유를 지탱하고 있는 기둥에 동여 묶었다. 왼손으로 코뚜레를 바투 잡아당기면서, 오른손으로 호주머니 속의 차돌멩이를 꺼내 손아귀에 쥐고 주먹을 번쩍 치켜들었다. 그놈의 한쪽 뿔을 냅다 내리쳤다.

황소가 진저리를 치면서 "끄음!" 소리를 냈다. 차돌멩이 움켜쥔 주먹으로 소의 뿔을 거듭 치고, 볼과 콧등을 두들겨팼다. 소가 "으음!" 하고 안간힘을 토해내며 몸을 떨었지만, 나는 소를 패고 또 팼다. 마침내 소의 코에서 피가 흘렀다.

그놈의 피를 보고서야, 소의 코뚜레를 놓고 구유 앞 바닥에 주저앉았다. 아버지의 목소리가 들렸다.

'미욱한 사람이 짐승을 때리는 법이다.'

나는 문밖에서 날아오는 흰 빛살이 싫어 눈을 힘주어 감았다. 실패를 준비하고 있는 내 가증스러운 모습이 부끄러워 견딜 수 없었다. 허공을 향해 눈을 감으며 "하아!" 하고 뜨거운 숨을 토해냈다.

눈을 뜨니 순이 아배가 외양간 부엌문 앞에 서 있었다. 그는 나와 소를 번갈아 보다가 말했다.

"이른 봄 소는 살살 달래감서 부려야 쓰는 법인디, 너무 되게 부렸구만! 그라고 소를 이렇게 패면 못써."

나는 말없이 쇠죽을 데워 구유에 퍼주었다. 황소는 나를 두려워하면서 쇠죽을 먹었다. 황소의 흰자위 많은 눈동자가 슬퍼 견딜 수 없었다.

고백

이날 저녁 주인 집 안에는 냉기가 돌았다. 읍내에 나갔다가 들어온 주인 남자가 순이 아배에게서, 머슴이 황소 학대한 이야기를 들은 것이었다.

"어흠, 어흠!"

주인 남자는 헛기침을 하면서, 안방으로 들어가 나들이옷을 벗고 평상복으로 갈아입은 다음 밖으로 나와 근엄하게 말했다.

"차봉이, 성격이 유한 줄 알았더니 거칠고 무서운 데가 있는 모양이네. 물론 혈기 때문인 줄 알지마는, 저 황소하고 한 해 농사를 지으려면 성질을 푹 늦추고 천천히 부드럽게 일을 해야 하네. 성질대로 하면 탈이 나는 법이야. 소는 농사의 정중앙에 있는 존재인데……"

"죄송합니다."

나는 이미 한차봉으로부터 한승원으로 돌아가고 있었다. 내 속의 시꺼먼 놈이 말했던 것이다.

'어두운 세상에서 너를 탈출시키는 것도 너이고, 거기에서 노예로 살게 하는 것도 너야.'

모퉁이방에는 환히 불이 켜져 있었다. 그녀의 까만 치맛자락 끝과 맞닿은, 거짓말처럼 절뚝거리는 다리의 발목을 가리는 기다란 흰 버선목이 떠올라 슬펐다.

"어르신, 저, 자러 가겠습니다. 안녕히 주무십시오" 하고 주인에게 밤 하직인사를 하고 회관 관리실로 가면서, 나는 하나의 세상과의 별리(別離)를 생각했다.

내 속의 시꺼먼 놈이 말했다.

'고향집 아버지에게로 돌아가서, 주인 남자가 쌀 여섯 가마니의 새경을 미끼로써 너를 부렸듯이, 네가 '초영이를 뛰어넘느냐 못 넘느냐 하는 내기'로써 너를 부린다면, 너는 시인도 될 수 있고 소설가도 될 수 있을 것이다.'

4H클럽 회장 김춘석이 방으로 들어서는 내 얼굴을 흘긋 살피고 말했다.

"한차봉씨, 오늘밤에는 얼굴이 밝네요."

나는 그와 마주 앉으면서 말했다.

"미안합니다. 제가 이때껏 김춘석씨를 속였습니다. 제 진짜 이름은 한승원입니다."

그가 고개를 끄덕거리고 말했다.

"막 만났을 때부터 그런 것 같았습니다."
내가 그에게 말했다.
"우리 술 한잔합시다."
그가 나를 마을 어귀에 있는 주막으로 이끌었다. 내가 술 한 주전자를 달라고 해서 마셨다.
"꾸중듣고 나오신 것인가요, 진학 문제 때문에 다투신 것인가요? 아버지 어머니가 얼마나 애타게 찾으시겠습니까?"
나는 대꾸하지 않고 한동안 술만 마셨다. 그는 술이 약하다면서 두 잔째를 받아놓고 나에게만 권했다.
"저는 말술입니다."
한 주전자를 다 비우고 다시 한 주전자를 청해 거듭 잔을 비우면서 말했다.
"사람들 가운데는 실패를 준비하는 사람이 있고 성공을 준비하는 사람이 있다는데, 저는 어느 쪽에 속한다고 생각됩니까?"
"글쎄요."
그는 신중한 사람이었다. 나는 취했고, 슬픈 목소리로 나의 속내를 털어놓았다.
"나하고 서로 마음을 나누다가, 나를 버리고 딴 남자를 마음에 두기 시작한 가시내가 하나 있는데, 그 가시내는 나를, 성공 아닌 실패를 준비하는 남자로 여기고 있습니다."
"실연을 당하셨군요."
"그 실연보다 더 큰 병이 들었어요. 문학병 말이요. 아니, 실존주의병이 들었어요. 저는 제가 마치 카뮈의 시시포스라도 되는 양 살아가고 있어요. 지옥에서 바윗덩이를 산 정상으로 굴리고 올라가는 형벌을 받은 시시포스 말입니다."

잠시 뜸을 들였다가, 고개를 깊이 떨어뜨린 채 "나 머지않아 소록도로 가게 될지도 몰라요" 하고 내 저주받은 운명을 토해내려 하는데, 김춘석이 "이제 그만 가십시다" 하고 나를 일으켜세웠다.

이별

이튿날 아침밥을 먹고 나서 주인 남자에게, 내가 아버지를 거역하고 가출했다는 것, 이제 집으로 돌아가겠다는 것을 말했다.

주인 남자는 껄껄 웃고 나서 말했다.

"첫눈에, 자네가 머슴살이나 하고 있을 사람이 아니라는 것을 알았었네."

가방을 어깨에 걸치고 일어섰다.

주인 남자는 그동안의 품삯이라면서 지폐 몇 장을 내밀었다. 당연히 받아야 함에도 불구하고 나는 도리질을 했다. 아버지 어머니가 물려준 내 몸과 영혼을 판 며칠 동안의 삶을 받아가고 싶지 않았다. 내 가방 속에는 보성에서 장흥읍까지의 차비는 있었다. 장흥읍에서 고향집까지의 팔십 리 길은 걸어서 갈 참이었다.

외양간에 가서 황소의 이마를 쓰다듬어주었다. 그놈의 눈동자에 내 모습이 비쳤다. 나는 그놈의 눈동자에 비친 나의 철 덜 든 오기와 그놈의 몸에 서려 있는 신성을 읽었다. 그놈에게 미안하다고 말하고 몸을 돌렸다.

주인 남자와 앞집의 순이 아배가 사립 앞까지 배웅을 해주었다.

그들에게 허리를 굽혀 인사하는데, 그녀가 바야흐로 부엌문 앞으로 나와 나를 바라보았다. 그녀의 검정 치맛자락 끝에 닿을락 말락 하게 긴 버선목과 물새 같은 흰 고무신이 나를 슬프게 했다.

골목길을 벗어나면서부터 총총히 걸었다. 들판을 건너 큰길로 나서다가 뒤를 돌아보았다. 마을 앞의 공동우물 둑에 그녀가 서 있었다. 노르끄레한 보리밥 속에서 불거지던 흰쌀밥을 떠올리는데, 내 속의 시꺼먼 놈이 그녀를 향해 손을 흔들어주자고 말했다.

지팡이 자국

장흥에서 내려 남외리 김동화의 집으로 갔다. 김동화의 집은 텅 비어 있었다. 아침나절의 투명한 햇살만 쏟아지고 있었다. 나는 내 그림자를 디딘 채 서 있었다.

남새밭에 씨를 들이던 이웃집 아주머니가 말했다. 식구들이 모두 보리논에 북을 주러 갔다고.

석대들 한복판에 김동화네 논 두 필이 나란히 있었다. 보리 잎들이 찬란한 봄햇살을 되쏘면서 남풍에 팔랑거렸다. 김동화의 아버지 어머니가 보리에 거름을 놓고 북을 주고 있었다.

다가가서 인사를 하자 김동화의 어머니가 말했다.

"아이고 이 사람아! 시방 어디서 오냐? 어저께 느그 아버지가 여기 다녀가셨다…… 너 갔을 만한 데는 다 찾아다니신 모양이더라. 다리까지 불편한 몸으로…… 우리 집에 오면 틀림없이 니가 있을 것이라고 생각하고 오셨다가 막상 없은께 얼마나 낙심이 되는지, 너 서 있는 그 자리에 한참 동안 넋을 잃고 앉아 계시다가 가셨다…… 얼른 가봐라."

논둑에 듬성듬성 구멍이 뚫려 있었다. 그것들이 모두 아버지의 지팡이가 뚫어놓은 구멍들이다 싶었다.

눈으로 남풍이 날아들었다. 그 바람에 먼지가 섞여 있는 것도 아닌데 내 눈에서는 눈물이 솟았다. 눈물에 논둑이 굴절되었고, 나는 똑바로 걸을 수가 없어 비틀거렸다.

초상집

저녁노을이 한재고개 위로 벌겋게 타오를 무렵에 고향마을로 들어섰다. 집에 들어서자 바지게에서 거름부대를 내리던 남동생이 "어메, 작은성 오네!" 하고 소리쳤고, 부엌에 있던 어머니가 뛰어나오며 나를 얼싸안은 채 통곡했다.

"아이고 아이고! 내 새끼, 살아서 돌아왔네!"

방 안에 있던 동생들이 달려나오면서 덩달아 울어댔다.

외양간 부엌에서 절뚝거리며 나온 아버지는 왼고개를 튼 채 안방으로 들어가버렸다.

식구들이 그러는 까닭을 나중에 알았다.

산밖골 마을의 고등학교 갓 졸업한 청년이, 자기의 아버지에게 꾸중을 듣고 나서 산으로 올라가 목을 매달고 죽은 사건이 일어난 것이었다.

그 소문을 들은 어머니와 동생들은 뒷산 소나무숲속을 헤매 다니며 나를 찾았던 것이고, 아버지는 아픈 다리를 절뚝거리며 내가 갔을 만한 친척집과 친구들의 집을 이 잡듯이 뒤지고 다닌 것이었다.

안방으로 들어갔다. 아버지는 아랫목 봉창문 옆에 앉아 담배 대통에 담뱃가루를 넣어 다지고 있었다. 내가 들어가자 나를 외면하고 봉창 쪽으로 돌아앉았다.

아버지에게 절했다. 아버지는 나에게 등을 돌린 채, 천장을 쳐다보면서 원망 가득 들어 있는 목소리로 말했다.

"너 이놈, 여기가 어딘데 돌아왔냐! 내 집 사립에 발 들여놓지 않을 것처럼 매정하게 나간 놈이……"

목울음으로 인하여 말끝을 잇지 못했다. 아버지의 볼에 눈물이 흘러내렸다.

나는 말없이 무릎을 꿇은 채 고개를 숙이고 앉아만 있었다.

어머니가 따라 들어와 내 옆에 앉았다. 내 두 손을 끌어다가 한데 모아 잡았다. 어머니의 손은 떨고 있었다.

아버지가 말했다.

"너 장가들이고 분가시킬 때 채워줄라고 사둔 논 두 필 팔아줄 테니 대학을 가려면 가고, 그 돈으로 책장사를 하면서 문학 공부를 하려면 하고, 너 알아서 해라."

굵은 과(科) 사촌

감색 양복 차림을 한 채 직육면체의 여행가방 하나를 들고, 모교로 졸업장을 떼러 갔다.

서무과 창구에 남자 직원이 앉아 있었다. 나는 내 이름을 말하고, 삼 년 전에 납부하지 않은 등록금을 넣어주면서 졸업증서를 떼어달라고 말했다. 남자 직원은 서류를 뒤적거리다가 돈은 필요 없다고 되돌려주면서 졸업증서를 떼어주었다. 결손 처분이 되었다는 것이었다.

졸업증서를 받아들자마자, 도둑질이라도 한 사람처럼 교문을 빠져나갔다. 버스정류소를 향해 바삐 걸었다. 영산포역에서 밤 기차를 탈 참이었다.

동교를 건너 읍사무소 앞 로터리로 들어서다가, 어디선가 본 듯한 한 여인과 마주쳤다. 침 먹은 지네처럼 발을 멈추었다. 그 여인은 이미 멀리서부터 나를 알아본 듯 빙그레 웃으면서 고개를 까딱했다.

 머리칼을 목까지 길게 늘어뜨리고, 홀라풍의 갈색 치마 위에 미색의 코트를 걸치고, 자그마한 손가방을 손에 들고 있는 그 여인은 초영이었다. 단발머리 시절의 그녀가 아니었다. 의젓하게 성숙해 있었다. 그녀의 얼굴은 보송보송했고, 향긋한 비누 냄새가 날아왔다. 바야흐로 목욕탕에서 나온 것이었다.

 나는 어찌할 바를 모른 채 우두커니 서 있기만 했다.

 그녀는 자기 옆에 서서 기다리는 앳된 여자에게 "먼저 갈래?" 하고 나서 물었다.

 "어디 가는 길이어요?"

 "진학하려고요."

 "어느 대학 무슨 과요?"

 나는 빈정거리듯이 말했다.

 "굶은 과 사촌!"

 그녀가 무슨 말인지 알아듣지 못하고 반문했다.

 "굶은 과 사촌이라니요?"

 나는 대꾸하지 않고 웃기만 했다.

 그녀는 팔목시계를 들여다보더니 "우리 어디로 들어가요" 하면서 앞장섰다. 목욕탕 건물 옆에 중국음식점이 있었다. 점심때가 훨씬 지나 있었지만 나는 아직 빈속이었다.

 그녀는 탕수육을 시켜주었다.

 내가 물었다.

"지금 어디 있어요?"

참으로 애매한 물음이었지만, 그녀는 구체적인 대답을 했다.

"안양국민학교로 발령받았어요."

종업원 소년이 탕수육을 탁자 위에 놓아주었다. 그녀는 젓가락을 내 앞에 놓아주면서 말했다.

"어서 드세요."

나는 점심도 제때에 챙겨먹지 못하는 무능력한 동생이고, 그녀는 능력 있고 잔정 많은 누님이 되어 있었다. 젓가락을 들면서, 그녀가 오래전에 한 말을 떠올렸다. '세상에는 실패를 준비하는 사람이 있고 성공을 준비하는 사람이 있다고 했어요.'

그녀는 문밖을 향해 배갈 한 병을 가져오라고 말했다. 장난감 같은 배갈 술병을 들었다. 오종종한 잔을 내 쪽으로 밀어놓고 술을 따라주면서 물었다.

"굶은 과 사촌이라니요?"

나는 구체적으로 설명해주지 않을 수 없었다. '굶은 과(국문과)'에 '사촌'을 덧붙인 그것은 '문예창작학과'였다. 시나 소설을 기껏 써봐야 그것을 돈으로 바꾸어주는 사람이 없으므로 굶은 과의 경우처럼 굶을 수밖에 없다는 뜻이었다.

"문예창작학과, 어느 대학에 그런 과가 있어요?"

"서라벌예술대학 안에 있어요."

"거기 나오면 어디에 취직을 할 수 있는가요?"

그 학교 졸업하면 중학교 준교사 자격증을 준다더라고 말하려다가, 그냥 술을 들이켜기만 했다. 그냥 자격증만 줄 뿐, 발령을 보장해주지 않는 것이므로 내세울 것이 못 되었다. 술은 독했고, 금방 눈앞이 어질어질했다.

그녀가 말했다.

"주인이가 지금 삼학년이어요. 금년에 교생실습받으면 명년에 발령을 받을 거예요."

그녀가 말을 이었다.

"주성이 오빠는 한국전력에 들어갔어요."

이주성이가 하던 말이 떠올랐다.

'야, 너 밥벌이도 안 되는 시 쓰고 소설 써서 무얼 먹고 살려고 그러니? 내가 보기로, 너는 감성이 그렇게 예민하지도 않은 것 같은데……'

튀김 속에 들어 있는 고기가 딱딱한 나무껍질 같았다. 아, 모두들 성공을 준비하는데, 나 혼자만 실패를 준비하고 있다.

그녀는 지갑에서 가슬가슬한 지폐를 꺼내 탕수육과 술 값을 치렀다.

칠거리광장의 정류소 앞에서 그녀와 헤어졌다. 다리를 건너가는 그녀의 뒷모습을 바라보았다. 그녀의 치맛자락 아래로 늘씬한 두 다리가 햇살을 되쏘았다. 구두 뒷굽이 뾰쪽했다. 한쪽 구두에 몸무게를 실을 때마다 윗몸이 기우뚱거렸고 치맛자락이 찰랑거렸다. 내 속의 시꺼먼 놈이 말했다.

'두고 봐라. 두고 봐.'

운명선

 대학에 들어가면서부터 밤을 새워가면서 부지런히 시와 소설을 썼다. 그것들로 잡지사가 모집하는 신인문학상이나 신문사들이 모집하는 신춘문예에 응모했지만 낙방이 되곤 했다. 그때마다 문영철의 말이 떠올랐다.
 "이 왼손 운명선이 이 검지와 중지 사이로 흘러버려서 너는 시인이나 소설가가 되기 다 틀렸다. 고등학교 졸업하고 나서, 아버지 어머니가 얼금뱅이 각시 하나 얻어주면 데리고 살면서, 동네 이장도 하고 면서기 정도는 해먹을 수 있겠다."

 어느 날 밤, 엎치락뒤치락하다가 문득 하늘 잡고 뙈기를 칠 수 있는 기막힌 수 하나를 생각했다. 자리를 차고 일어났다.
 바늘 끝으로, 왼손 손바닥의 검지와 중지 사이로 흘러들어가고 있는 운명선의 머리가 검지 한가운데로 기어올라가도록 한 점씩 찔러 파 교정하기 시작했다.
 손바닥에는 모든 신경선이 거미줄처럼 얽혀 있었다. 바늘 끝으로 한 번 찌를 때마다 쩌릿한 통증이 팔뚝을 타고 전신으로 번져갔다. 손바닥에 핏방울이 맺혀 흘렀다. 아픔을 이길 수 없어 눈물을 질금거렸다. 이렇게 쪼아, 운명선의 머리끝이 검지 한가운데로 기어올라가게 해놓는다고 해서 내 운명이 바뀔까, 하는 회의가 생겼다. 그렇지만 내 운명을 교정하고 말겠다는 집념을 가지고, 진저리치면서 쪼고 또 쪼아 미세한 살점들을 뜯어내고 걷어내는 일을 밤마다 거듭했다. '너는 운명적으로 시인 소설가 되기는 틀렸다'고 한 문영철의 말이나, '너는 문학적인 감수성이 예민하지 못하므로 문학에 실패하고 말 거야' 하고 말한 이주성의 예언이 빗나가도록 하기 위하여.

드디어 내 운명선이 검지 한가운데를 타고 올라가기 시작했다. 그런 어느 날, 한 잡지에 응모한 내 소설이 당선되었다는 전보가 날아들었다. 그 전보를 받아들고 환호하다가 잠에서 깨어났다.

불가사의

이해 가을학기에 들면서 내 몸에 신통스러운 일 하나가 일어났다. 해마다 가을철로 들어서자마자 악귀의 저주처럼 끈질기게 도지곤 하던 오금의 습진이 얼굴을 내밀 그 어떤 기미도 보이지 않은 것이었다.

그럴 리가 없다고 의심하면서, 오금의 그 자리를 만지고 또 만져보아도 보통 살결처럼 부드럽고 미끈했다.

'하아, 이럴 수도 있다! 하아, 이럴 수도 있다!'

하늘을 쳐다보았다.
불가사의였다.
지난 늦은 여름방학을 나는 고향집에서 보냈다. 마루에 친 모기장 속에서 석유 등잔불을 밝힌 채 다음 학기 실기시간에 발표할 소설을 썼다.

한데 한밤중이 조금 지난 때에, 모기장을 뚫고 달려온 바람이 불을 꺼버렸으므로, 나는 우물에서 찬물을 끼얹고 들어와 네 활개 벌리고 누워 자버렸다.

그 순간 나를, 거대하고 검은 알몸의 여인이 엎어눌렀다. 나는 그녀의 넓고 푹신한 품과 깊고 뜨거운 속살 속으로 빠져들어갔고, 허공으로 붕 떠가는 황홀감에 잠겼다. 얼마쯤 뒤, 그 황홀감에서 깨어나보니, 아랫몸과 속옷이 질펀하게 젖어 있었다. 여성의 음수(陰水)와 남성의 정(精)이 한데 섞인 것이었다. 아, 망측하다. 나는 얼른 속옷을 벗어 뭉쳐놓고 몸을 씻은 다음 새 속옷으로 갈아입었다. 그때 내 속의 시꺼먼 놈이 말했다.

'속옷에 묻은 그 물을 버리지 말고, 습진 도지곤 하는 오금에 발라라.'

내가 일축했다.

'말도 안 되는 소리 하지 마라.'

시꺼먼 놈이 말했다.

'세상에서 최고의 약은, 남녀가 오르가슴을 느끼는 순간에 섞인 여성의 음수와 남성의 정인 거야.'

'그 말을 누구한테서 들었어?'

'누가 그 말을 했느냐가 중요한 것이 아니고, 그것이 진리이냐 아니냐가 중요한 것이야.'

그놈의 말이 그럴듯하다 싶어, 속옷에 묻어 있는 그것을 오금에 바르고 또 발랐다. 그러다가 잠에서 깨어났다. 이후 다시 잠들지 못한 채 엎치락뒤치락하면서 소망했다.

'정말 그것이 기적을 일으켜준다면 얼마나 좋을까.'

그랬는데, 이 가을 들면서 오금의 습진이 도지지 않은 것이었다. 하아, 그럴 수가 있을까. 그럴 수가 있을까.

개판 군인 한 사람

밤을 거듭 꼬박 지새우면서 시나 소설을 쓰고, 한 시간 한 시간의 강의를 즐기던 어느 늦은 가을날 해 저물 녘에, 머리를 빡빡 깎은 키가 작달막한 군인 한 사람이 대학 강의실로 나를 찾아왔다.

이영수였다. 얼굴은 거멓게 그을고 깡말랐고, 눈은 퀭했다. 상의의 단추를 잠그지 않고, 모자를 뒷주머니에 찌르고, 허름한 군화의 끈을 풀어헤쳐놓은 채, 직사각형 서류봉투 하나를 손에 들고 있는, 제멋대로의 개판 군인이었다. 그것은 그가 내내 기려온 자유인의 모양새였다.

우리들은 서로의 두 손을 잡고 흔들어대다가, 학교 앞 대폿집으로 갔다.

이영수는 허기진 듯 술을 마셔대면서 말했다.

"나, 남한산성 대학 졸업하고, 창평 보충대로 간다."

술에 취하자 우리는 고향바다를 앞에 눕혀놓고, 보리 닷 되 기타를 퉁기면서 불렀던 〈굳세어라 금순아〉를 부르고, 〈하룻밤 풋사랑〉을 불렀다.

이영수는 충혈된 눈으로 나를 보면서 말했다.

"야, 너, 내 몫까지 다 해라. 나는 틀렸다."

나는 술잔만 들여다보고 있었고, 그가 말을 이끌었다.

"너한테는 고향바다, 평생토록 물어뜯으면서 사랑하고 또 사랑해도 다 사랑하지 못할 가슴 풍성한 그 여자가 있어. 그년, 속살이 한도 끝도 없이 무르고 깊고, 속내가 무궁무진 넓지 않니? 미녀이기도 하고 마녀이기도 한 그년 말이야."

그래, 나는 고향바다에 머리 처박고 살아야 한다. 다른 사람들은 모두 도시만 알기 때문에 도시만 삶아먹고 구워먹는다. 나에게는 고향바다가 있다. 내 몸에 바다가 흐르고 있다. 어머니가 나를 뱃속에 담은 채 갯벌에서 낙지와 게를 잡았고, 나는 태어난 이후 삼면을 에워싸고 있는 바다를 바라보며 살았고, 삼 년 동안 아버지의 김 양식업을 떠맡아 하며 살았다. 수런거리는 밤하늘의 별을 품은 채 일렁거리는, 까만 마녀 같은 바다를 헤치면서 볏단을 집채만큼 실은 배를 저어갔었다. 파도가 거칠면 꺼끌꺼끌한 조개껍데기를 줍고, 잔잔하면 매끄럽게 닳아진 조개껍데기를 주워 한 소녀에게 우송하곤 한 한스러운 모래밭이 내 속에 들어 있다. 카뮈가 지중해 밤바다를 헤엄쳤듯이, 내 속에 들어 있는 시꺼먼 놈한테 늘 휘둘리며 사는 나는 득량만의 밤바다를 헤엄쳤다.

"초영이 지천수하고 결혼했단다" 하고 그가 말했다. 남한산성 근처의 군인교도소 안에 갇혀 있는 놈이 그 소식을 어디에서 들었을까.

"나 깔보지 마라. 그 가시내한테서 진즉 벗어났다."

우리는 어깨동무를 하고 비틀거리며 찻길로 나왔다. 창평행 버스가 왔다. 사람들이 워낙 많이 탄 까닭으로 버스 문 밖으로 사람들이 금방 튕겨나올 듯싶었다. 몸이 날렵한 이영수는 두 손을 벌려 버스 문을 잡고 올라탔다. 버스가 떠나가는데, 그의 뒷주머니에 찌른 구겨진 모자가 차도에 떨어졌다. 내가 그 모자를 주워들고 달려갔지만, 차장은 이영수를 안으로 밀어넣고 버스 문을 닫아버렸고, 버스는 곧 내 시야에서 멀어져갔다.

이영수의 구겨진 모자를 움켜쥐고 자취방으로 가는 내 머리에 불길한 예감 하나가 스쳤다.

"사람하고 동물하고 다른 점이 무언지 아느냐. 사람은 자살할 줄 안다는 것이고, 짐승은 그것을 모른다는 것이다."

산 자와 죽은 자

궂은비가 추적추적 내리는 날 저녁 무렵에 이영수의 무덤엘 갔다.

그의 아버지가 말했다. 시체를 찾으러 가니, 이미 유골 가루가 되어 정육면체의 상자 속에 들어 있었다고.

우리 새끼가 왜 어떻게 죽었느냐니까, 소대장이 잔솔밭으로 이영수 아버지를 데리고 갔고, 이영수가 죽은 자리를 가리켜주었다. 그 자리에는 키 작은 소나무 가지 하나가 꺾여 있었다. 소대장이 말했다.
"총구를 자기 가슴에 대고, 방아쇠를 그 꺾은 가지에 끼고 당긴 것입니다."
내 아들이 자살할 리 없다고 우겼지만, 소대장은 도리질을 할 뿐이었다.

이영수의 무덤은 그의 집 뒷산의 비탈진 밭귀에 있었다. 황소 한 마리가 누워 있는 것만큼 조그마한 무덤.
나는 청색 비닐우산을 쓰고 있었다. 빗줄기는 비닐우산 표면을 토드락토드락 두들겨댔다. 그 울림이 가슴을 울렸다. 무덤은 비안개에 덮인 바다를 내려다보고 있었다.
비에 젖고 있는 바다를 내려다보며 그의 목소리를 들었다.
"내 몫까지 다 해라."

대학을 졸업하고 군대에 들어갔고, 제대하자마자, '가난한 글쟁이일지라도 당신만을 평생 사랑하겠다'는 순수덩어리인 여자가 나타나 결혼을 했고, 서라벌예대에서 받은 중학교 준교사 자격증을 이용하여 산골마을에 있는 장동서국민학교 교사로 발령 받았다.

달콤한 신혼생활에 젖어 있는 나를, 학부모들이 사흘이 멀다 하고 불러내어, 닭 잡고 개 잡아서 술대접을 했다. 밤늦게 돼지 먹따는 소리로 노래를 부르며 학교 뒤편의 관사촌으로 돌아온 나는, 술이 취한 상태로 숙직실에서 동료 교사들과 더불어 장기나 바둑을 두고, 닭 내기 술 내기 화투놀이를 새벽녘까지 하곤 했다. 밤의 취기가 낮까지 가고, 낮의 취기가 밤까지 가곤 했다.

내 속의 시꺼먼 놈이, 맑은 술 탁한 술을 가리지 않고 벌컥벌컥 들이켜곤 하는 추한 취객이 되어 있는 나를 향해, '될 대로 돼라! 될 대로 돼라!' 하고 빈정거렸지만, 나는 그때마다 그놈을 향해 '이 자식아, 까불지 마' 하고 소리치곤 했다.

삭발

그해 늦은 여름의 한 토요일에 초영의 동생인 주인이가 왔다. 장평의 한 국민학교에서 근무한다는 그와 더불어 주막에 가서 술을 마셨다. 그가 가득 채워주는 술잔 속에 초영이 출렁거리고 있었다. 그녀와 결혼한 지천수도 들어 있었다. 들이켠 술을 따라 내 속으로 들어온 그들 둘은 울분이 되고 있었다.

주인이를 보낸 다음 미친 듯이 들판을 휘질러 다니다가, 학교 아랫마을의 이발관으로 갔다. 이발사 앞에 머리를 들이밀면서 말했다.

"머리를 중들처럼 깎아주십시오."

이발사는 당황하여 말했다.

"아니, 정말이요?"

국민학교 교사 노릇을 하는 사람이 머리를 하얗게 깎아버려도 되겠느냐는 것이었다.

"염려 마시고 깎아버리시오."

이발사는 나의 긴 머리칼들을 가위로 삭둑삭둑 잘라낸 다음, 바리캉으로 내 머리를 밀기 시작했다. 앞에 놓인 거울 속의 내 머리는 스님의 머리가 되고 있었다.

다음날부터 나는 술을 마시지 않았고, 숙직실에 가서 동료 교사들과 어울려 닭 내기 화투놀이에 동참하지 않았고, 장기나 바둑도 끊었다.

그 대신 바다를 고아먹기 시작했다. 마녀처럼 음험하게 출렁거리는 바닷속에서 맵고 짜게 살아가는 바다 같은 여자 이야기, 바다처럼 헌걸차게 사는 남자 이야기를 썼다. 그러다가 지쳐 쓰러져 자다가 꿈을 꾸곤 했다.

오른손에 바늘을 들고, 왼손 손바닥의 검지와 중지 사이로 흘러들어가는 운명선의 머리가 검지 한가운데로 기어올라가도록 살갗 한 점씩을 미세하게 쪼아 뜯어냈다. 바늘 끝으로 한번 찌를 때마다, 쩌릿한 통증이 팔뚝을 타고 전신으로 번져갔고, 피가 방울방울 흘렀다. 아픔을 이길 수 없어 눈물을 질금질금 흘렸다. 내 운명을 교정한다는 희망을 가지고 진저리치면서 쪼고 또 쪼아 미세한 살점들을 뜯어내고 걷어냈다.

목선

단편소설 「목선」이 완성되었을 때, 그것을 이백 자 원고지에 정서했다. 붉은 줄로 표시된 네모의 칸들 속에 반듯반듯한 사각의 글씨들로.

써나가다가 한 자가 틀리면 그 원고지를 찢어 없애고 나서 새로이 정서를 했다. 모두 팔십팔 매였다. 밤이 깊었지만, 그것을 성난 얼굴, 잔인한 눈빛으로 다시 읽어갔다. 잘 못 쓴 문장들이 많았고, 바꾸고 싶은 낱말들이 수두룩했다. 이튿날은 신춘문예 마감날이었다. 어쩔 수 없이, 아이들을 자습시켜놓고 고치고 또 고치고 했다.

우체국 문 닫을 시간은 가까워지고, 그 잘 못 쓴 것들을 찢어버리고 새로이 쓸 시간이 없었다. 순종 잘하는 아내가 원고지의 붉은 칸들을 정성스럽게 오려주었다. 한 칸짜리나 두 칸짜리나 세 칸짜리 들에 밥풀을 묻혀가지고, 잘못 쓴 글자나 잘못된 낱말 들 위에 붙이고, 그 위에 새로이 썼다. 원고지들을 한 장씩 넘겨보았다. 까맣게 그어버리고 옆에다가 다시 쓴 것이 단 한

자도 없었다.

그 원고를 봉투에 넣어가지고 청부의 자전거를 타고 나섰다. 십 리 저쪽의 산 너머에 있는 장동마을의 우체국으로 갔다. 직원이 원고봉투를 접수하고 소인을 꽈당 찍었다. 우체국을 뒤로 하고 돌아오는데, 내 속에 들어 있는 시꺼면 놈이 말했다. 그 소설 당선될 것이다.

그놈의 말대로, 그해 크리스마스를 하루 앞둔 날 전보 한 장이 날아왔다.

"당신의 소설 「목선」이 본사 신춘문예 소설부문에 당선되었습니다."

새해 초하룻날 소설 「목선」이 발표된 신문 한 장을 어머니는 아버지의 영정 밑에 걸었다. 영정을 향해 절을 하는데, 내 속의 시꺼면 놈이 말했다. 아버지, 제 고집이 이겼습니다. 나는 죄송합니다, 하고 말하면서 울었다.

위박사의 결혼식

해남에 사는 위박사에게서 소설 당선 축하편지와 함께 결혼 청첩장이 날아온 봄날 저녁에, 문영철에게서 걸려온 전화를 받았다. 문영철은 서울에서 약사 노릇을 하고 있다고 했다.

"위박사가 그 친구하고 결혼한단다. 그 친구가 무지무지하게 미녀란다. 너하고 나한테 숙제 하나를 주었다. 나보고는 〈서머

타임〉을 불어달라고 하고, 너보고는 〈금혼식〉 독주를 하고 나서 축사를 좀 해달라고 한다."

제비 온다는 삼월삼짇날 우리 둘이는 모교에서 트럼펫과 클라리넷을 빌려가지고 해남예식장으로 갔다. 악대장 강성진과 색소폰의 이성주와 전 악대원들이 모여들었다.

신랑 신부는 주례도 모시지 않은 채 결혼식을 올리고 있었다. 신랑 신부가 단상에 나란히 서고, 그들 앞에, 머리에 빨간 꽃 한 송이를 꽂은 대여섯 살쯤의 계집아이가 서 있었다.

문영철이 그들 앞으로 나아가, 약음기 꽂은 트럼펫으로 〈서머타임〉을 불었다. 흑인영가처럼 끈끈하고 애달픈 선율.

    여름날 모든 꿈이 영글었다.
    물고기 뛰어놀고 목화는 탐스러우니
    너희 아빠는 부자이고 엄마는 아름답다.
    착하고 예쁘게 자라거라.
    어느 날 아침 노래하며 일어나
    날개를 펼치고 하늘을 날아가거라.
    그날 아침까지 티 없이 맑게 자라거라.
    엄마랑 아빠가 너를 지켜줄 것이다.

신랑은 두 손으로 얼굴을 가린 채 울었고, 신부도 울었다. 하객들이 박수를 쳤다.

이어서 내가, "오십 년이 지난 뒤에 이 사람들을 위하여 연주해야 할 곡을 미리 지금 연주하겠습니다" 하고 말하고 나서, 클라리넷으로 〈금혼식〉을 연주한 다음, 써가지고 간 축사를 꺼내 읽었다.

> 우리의 꽃시절은 너무 허기지고 추워서
> 그 시절이 황홀한 때임을 우리는 그때 몰랐습니다.
> 더 오래 머무르면서 꿀과 향기를
> 축적했어야 하는데, 우리는 그 시공을
> 한시라도 빨리 졸업해버리고 싶었습니다.
> 그 아픈 시공으로부터 도망쳐 새로운 곳에서
> 전혀 새로운 세상의 새내기로 태어나고 싶어했습니다.
> 우리들의 명클라리넷 연주자인 위박사의 결혼을 진심으로 축하합니다.

보리 닷 되 기타

나이 일흔 살이 넘어선 지금도 나는 매일 밤 꿈에, 내 왼손바닥 운명선의 머리가 검지의 한가운데를 타고 손톱 밑까지 기어 올라가도록 하기 위하여, 예리한 바늘 끝으로 쪼고 또 쪼아 미세한 살갗 한 점 한 점을 걷어내고 뜯어내고 있다. 운명을 바꾸어놓기 위하여.

저항하다가 지옥에 떨어져, 거대한 바윗돌을 산 정상으로 굴리고 올라가고 또 굴리고 올라가는 동어반복의 천형을 받은 시시포스처럼 글을 쓰고 또 쓰다가 지치면, 보리 닷 되 기타로 막걸리 선율을 퉁긴다.

"똥 누러 갔다 오줌 누러 갔다 똥간에 빠져서, 즈그 아버지가 건지러 갔소, 그놈도 빠졌소."

깊어지는 주름살과 머리 희끗희끗해지는 시간의 풍화 속에서 파릇파릇 새싹들이 나온다. 해산 언덕에 바야흐로 황금색의 수선화들과 천리향의 꽃들이 흐드러졌다. 그 향기 속에서 그 꽃시절을 되돌아본다. 굽이굽이 흘러간 그 시간들이 안타깝고 짠하다.

아, 누가 다시 가져다줄 것인가. 철부지의 치기와 오기로 가득차 있지만, 한 편 한 편의 아름답고 가슴 아리는 자그마한 저항의 시의 편린들 같은 그 슬프고 외롭고 설레던 그 나날들, 내 꽃시절의 음화 한 폭 한 폭들을.

작가의 말

영혼을 악마에게 저당잡힌 파우스트처럼

 서울에 등을 돌리고, 고향 바닷가 해산토굴로 내려와 산 지 십오 년째이다.
 이제 고백하는데, 토굴에 똬리를 튼 첫날밤에 득량만 바다의 늙은 도깨비 한 놈이 찾아와서 말했다.
 "악마에게 영혼을 저당잡히고 젊은 한생을 새로이 산 파우스트처럼, 너도 그런 삶을 한번 살고 싶지 않으냐?"
 환장할 것 같은 환희에 젖어든 채 내가 대답했다.
 "그래! 할 수만 있다면 그렇게 하고 싶다."
 도깨비가 말했다.
 "그럼, 네가 살아 있는 동안, 너의 영혼을 우리 도깨비 나라 은행에 저당잡히고, 너희네 사람들의 산술로는 계산할 수 없는 많은 돈을 빚내다가, 네 토굴 마당에서 내다보이는 모든 하늘과 바다와 산과 섬과 들판과, 거기에 내리는 빛과 어둠과 비와 바람과 안개와, 서식하는 사람들을 포함한 모든 생물들의 생명들을 다 사서 주인 노릇을 하고 살아라. 물론 네가 사버린 그 영토의 사용료는 그들에게 영원히 자유로이 외상으로 해야 할 것이다."

내가 대답했다.

"그래! 좋다!"

도깨비가 말했다.

"조건이 하나 있다. 네가 너의 시쓰기와 소설쓰기에 아주 확실하게 미쳐버린다는 조건이다."

"좋다!"

그 도깨비와 나의 거래는 그날 밤부터 시작되었다.

이것은 내 영혼을 그 시꺼먼 놈에게 저당잡히고 쓴 소설이다.

이 소설은 오래전에 문학동네에서 펴낸 『해산 가는 길』의 연작이다.

문학동네의 여러분에게 감사한다.

2010년 5월
해산토굴에서 한승원

문학동네 장편소설
보리 닷 되
ⓒ 한승원 2010

1판 1쇄 | 2010년 6월 10일
1판 4쇄 | 2024년 10월 25일

지은이 한승원
책임편집 이경록 | 편집 최유미 조연주
디자인 이경란 유현아 | 저작권 박지영 형소진 최은진 오서영
마케팅 정민호 서지화 한민아 이민경 왕지경 정경주 김수인 김혜원 김하연 김예진
브랜딩 함유지 함근아 박민재 김희숙 이송이 박다솔 조다현 정승민 배진성
제작 강신은 김동욱 이순호 | 제작처 영신사

펴낸곳 (주)문학동네 | 펴낸이 김소영
출판등록 1993년 10월 22일 제2003-000045호
주소 10881 경기도 파주시 회동길 210
전자우편 editor@munhak.com | 대표전화 031)955-8888 | 팩스 031)955-8855
문의전화 031) 955-2696(마케팅) 031) 955-8864(편집)
문학동네카페 http://cafe.naver.com/mhdn
인스타그램 @munhakdongne | 트위터 @munhakdongne
북클럽문학동네 http://bookclubmunhak.com

ISBN 978-89-546-1136-7 03810

* 이 책의 판권은 지은이와 문학동네에 있습니다.
  이 책 내용의 전부 또는 일부를 재사용하려면 반드시 양측의 서면 동의를 받아야 합니다.

잘못된 책은 구입하신 서점에서 교환해드립니다.
기타 교환 문의: 031) 955-2661, 3580

www.munhak.com